让思想流动起来

生命的密约

王兆胜 著

四川人民出版社

图书在版编目（CIP）数据

生命的密约／王兆胜著.－成都：四川人民出版社，2025.1.－（60后学人随笔／李怡主编）.
ISBN 978-7-220-13816-4

Ⅰ.I267

中国国家版本馆 CIP 数据核字第 20243D3S80 号

SHENGMING DE MIYUE
生命的密约

王兆胜 著

出 版 人	黄立新
出版统筹	李淑云
责任编辑	李淑云　兰　茜
封面设计	张　科
版式设计	张迪茗
特约校对	邓　敏
责任印制	周　奇
出版发行	四川人民出版社（成都三色路238号）
网　　址	http://www.scpph.com
E-mail	scrmcbs@sina.com
新浪微博	@四川人民出版社
微信公众号	四川人民出版社
发行部业务电话	（028）86361653　86361656
防盗版举报电话	（028）86361661
照　　排	四川胜翔数码印务设计有限公司
印　　刷	成都东江印务有限公司
成品尺寸	135mm×200mm
印　　张	11.25
字　　数	189千
版　　次	2025年1月第1版
印　　次	2025年1月第1次印刷
书　　号	ISBN 978-7-220-13816-4
定　　价	69.00元

■版权所有·侵权必究
本书若出现印装质量问题，请与我社发行部联系调换
电话：（028）86361653

作者简介

王兆胜，山东蓬莱人，国务院特殊津贴专家、中国作家协会会员。中国社会科学杂志社原副总编辑，现为南昌大学特聘教授，博士生导师。专著有《林语堂的文化情怀》《新时期散文发展向度》《散文的边界与体性》等18部，在《中国社会科学》《文学评论》等刊物发表论文300余篇，散文集有《天地人心》《情之一字》《阳光心房》等，儿童小说有《磨心镜的男孩》等。获首届冰心散文理论奖、当代作家评论奖、第四届全国报人散文奖等。

目录

序一 我们共同的寻路记／阿来 1

序二 走出象牙塔的历史抒情／丁帆 7

第一辑 光与温暖 1

大爱无边 3

回眸晚霞夕晖 12

第一位恩师 30

心 灯 34

天高地厚筑我庐 41

师德若水 53

生命从退休开始 65

生命的密约 72

高风玉骨真君子 93

第二辑 天心地语 99

高山积雪 101

冬青与槐树的对话 106

人体的哲学 110

与道为邻 ……… 127
　　心中的湖泊 ……… 148
　　纸的世界 ……… 155
　　水的感悟 ……… 161
　　扇子的语言 ……… 168

第三辑　人生若攀 ……… 173
　　老村与老屋 ……… 175
　　美梦成真 ……… 186
　　家住"四合院" ……… 196
　　说"足" ……… 202
　　健身，我的日课 ……… 207
　　淬火人生 ……… 214
　　"正途"与"异路" ……… 221
　　知识的滋养与生命的丰盈 ……… 244

第四辑　心镜如初 ……… 267
　　诗化人生 ……… 269
　　"沐石斋"记 ……… 272
　　一个人的清修 ……… 278
　　快意读书 ……… 291
　　乐在"棋"中 ……… 294
　　半醉半醒书生梦 ……… 302
　　文化书香的涓流 ……… 314
　　写作是最美好的人生方式 ……… 318

序一 我们共同的寻路记

阿来

李怡兄说要写一本书,在某个有酒的场合说起。

他不喝酒,我与其他人喝。他只笑着说话,一如既往,话多,语速快。总能说得有理有趣,很下酒。等我喝到酣处,他说要写一本书。我说,不是写了好多本了嘛。他说这本有点不一样。随笔,回忆性质。你要写序。酒上头,加上语速快的话似乎更有说服力,就答应了。听他说构想,是我喜欢读的那类文字,是求学记,问学记,师友记。我出身偏僻,上学少,乡下学校的老师,人善良质朴,学问则就未必了。所以,我爱读学者写的这一类书。喜欢里头的学问和情趣,还加几分羡慕。

该读什么书,怎么读书,怎样做一个读书人,多是从这一类书中得来。

有酒壮胆，当时就一口应承了。酒醒时已经忘记。但李怡兄没有忘记。过一阵子重提此事，我一拍脑袋，想起来真有这回事。想推脱，却不能够了。李怡还安慰我，不急，慢慢写。他自己也正在写。

这一来就放心了。我想，你写吧，慢慢写，写到猴年马月，忘记了，这事就算过去了。这样的事，不是没发生过。当今之世，拖一拖，好些事情就过去了。单说写作这件事，有规划的多，真正能完成的人并不太多。

不想这个人，说话快，写起来，上手也快，某一天，就发了若干篇章过来。读过几篇，求学问学的经历，从某一件小事，忽然开眼，又从某一情境，恍然醒悟。写来有理有趣，有些情境，也是自己亲历过的，读来就十分亲切。

我比李怡，年纪稍大几岁，但少年时代，都从上世纪荒芜年代生活过来。幸运的是，青年时遇到改革开放，本要在农村胼手胝足，不意间，求学之门訇然洞开，从此入了另一片天地，语词为骑意为马，得以畅游在另一个世界。于是觉得这文章也写得。

不想，他还另有埋伏，再发一个文件来，发现不只是他一个人的一本书，而是60后学者的一套书，命名为"60

后学人随笔"。作者有赵勇、吴晓东、王尧、王兆胜、杨联芬，加李怡自己。这些人，隔当代文学近些的，一年里也会见上一两面，比如王尧，前两月还在杭州一所大学《收获》杂志的活动上，看他操着吴地口音浓重的普通话从容主持颁奖典礼。更多的人，却连面都没有见过。好在爱读书，都读过他们好些文章。读过，还喜欢。认真的专著不说，即便是一篇短文，都透出他们有师承、成系统的学问。不像我，野路子读书，拉拉杂杂，最终都还是一鳞半爪。要我为他们的书作序，真就叫佛头着粪了。

我是50后，50后的尾巴，若晚生一年，也是60后了。和他们经历的是同一个时代。无论向学的经历，还是在80年代突然面临更宽幅面的社会现实，尤其是其间所经历的文化荡涤与知识谱系的构建，都有很多相似之处。在此过程中，所有获得与遗憾，也算是庶几近之了。

中国学者，不像外国人，爱作严肃的传记。如卢梭写《忏悔录》，太严肃了，那种真实并不真正真实。当然，也有例外，南美诗人聂鲁达自传《我承认，我历尽沧桑》，其写法，就颇为亲切自然，所呈现的人生片段，关涉颇多，包含个人情感与信仰，国家政治与经济，特别是作为一个诗人，那些著名篇章的生成，读来亲切有趣，使人受益良多。

近百余年的中国，中国文化，中国人，也历经沧桑。特别是新文化运动以来，不论是有名的师长，还是求学的生徒，将个人经历融于国家命运，将一己思索系于文化流变，所关乎的内容更加深广，每一朵情感与智慧的浪花都是时代大潮的某一面相。所以，相较于古人，我更喜欢读这一时期文化人的种种随笔，师友同道，共求新知，共探新路，切磋琢磨，聚合离散。看似写在人生边上，其实反映时代在变迁中的动荡，社会在动荡中的变迁。自此，现当代中国学人，相较于古人，人生书写大变。感慨兴亡，却不再如张岱的《陶庵梦忆》，偏于意趣。搜奇志怪，也不再是纪晓岚的《阅微草堂笔记》，微言或有大义。

新文化运动，陈独秀、鲁迅、蔡元培、胡适，革命和改良，论而起行，何等激情张扬，何等忧思深广。

抗战时期，延安、重庆、桂林、昆明、李庄，学者们毁家纾难，跋涉千山万水，在流亡中图存，在漂泊中振作，种种弦歌不辍，读书种子不死，中国不亡。

这样的风云际会，留下那么多真情文字，相较于大而化之，试图宏大建构的历史书，读来，更亲切自然，更生动真实，是一个时代无数面生动的侧影。更重要的是，因为有学养的渗透，有求学问道的追求，便显得有理有趣。这是文章大道："状理则理趣浑然。"这还不算，还要加上,"状事则事情昭然,状物则物态宛然"。

所有这一切文字,都来自前辈学人。

改革开放以来的我们这代人,最大的幸运是得以在青年时代重新启蒙,以问求学,以学解问。"苟日新,日日新"。我们所经历的这个时代,变动不居的不只是学术,更强大的是社会现实,是历史惯性。这一代学者,种种追问,种种回顾,种种坚持或改弦更张,都是面对中国文化与世界文化的关系,都要思考,中华文化从何而来,又要往何而去。这也决定,一个学者,还必须选择,在新旧文化冲突交融中,在现实考量与学者本分间,如何安身立命。

这样的处境,这样的经验,值得记录,值得形诸文字。以前,也不是一点没有,但总归是过于零星了。所以,这一回,四川人民出版社要出版这一套书,黄立新社长也和我说起过。我说,好啊,这一代也开始回忆了。这一代人也应该开始回忆了。这一代人幸逢国策变易,民族新生,也曾风云际会,该留下这一时代学者的求学问学记,师友记,我想也是一部时代大潮中的探险记或漂流记。

蒙田说:"我喜欢磨砺我的头脑,而不是装满我的头脑。"

今天的教育,今天的很多书,往往偏重于装满我们的头脑,而不是磨砺我们的头脑。

我相信,从这一套新一代学人的书,正可以看到,我们这一代人,面对纷繁复杂的现实,面对"数千年未有之大变局",如何提升自己,砥砺自己,成就自己。而我们这些暂时不写,或永远不写的大多数,也能从他们的书写中,照见自己。

这一套书,是这些作者他们自己的,也是我们共同的寻路记。

序二 走出象牙塔的历史抒情

丁帆

李怡兄嘱咐我为他主编的"60后学人随笔"丛书写个序言，心中不禁惶惶起来，一看作者名单，顿时让我肃然起敬，作者皆是我的朋友，他们也都是学界各个领域的顶级专家学者，学有专攻，学术成就卓著。

虽然我是50年代出生的学人，但在我的脑海里，60年代生人就是我们最亲近的心理同龄人，因为我们的世界观和价值观几乎都是相同的；作为学术界中人，我们和他们情同手足，可谓江湖兄弟；更为重要的是，在他们童年、少年和青年时代的记忆中，对共和国历史的感性认知是完整的，我们是手拉着手，唱着"同一首歌"，走过荒原和绿洲的历史见证者。所以，历史长镜头里的具象认知无疑就折射在我们共同的学术研究中，这些珍贵的记忆，就变幻成了一条紧紧相扣的价值链，时时显影的历史底片，锚定了我们共同对学术研究的严谨，以及对历史强烈的责任感。我们一起走过了几个重要的历史阶段，在大饥荒、"文化大革命"、改革开放里，一切苦难和幸福让我们看清了中国社会发展的本质。所以，无论是在教学活动中，还是在学术研究里，60年代学者那种正气凛然的人性化的性格特征，便牢牢地镶嵌在他们的灵魂深处。

无疑，当60年代学人进入花甲之年时，他们的危机感也就来临了。虽然，从当今人文社会学科年龄来说，60多岁正是学术研究的壮年期，其阅历和历史的经验，决定了这一代人的学术趋向于最成熟的研究状态，是抽象思维和哲学批判最活跃的年代。

然而，他们念念不忘的另一个领域——如何用形象思维，去再现和表现他们的童年、少年、青年、中年和老年生活情境，完成他们从事文学创作的一生梦想，这个夙愿几乎成为每一个学者晚境中总结人生的呢喃话语。

诚然，大多数从事文学研究工作的人，尤其是五六十年代的学人，在他们的心底，都藏着一个作家梦。文学研究如果离开了文学的本源，其属性就会发生质的变化，一个教书匠，倘若没有形象思维能力的支撑，他就无法让自己的教学和研究灵动活泛起来，这就是高等院校在呆板的理论模式下，按照条条框框的模板去教大学生写作课的后果——学生不爱听，导致各校纷纷取消了写作教研室。而如今大批的作家进驻了高校，尤其是北师大的本硕博都有了这门"创意写作"课程；教育部也将它升格为二级学科，这显然是对死板的抽象化文学教学的一种讽刺、冲击和调整。

难道高校和研究机构的教师和研究者，真的就是不懂也不能进行文学创作实践的冬烘先生吗？在我的目力范围中，50年代和60年代学者从事文学创作的很多，他们早就打破了杨晦在50年代定下的中文系不是培养作家的地方的潜规则，写长篇小说和散文，成为众多学者的选择。

现在，60年代学者公开站出来，群体性地挑战这一墨守成规的高校文学教育格局，正如主编此丛书的李怡兄所言："生于1960年代，目睹历史的跌宕起伏，长于1980年代，见证时代的风起云涌。即将步入中老年之列的一代学人，在学院教育下发展成长，但学术化的训练并不足以穷尽文学的人生感受和情感书写，他们重新汇聚在'抒情与描写'的世界里，重拾文学初心，探求思想和表达的另外一种可能。"李怡兄这个集结号的吹响，无疑是"学院派"自主创作的一种宣言书,尽管许多60后的个体学者早就在从事这项工作了,其"学者散文随笔"在90年代就引起过很大反响,但集体性地向文坛挑战还是第一次。

从文体上来说,带有自传性质的散文随笔成为学者文学创作的首选,是有内在原因的。他们沉淀了一生的学养和学识,往往是带着历史的记忆进入创作的,其中的哲思特征,成为一种特定的风格。我的同事莫砺锋是共和国的同龄人,在他的散文背后,隐藏着强烈的社会背景,同时亦将自己的抒情有机地融入了具有隐喻功能的描写之中,使之成为"学者散文随笔"的一种楷模。这种风格同样折射在50年代生人古代文学学者詹福瑞的散文创作和肖瑞峰的现实主义长篇小说三部曲之中。反观60年代这批学人的散文随笔创作,这样的风格特征也同样十分明显。浏览他们的散文随笔,我由衷地感叹他们不仅在学术上都有各自独树一帜的研究成果,而且在散文随笔的创作中,也同样显示了自身特有的才华。

无论是人物肖像描写,抑或是风景画描写,书中都漫溢着生动有趣的故事摹写,一扫象牙塔里的学究气,走进生活,走近人性,在虚构与非虚构的叙写中,彰显出一个历史在场者的真切感受,这是他们人生真性情的自然流露。

赵勇先生的散文随笔我在网上看过许多,《做生活》就是他将艺术匠心植入散文随笔的范例。其"书里书外"的"流年碎影",以生动的笔触见长,人性的柔软之处打动了许多读者,其"情信辞巧"的语言风格和灵动的描写,广受读者好评。一个学者能够将散文随笔"做生活"似的干得如此漂亮,均为"贴着人物写"的慧眼所致。

吴晓东先生是一个严谨的学者,他的《距离的美学》用娴熟的学术笔法,去观照文学作品中的人物,其中不乏"记忆的美学"的风范。从"孤独者"的风景,到"心灵的风景",都是一个学者思想反射"永远的绝响",距离之美,是作者凝聚哲思的释放。

王尧先生不仅是散文研究的大家,而且是散文创作的高手,同时还是长篇小说的创作者。从深刻的理论和评论圈子中突围出来后,他在形象思维的天地里,更是游刃有余,其创作的活力和数量自不待说,就许多散文随笔篇什中充满着语言修辞灵性的文字,足以让文坛惊叹不已。

王兆胜先生不仅是一个严谨的编辑家,也是一个散文研究的大家,从他的散文集《生命的密约》中,我们看到的是一幅幅人物的肖像画:从师长到生活困苦的贫农,从父母到兄弟姐妹,从"高山积雪"到"会说话的石头",从"老村老屋"到"我的书房"。我们看到的是大写的人性光芒的辐射,听到的是亲情中感天动地的灵魂呐喊和悲哭,感受到的是风景和风情中的博爱,闻到的是自我灵魂倒影中"最熟悉的陌生人"的气息。兆胜兄用他独有的视角和文字,完美地阐释了人性之美。

李怡先生是我多年的兄弟,我总以为他是一个"书呆子"类型的学者,如今读了他的散文集《我的1980》后,方才领悟了他的文学真性情,尤其是对北师大"大先生"们的描写生动感人,其人物素描显影出了一代又一代北师大学人的风范。而更加生动有趣的故事就在"蒙学记"的篇什中,尤其是儿时和青少年时期,观看电影、听电台广播评书的历史记忆里那些生动的场景描写,记录的是时代下个人思想历程的变迁。1980年代无疑是这一代人最最不能忘却的年代——用狄更斯的名言来说:"那是最美好的年代!"也是60后人一去不复返的青春勃发的记忆岁月。

杨联芬女士也是我熟悉的朋友,我是从她的学术著述中认识这位女性的,但不曾想到的是,她的散文随笔写得亦很有味道,女性的独特视角一旦触摸到生活的日常形态,用细腻的笔调加以描绘,那就是一幅充满着情趣的水彩画。《不敢想念》中,其人生的每一次遭遇,每一次悲欢喜怒,都是情真意切的倾诉。"人与爱"构成的画面,奏响的是人类永不消逝的人性交响诗。

这套散文丛书共收集了60年代六位从事现代文学研究学者的散文随笔。作为现当代文学的创作实践团队集结人，我不知道李怡先生是否还会继续将此丛书编写下去，窃以为，这些学者散文在形象思维和抽象思维的交汇处书写发声，恰恰就是通过独特的视角和文体的变化，弥补了中国当代散文的些微不足——哲思的融入为散文的思想插上了翅膀，让它飞得更高一些。

2024年7月8日写于南大和园桂山下

第一辑 光与温暖

大爱无边

每个人的生命都像一株草、一棵树,都离不开高天厚土的滋养。漫漫人生路,不论你是高高在上的权贵,还是生活困苦的贫农,恐怕都曾得过他人之助。其差别可能在于:助力有大小,助人有远近;而对于受惠者来说,有的感恩,有的薄情,还有的以怨报德。

我有幸得到过很多人的帮助,他们有的如日月之辉,有的似闪亮的星星,有的只能比作烛光篝火,然而都在我心中长明不灭。有一对陌生夫妇在我最困苦、最低沉、最无望时曾给我以援手,擦亮过我的心灯,并且时至今日还一直佑护着我,他们是我生命中的贵人。

那是二十五年前一个夏日,我到离家七十里远的乡镇中学领取高考通知书,令我大失所望的是自己又落榜了,这是我第三次名落孙山!怀着郁郁寡欢的心情,我在校门口踟蹰彷徨,不知前途何在,路在何方。一是家中一贫如洗,哪有条件继续复读?二是连考不中简直是无地自容!三是家母早亡,本来无爱的人生又雪上加霜。四是怀疑自己的能力,难道真如村里人所言"命高一尺,难求一丈"?像落水的鸭子,我耷拉着脑袋、紧锁着眉头、一脸愁容地坐在角落的一块石头上。

这时,一个中年男子向我走来:"同学,你是参加考试的吧?"我茫然地点头,没抬头也没回答。对方又说:"考上了?"我摇头。他接着问:"能看看你的成绩单吗?"我把成绩单递给他。看过后他问:"有什么打算?"我说想放弃。当了解了我的家况,他鼓励我说:"如果成绩差得太远也就算了。但我觉得几分之差,再使把劲儿,明年就很有希望。如果就此罢休,一肚子学问几年下来,也就忘得差不多了。"陌生人还补充说:"今年我女儿的成绩也不理想,只高出分数线20多分。但她决心再考,一定要考上理想的大学。"原本霜打似的我,不知从哪里升起一股雄心壮志,立即抖擞精神地说:"好!那我就再考一年。"我仿佛受了挑战:"一个女孩子尚且如此!考不上理想的大学还要再考,我一个男子汉怎么能这样自暴自弃?"

半年后的一天,我又与这位中年男子邂逅,这次是在离我家二十里路的一所中学门口。在吃惊之余,他告诉我他女儿也在此复读,后来才知道我与他女儿还在同班。更令人吃惊的是,他女儿曾与我同过学,学习成绩一直名列前茅,在学校可是大名鼎鼎。临别时,他除了给我鼓励,还拿出20元钱资助我。这次见面,我们的距离一下子拉近了,仿佛成了朋友。这也是一次巧合,冥冥中仿佛老天有安排,毫不相识的路人,只因曾有一面之缘,彼此方能有缘再见,于是我们的友谊就此开始了。

一天,我突然接到陌生人的来信,打开后才知道是女同学的妈妈写给我的。信中,她以一个母亲的身份表示对我的问候、鼓励和关心。她说,听丈夫说,女儿的同学又瘦又小,打小就失去母亲,面如菜色,满面愁容,感到非常难过。她又说,我们都是草木之人,不能为你做什么,但如果有困难一定跟他们言语一声,千万不要客气。她还说,穷人的孩子早当家,受过苦而又有志气的孩子才会更有出息。看完这封信,我忍不住泪水长流,仿佛妈妈去世后所有的委屈、悲伤、孤独和寂寞一下子涌上心头。多少年了,我没有体会到母爱的滋味,更多的是别人的冷眼、嘲弄甚至侮辱。而今,一个素不相识的母亲竟然给予我这样的理解、宽慰和关爱,我的感动难以言喻!长久封闭甚至固闭的感情闸门一下子被打开,经过泪水冲洗的心灵,仿佛一下子柔软和明亮了,身体也变得轻盈起来。

再次见面，是他们夫妇同行来学校看女儿。出乎我的意料，他们夫妇将我从教室里叫出来，嘘寒问暖，还将钱和自做的点心塞给我。女同学妈妈的眼睛湿润，目光满是关爱和怜悯之情。后来她来信说："回到家里我彻夜未眠，虽然之前听丈夫说过你的情况，但亲眼见了，却觉得你比想象的还要瘦小体弱。"接着她又说："怎么能这样呢？可怜的孩子。"我姐姐曾形容说，我瘦得只剩下两只眼睛了！那一年我到乡镇中学读书，路程遥遥七十余里，只靠步行来去，走累了坐下来歇一会儿再走，又渴、又饿、又累，仿佛万里长征一样艰难！有一次刚开学，因为要自带行李，所以我不得不借别人的自行车，这比步行舒服快捷多了！那次，有同学开我的玩笑："你骑在车上，两条腿仿佛是两根筷子！"是的，我一天十几个小时的紧张学习，每顿饭只能吃一个玉米面窝窝、一碗稀饭，外加一点儿咸菜！正当长身体的时候，极度地缺乏营养使我形销骨立。今天看到许多城市的孩子偏食、厌食和浪费粮食，看到一些自助餐者或领导干部暴殄天物，我的心中一阵酸楚，仿佛打翻了一瓶醋！他们可能做梦也想象不到，贫穷的农家子弟吃的是什么！

因高考发挥不佳，我的心情非常沮丧。这时，女同学的父母来信邀我去他们家散散心。此次我受到热情的款待，可以说是平生第一次受到如此重视！这对一个长期以来被弃如敝屣的"失败者"来说，是怎样的安慰和满足！这次的另一收获是认识了女同学的弟弟，他当时十三岁，但我们亲如兄弟的感情由此开始。如果有什么不足，那就是女同学几乎不理睬我，她好像对我的"来访"既吃惊又尴尬。这也难免，因为在此之前她父母没跟她说起与我的关系，另外虽同校一年又同班一年，我们很少说话。当我返回家中，接到女同学寄来的信，信中说她父母在我走后严厉地批评了她，说她不该对同学那么冷淡，希望我能谅解她。多少年过去了，我才听说我那次"访问"给女同学一家惹了不少的麻烦，因为村里人尤其是亲戚朋友都以为，我是女同学的父母为女儿"包办"的女婿，于是，我一离开众怒骤至，人们大有兴师问罪之意！在村里人看来，一个银行职员的女儿，长得花朵似的，怎么能找这么一个拿不上台面的"女婿"？要家庭没家庭，要才分没才分，要人样没人样。有人甚至质问女同学的父母："你们是不是昏了头，这么个打蔫儿的黄瓜有什么好？"

女同学的父母解释说："你们都想到哪儿去了？王兆胜和我闺女除了是同学，没有任何关系。我们只是觉得这孩子可怜。"

亲戚还是不依不饶："可怜的人天底下有的是，你们管得了那么多吗?"接着又说:"这种人甩还甩不掉,你们还把他请到家里来,就不怕对你们的女儿不利?"

这次女同学的母亲有点火了:"你们这是哪儿跟哪儿?王兆胜的家里条件是很差,长得也确实不像样儿,但怎么能一下子将一个人看扁?更何况他心地善良,又有志气,说不定将来还是个人才呢!""再说了,这样一个无依无靠的孩子,我们关心关心他,有什么不是?"她又补充说:"至于他和女儿的事,我们想都没想,那是年轻人自己的事。不过,假如将来有一天,他们自己处好了,做父母的也决不反对!"

看着话不投机,人们也只有怏怏不乐地散去。

高考成绩下来了,我比女同学少了近三十分,她以全校第一、全县第二的成绩考进中国人民大学,我则到了山东师范大学读书。一天,女同学的母亲给我寄来一个包裹,里面是一条毛裤。信中说:"秋风凉了,我们一直惦记着你。记得上次来家时,你穿的裤子短得盖不住腿,想是没有毛裤吧?这个月他爸发了工资,我就买了毛线给家中每人织了一条毛裤,顺便也给你织了,天冷时穿上去挡些风寒。"手里捧着毛裤,我不知说什么好!只知道哭个不停,一颗心都在颤抖。长到二十岁,还从未见过更没穿过毛裤,这是我穿的第一条毛裤。看着密密麻麻的针脚,捏着厚厚沉沉的毛裤，我想起那首动人的诗："慈母手中线，游子身上衣。临行密密缝，意恐迟迟归。谁言寸草心，报得三春晖。"这是真正的母子之情，而我手上的毛裤却是一个非亲非故，没有任何寄望的母亲为我缝制的，这是普天之下唯爱为大的"母爱"光辉。

在大学四年期间，女同学的父母每年都给我寄钱，信中总是对我关心备至！他们念记我的学习、生活、身体和心情，就像父母热爱着自己的孩子一样，我仿佛成了他们家中的一员，也是知心朋友。每次假期回去，我也必去他们家里看看，住上两日，相谈甚欢，这是我少有的快乐之时！不过，与女同学却一直停留在说几句客套话的同学情分上。因为我们都用心学习，后来都各自考上了本校的硕士研究生。

随着接触增多，彼此有了好感，读研究生时我与女同学结成了连理，成为伉俪。这样，我多年的夫妇朋友竟成了我的岳父母大人。当我和妻子一起去看她的姥姥，双目失明的老人握住我的手，竟说出这样的话："谁说兆胜不好？我的眼睛看不见，但摸着他的手，听他说话的声音，俺就觉得他好！多好的孩子呀！"如今老人已逝，但对她的感激、敬服和思念仍在心间！因为我们是心气相通的。

当翻开新的一页，我们开始了长达六年的夫妻两地生活：一个在北京，一个在山东济南，即使如此，我的生活也充满快乐、知足和希望，因为岳父母对我的关爱更多更切了；因为夫妻间的相知、相爱、相慕更深更厚了；因为阳光每日都灿烂地将我照耀，即使在夜晚和严寒也是如此；因为我相信缘分和福祉就在眼前和内心，就在长长的感念与德行的修养中。1993年我考入中国社会科学院研究生院攻读博士学位，夫妻团聚后才真正成家生子，这是天地厚我的结果。而所有这些，我都将之追溯到最早的那个"因"，即一个陌生人对一个穷学生的一念之仁！一对宅心仁厚者对一个毫不相干、如草芥一样卑微的农民之子的同情。

多少年过去了，我与岳父母大人的感情日久弥新，多日不听他们的声音就感到寂寞和挂念，他们对我也是如此！从我出差之日起，他们一颗心就悬浮着，直到听到我回到北京才安心！作为朋友、儿子和女婿，我已和他们心心相印、血脉相通！前几年，岳父打电话给我说："兆胜近来忙不忙？再忙也要先将手头的活放一下。我准备接你老父来北京看看，毕竟他年岁大了。"家父年已逾七十岁，他还从没来过北京。岳父还补充说："你放心，待一阵子，我再将他送回去。"结果，岳父真的陪家父来去，其辛苦和操心可以想见。因为那时我的房子狭小，岳父只能住在我家的阳台上，因为窗户不严，他还饱受了蚊子的叮咬。

我每次回家，路过岳父母家，他们总给我添加些钱，让我带给家父，这是岳父母处处为我着想的地方。另外，岳父母总是说我的"好"，并嘱咐女儿理解我和我的家人，体谅我自小受到的挫折和磨难。妻子也真是难得，她除了从事自己的学术研究，家里家外、我和儿子都在她的照顾之内，因为我就是一个大孩子，除了工作和写作几乎一无操心。她还经常劝我：要经得住寂寞，做自己想做而又有意义的事，要做一个真正的书生，不要随波逐流和人云亦云，也不要与别人比那些外在的东西。与妻子在一起，我从未感到生活与人生的重压，尽管我一无豪宅、二无轿车、三无权柄。在她看来，人生最重要的是内心的富足，而不是身外之物的多寡。

我的岳父母都是普通人，但他们却有着凡人所不具备的优良品质！尤其在我孑然一身、如同乞者之时，他们作为完全的陌生人所给予我的一切，让我有了与以往全然不同的人生观和世界观。就如同大地包含着生命，沙粒蕴藏着金子，我的岳父母尽管有着平凡人的外表，甚至他们的名字也平淡无奇，但却有着金不换的美好心灵。

回眸晚霞夕晖

回首我的成长经历，从小学、中学，到大学，再到读硕士、博士，每一步都不可或缺。在这几个阶段中，我觉得我的中学老师最辛苦，对我投入的时间、精力、情感也最多。我的成长离不开教过我的各位老师，特别是中学老师，在此给几位有代表性的老师留个"小影"，写下我的一些片段记忆与永久的感怀。

蔡志敏老师

蔡志敏是我的中学老师，也是我的班主任。

虽说蔡老师对我并无特殊照顾，有时甚至爱搭不理，然而，他却给我留下了深刻印象。闭上眼或不经意间，蔡老师的形象就会跳出来，鲜活得如在眼前。

蔡志敏老师一头白发，像五四时期的学生头，尤其是他刚理过发时,看上去还有些帅气。他个子不高,走起路来一颠一颠,在"走"中有"跳","行"中有"跃",加上那个显眼的四方步,在协调中又有些不和谐。

那时,我们在文科复习班,我的印象是蔡老师很少回家,他仿佛是住在教室里。他不是用嘴角叼着烟、面无表情在班里巡视,就是在教室门口等着迟到的学生,再就是在黑板上抄数学题,这让几乎所有学生都怕他。一旦有学生来迟,蔡老师就会不冷不热地问:"去哪儿了?"有学生回答:"上厕所了。"蔡老师就会不动声色追问:"你去了多长时间?"学生说十分钟。此时,蔡老师就会提高声调:"蒙谁呢?我来教室也有半小时了。"随后,就是一顿雨点似的数落。他还会补充道:"这样松松垮垮,怎么考大学?如果考大学容易,大家早就考上了,还等着你?"总之,在这些数叨中,迟到的学生只能听着,不好意思辩白。

蔡老师教数学,他在黑板上画图、抄写,图案、数字整齐,可谓又快又好,一丝不苟,如结合他的步伐、分头,还有激情与诗意,就会形成和谐的共鸣。至于他在黑板上用粉笔手书,那就更有意思,仿佛黑板成了他的实验田。他是在用笔耕耘,诗行中穿行,也像在快乐舞蹈,一会儿功夫,原来空着的黑板就变成了白字的一大片。由于个子矮,黑板的高处够不着,蔡老师就会踮起脚,左手扶着黑板，右手向上攀援，仿佛有无形的力在往上拉他。粉笔在蔡老师的手上，一边写一边磨损，于是，他就转动一下，粉笔被绕着圈子使用，既容易书写，字又好看。当长长的粉笔变成不能再短的粉笔头，蔡老师还不舍得扔掉，直到最后捏不住了，他就将手伸进粉笔盒，优雅地再抽出一支，继续此前的书写。

蔡老师抄题时速度很快，只要一大黑板写满，略等片刻，他就会毫不犹豫、不怎么顾惜地拿起黑板擦，风卷残云般将之前的作业题擦掉。因此，跟不上老师步骤的，只能自认倒霉。蔡老师擦黑板也很有特色，又快又狠又稳的那种，他仿佛在收割秋后的庄稼，也有点儿如秋风扫落叶。当白白的粉末如烟似雾在讲台上飞扬，蔡老师就会被覆盖，尤其是白头发被白粉笔末覆盖，这让我想象冬天下雪了，老师从教室外进来，一身都变得雪白。黑板是黑，粉笔是白，文字、图案、粉末与白发一起构图，映照出一个雪样的内心世界。

可能是因为我做事认真，又写得一手漂亮的字，蔡老师有时会让我代他抄写。此时，他就会点上支烟，一边美美地抽上两口，一边向我发号施令："兆胜，你上来，接着我的题目继续抄。"他还漫不经心地警告我："可要认真抄写，万万错不得。"我着急做题，有时抄得潦草，蔡老师就会批评我。当时，我虽有委屈，却毫无怨言，更没跟他顶过嘴。在看到蔡老师提着我抄写的两个小黑板，到别的班级去，我就如释重负，特别是蔡老师是前后悠着小黑板出门的，我还有一种说不出来的满足感，因为在他悠然的步伐中有着我的一份功劳。

我的妻子是我中学的同班同学，她也是蔡志敏老师的学生。后来，说起蔡老师，妻子还记得当年让我上讲台黑板上抄题的细节。她说："当时，你给蔡老师抄题，任劳任怨，不满意时还挨训，你不还嘴，大家都觉得你脾气好。"妻子还说，每当节假日，从家里早回校的同学自带干粮，蔡老师为了不让学生吃凉的，主动让学生到他家锅灶上加热，妻子就享受过这种优待。有的学生的被子脏了，蔡老师夫妻主动帮着拆洗缝好。有个学生患病在家近两月，回校后蔡老师为他补习、熬药、做病号饭，后来这个学生顺利考上了北京的名牌大学。我原以为，蔡老师是以"教室"为家，看来他又是以"家"为教室的。

正因为对学生要求严格，又是没节假日地全身心付出，蔡志敏老师带的历届文科班在全县乃至全省都很有名。1982年，我班考大学的升学率高达80%以上，不少人数学竟得了满分，我也得偿所愿，顺利考进大学。蔡老师所在的班级连续11次被评为先进集体，他在1991年还被国家教委、人事部评为全国教育系统劳动模范。

前些年,蔡志敏老师去世,让我感到有一种珍贵的东西流失了。他教过的学生千千万,也将不少落榜多年的复习生送进大学,只是不知道,还有没有人像我这样,常想起他?特别是曾得到蔡老师厚爱的学生,会不会感恩于他?

蔡志敏,与蔡元培一个姓,又总让我想起方志敏。如果从教书育人、默默奉献的角度说"山东有个蔡志敏",我想也是可以的。

两位班主任

二十世纪八十年代初,在离我家八十里路的一个乡镇中学,办起了文科高考复习班。由于我考理科失利,但语文成绩不错,经反复权衡思量,我决定改弦更张,参加这个文科复习班,改考文科。

当时,这个中学开办了两个文科班。一班的班主任是赵鹏麟,教语文;二班的班主任是张洪彩,教政治。两位老师在当班主任的同时,分别教两个班的课。我在一班,与两位班主任老师都熟悉。

赵老师中等个子,体型较胖,浑厚敦实,颇似举重或摔跤运动员。他声音宏亮,大而圆的眼睛闪着光芒,体力充沛、精神饱满、气势如虹。

还记得,赵老师的板书字大如斗,如他的人一样充满力量,给人以夺魂的震撼。当背着手,在教室里走一圈,他也像武士或武术教练在巡回指导,整个教室顿时变得鸦雀无声。赵老师就像他的名字一样,有麒麟之姿与鹏举之意,有大将风度。

有两件小事对我触动很大。一是赵老师曾不止一次在课堂上读我的作文,他读得认真、入神,让我非常感动,仿佛是被柳枝和鹅毛拨动着的春风绿水。后来,我走上文学之路。当我拿起笔写作,常会想起赵老师读我作文那一幕,就有一股源头活水从心中漾出。二是当赵老师在教室里巡视,走到我面前,会跟我聊上几句。此时,我急忙起身,就会发现他态度温和,满眼是暖意与慈爱,这与他在讲台上训话大为不同。这种目光让我想到天上的祥云和地里的棉花,也有丝绸与绒线般的感受。不知他为何如此待我,是知道我家境贫寒,还是对一个柔弱者的同情,抑或是出于内心博大的仁慈?

古人云:"麒麟者,仁兽也。牡曰麒,牝曰麟。麒麟是吉祥神宠,主太平、长寿。"由此,我对赵鹏麟老师有了更深的理解,原来他是内心有"仁"的。

张洪彩老师军人出身,一身干净利落。当他站上讲台，修长的身材，佩上严谨的风纪扣、袖子扣，以及泛白的衣装，在慢条丝理中开始讲话。与赵鹏麟老师比，张老师更干练，有一种经过社会风雨吹打过后的清明。

读书时，我对张洪彩老师的了解仅限于此。结婚后，与我爱人谈起赵鹏麟老师，她就会提起张洪彩老师，因为那时她在二班，张老师是她的班主任，且改变过她的人生轨迹，由此我对张洪彩老师也有了新的理解。

我爱人说，那年她高考成绩并不理想。在报志愿时，张洪彩老师表示："平时，你学习成绩优秀，这次没有发挥好。一般大学就别去了，努力再考一次。"我爱人听从张老师意见，第二年考入中国人民大学。今天说来，我爱人还感恩于班主任张老师，是他的果断建议改写了她的人生。

我爱人还说，张洪彩老师家在一个叫"卧龙"的村子。这个村离学校五里路，是我上学或回家的必经之路。它陡峭、漫长、难行，足有45度的坡度，骑车无法通行，只得下来吃力推着车子步行。当到达坡顶，回望村子，确有"卧龙"之感。

据说，张洪彩老师在五十岁出头就去世了，非常可惜。

那一年，我岳父跟我说，他见到我的班主任赵鹏麟老师了。因为他们原来认识，赵老师也知道我爱人当时在张洪彩老师班里读书。所以，寒暄之余，我岳父跟赵老师提起："我的女婿王兆胜，曾是你的学生。"结果，赵鹏麟老师当面表扬我说："他的语文不错，我在课堂上还念过他的作文。"看来，在语文、作文、文学上，我与赵老师是心气相通的。

只是不知道，赵鹏麟老师是否知道，他曾教过的一个学生常会想起他。因为在我最困惑、焦虑、难过，或说前途未卜的艰难时日，赵老师曾给予我肯定、温暖与信心。

当我们夫妻共同回忆那段中学时光，两位班主任老师在心中就会闪烁放光，也成为生活与人生的一种福缘。

文学的缘分

人与职业之间有一种微妙关系，但不论如何，其中都有个"缘"字。

我最早学理科，后改文科。再到后来，我想当律师，目标是成为一个大法官。但不知不觉，我进入文学领域，与文学结下了不解之缘，文学成为一生的志业。

就我的文学因缘来说，追根溯源，有两位值得铭记，一是范乡之，二是王慎如，他们都是我的中学语文老师。

范老师在高二时教我的语文。他个子高高的，纯朴、厚实、沉稳、和气，像春天的一棵白杨，有自然而然、昂扬内敛的风度。他最大的特点是微笑，是被阳光洒在脸上、透进心里的温情暖意。中学时光，每人都忙于高考，其他都几乎无暇顾及，范老师像其他老师一样奔波于各班级课堂，他暖暖的笑意与谦卑的身影，是最有标识性的印记。范老师还有个特点，他气定神闲，字正腔圆，语速舒缓，听他的课如沐春风，那是一种心灵和精神的享受。

真正接触范老师，还是在我上大学后。那时，他由中学老师变成大学老师，我们又同在济南，交往自然多起来。记得1989年，我硕士毕业，找工作难，范老师邀我到他所在的大学任教，他为此还给我的硕士导师去信，至今仍让我感动。后来，我虽然没去他那所大学，但范老师的关爱与真诚给我带来巨大力量。

前些年，我到范老师所在的学校讲课。那时，他早已退休，听说课后我去看他，在久等不到的情况下，他来电询问，可知他急切见我的心情。师生见面，相谈甚欢，范老师喜笑颜开，脸上写满幸福感。临别，范老师还拿出茶叶送我，我力辞了，但却感受到他的礼道与仁厚。范老师曾在孔子老家（山东曲阜）读大学，显然被孔门之风长期熏染过。

范老师爱诗，也乐于写旧体诗。2023年的父亲节，他写下《逸乐年华》这首诗,并用寥寥数句就映照出快乐悠然的心境。

> 已过米寿八八,
> 从今了无牵挂。
> 读书看报品茶,
> 欣赏诗词书画。
> 随意春秋冬夏,
> 信步晨光晚霞。
> 身外之物放下,
> 清心逸乐年华。

同年,在范老师从教七十周年之际,我写了几句话赠他,以抒心怀。

一

> 孔门多贤良
> 范园桃李香
> 杏林声高远
> 德被日月长

二

山高向太阳

水低奔海洋

弟子云集日

情思在故乡

三

十八少年郎

告别爹和娘

语文双师范

开启智慧场

四

人生如大荒

云烟白茫茫

范师与王师

飞渡有桥梁

五

文坛圆且方

追求与向往

恩师常在右

心里有大光

六

七十从教忙

弟子列成行

虔敬行师礼

福运与健康

在我数十年的文学生涯中，范乡之老师以内外双重的方式影响着我，在文辞的光亮后面，包含着性情、胸襟、品质、境界，这是一种具有根脉的存在。

王慎如是范乡之的夫人，我该称她师母。不过，她又是我1981年高中复习班的语文老师。那时，我的爱人（当时是普通同学）也在这个班，因此，王老师也是我爱人的语文老师。这种多重身份的叠加，包含了些缠绕又有点奇妙的缘分，其内里正是"语文"这根丝线的作用。

王老师比范老师严肃得多，也冷静得多。每到教室，她总是将书本夹在左腋下，右手背在后面，头微微扬起，有神的眼睛扫视着全班每位同学，然后以轻快的步伐迈上讲台。在我看来，王老师自打开教室，轻轻掩门，这一连串动作,仿佛是在登台表演,有一种强烈的仪式感,也是舞台角色的一个个动作。记得那年我去拜访曹禺先生,他向女儿这样喊道:"小方,有——客人来,快点——倒茶。"这常让我想起王老师的登台上课,只是曹禺是有声的,她是无声的,不过,那些鼓点、叫好、节奏却隐在幕后。

这两位中学老师的名字,常让我浮想联翩,但总不得要领。"乡之",对应"乡梓";"慎如",是不是出自老子的"慎终如始"?反正,二者都是文名雅号,包含了深厚的文化底蕴。特别是当我知道王慎如老师的身世,一下子变得豁然开朗起来。原来,王慎如老师的父亲叫王苓菲,后改名为王照慈,他是二十世纪三十年代海鸥剧社的创始人之一,这个剧社是山东省第一个革命戏剧团体,成员有王弢、俞启威(黄敬)、李云鹤等。

王慎如老师去年初春去世,他曾写过一首诗《我爱麦冬》,其中透出文雅娟秀,以及生命与精神的飞扬。诗曰:"我喜欢公园里的花红柳绿/更欣赏油油麦冬长青四季/阳光下/她蓬蓬勃勃盎然挺立/伴着花香/滋润大地/风雨中/她舞动着柔韧纤细的身体/守护着春华秋实/冬天来了/她给大地披上绿衣/迎着漫天飞舞的雪花/尽显一派生机/我爱麦冬的品质/不枯荣,不争宠/默默无声/只为做好自己。"这是一种无言的心语,它需要细细品味才能进入内心。如果说范老师用旧体写新情,王老师则用新诗写旧意,是那种永远不变的初心,也是一种温婉的本色气质。

我所从事的文学事业园地里,常有生命的音符在跳动,一如五颜六色的蝴蝶在飘然翔飞。这时,我就会想起范乡之、王慎如两位语文老师,他们所给予我的点滴灵光,以及我们的文学奇缘,是人世间难得的巧遇和机缘。

孙同茂老师

孙同茂是我的初中数学老师。如今,他已去世多年,但我常会想念他,包括他清晰的身形、眼神、举止、言谈,以及其他方面。在我的成长过程中,孙老师给予我强大的支撑力量和内在动力,也是促使我不断进取的台阶。当我每每拾级而上,步入一个新平地,回首遥望,孙老师仿佛还站在那里,对我翘首以待。

孙老师与我同村,他的父母家与我家隔壁而居,中间只隔着一条十来米的胡同。虽然一条道路将两家分开,但我的母亲与孙老师的母亲特别友好,常有串门和隔着院子喊过话来的声音。我们两家又是一个生产队的,这就大大增加了共同劳动、相互帮助的机会,也增进了邻里友善关系。因此,说王、孙是一家人也不过分。

孙同茂老师在家排行老二，上有哥哥孙同开，下面有孙同胜和孙同利两个弟弟。孙同利比我大几岁，我比大哥王兆法小11岁，孙老师比我大哥还大几岁，可以说，孙老师算是我的长辈了。有趣的是，后来，我小姑的儿子赵永杰娶的是孙老师哥哥孙同开的女儿，且还做了上门女婿，有点无巧不成书。还有，在蓬莱村里集中学复读，我与孙老师妻子的弟弟竟然在一个班。再后来，我家与孙家之间的胡同消失了，那是经村委会同意，两家向中间挤靠，各占一半，于是彼此分开的两家合到一起，成为邻居，这当然是后话，是我在外多年后完成的。只是那个曾载着我童年、青少年时光的胡同旧梦，现实中再也找不到了。

孙老师的婚房在父母家南面，只隔一条小路。它在我家西南角，相去不远，触手可及。当时，从我家西门出来，向南十多米，再向西转个弯，就是孙老师家的南门。因为有家缘、师生缘，又离得特近，所以，我能常见到孙老师，有事没事也常往他家跑。

孙老师十分讲究，那时他还是民办老师，但教课的严肃认真不亚于正式教师。走上讲台，孙老师可谓风纪整严、一丝不苟，加上他一脸严肃，两只外突的眼珠，在瘦弱的脸上格外精神，不怒而威，令不少学生怕他。给我留下深刻印象的是，孙老师手拿直尺、三角尺、圆规，在黑板上画线画图，那真是美的享受。记得，孙老师那把三角尺呈金黄色，有年久积深的沉淀和生命润泽，这在我心中留下长久的影子，那是一种纵深感与经久不变的色泽，甚至影响了我的色彩美感，这从我后来居家选择家具的颜色可见一斑。

孙老师还利用节假日给我补课。每当在门口见到我，孙老师就会问我有没有事，没事的话就到他家做几道数学题。到了饭点，孙师母就会邀我在她家吃饭，我犹豫着说，离家只有几步远，马上就回家吃饭。孙老师就会说："兆胜，你不用客气，留下来吃饭，吃完饭接着做题。"师母就会附和着说："是的，你家的情况，我和你老师也知道，你家的饭肯定不会好过我们家，就不用客气，和自家一样。"因为我家的经济与生活条件极差，师母直言不讳。她还补充说："一会儿，我去跟你姐说一声。"因为孙师母与我姐关系好，我姐平时对我管教严，没有她的允许，我是不会随便在外逗留，更不能在别人家吃饭。今天想来，我的少年时光，不仅从孙老师那里开学习小灶，还吃了他家不少好饭，这于我这个在物质与精神上都极度贫乏的孩子来说，无疑于是一种福运，也让我对人世间的温暖有了深切的体会。

后来，听我的中学老师刘有兴说，那年在村里集中学的入学考试中，我取得优异成绩，特别是数学分数很高。今天想来，离不开孙同茂老师的呵护与帮助。还有，我后来之所以能不断进步，也离不开孙老师和孙师母给予我的帮助，那是在一个少年心中种下的一颗种子，它慢慢长成正直、关爱、善良、仁慈、美好。

上大学后，回到家里，我去看过孙老师、孙师母几次。有时，孙老师不在家。有一次见到他，他看到我后特别高兴，并给我不少勉励。后来一次，我给孙老师带去好茶，师母说他胃不好，正在治疗。那时，孙老师已经退休，并由民办转为正式教师，退休待遇还不低。由此，孙老师还表达了对党和国家的感恩。最后一次，我再去看孙老师，他已经去世，师母说得的是胃癌。

人的生命就如同树叶，早一天或晚一天都会向大地飘落。孙同茂老师没能得享晚年生活，对于奋斗了一辈子的他来说，不能不说是个遗憾。不过，与那些在春意盎然中就凋零的树叶比，孙老师奉献了他的一生，也完成了自己的使命。

孙同茂老师就是那片落叶，他在离开大树的瞬间闪动着生命的光彩，那是源于对教育事业的深情与奉献。

余 韵

我曾写过《第一位恩师》与《心灯》两文,感恩于刘炳华、刘有兴这两位中学老师对我的教诲与厚爱。除了以上老师,我还有一些中小学老师值得感谢与铭记,在此我记下他们的名字:王洪兰、孙桂开、门行宝、姚喜奎、王有宝、王春雨、崔贵品、陈德松、董敏学、杨绍宏、李仁茂等。中小学老师是人离开父母后在学习道路上走上人生阶梯第一阶的引领者,每一步都至关重要。有时我想,父母给子女以生命,但中小学老师则给孩子开启了知识与智慧之门。自此开始,人之子才有可能走上更广阔的世界,拥有别样的人生。

第一位恩师

临近不惑之年，想想自己上学读书的时间可真不算少，从小学、初中、高中到大学，再到硕士和博士研究生，少说也有二十几个年头。在这期间，教过我的老师也有很多，粗略算来不下百位。应该说，在我的成长过程中，这些老师都程度不同地影响过我，但真正给我留下深刻印象，并震撼我心灵的却不多。最早感动过我的是一位女老师，那是我读初中一年级的班主任、物理老师刘老师。

刘老师叫刘炳华，她只教过我一年，时光已经过去二十多年，但她的长相还历历在目：高高的个子，白净的长脸，一双眼睛锐利而坚定，一条马尾式的辫子自然而然地垂在脑后。刘老师给我留下最深印象的习惯性动作是，常常咬紧嘴唇和紧吸鼻腔。前者是她要强性格的表现，后者可能是她患有鼻炎的反应。在我的印象中，刘老师鼻子常有不通气的时候。

　　刘老师的气质确是与众不同：那么精干而明朗，那么充满青春风采，那么饱含着书卷气，并且还是那么自信而骄傲。但那时刘老师给我和全班同学最为突出的印象恐怕还是严厉：她很少含笑，也缺少温和，她的目光常常如同短剑之寒光射过来，令每个学生有不寒而栗的感觉。同学见到刘老师都如同老鼠见到猫似的，也是因为这样，我班的纪律一直不错。一般说来，这样的老师都会给学生不易亲近的感觉。

　　但后来有一件事改变了我对刘老师的看法，并让她在我的心目中留下了永远抹不去的美好回忆。那是我母亲去世之后，家里需要我放学后回家做饭，而等到放学后再回家做饭就太晚了。有一次，怀着惴惴不安的心情我来到刘老师办公室请假，希望能够提早回家做饭。说实话，当时我是没有抱多大希望被刘老师允准的，因为我知道刘老师是多么严格和厉害！没想到，刘老师听说我母亲已经去世，不仅立即答应我的请求，而且嘘寒问暖，关心备至。刘老师还表示，以后不需要再向她请假，每天自习课我都可以提早回家，如果有别的事情需要她帮助，一定不要客气。更令我感动的是，刘老师一向严厉的表情，此时不知怎么早已烟消云散了，代之而来的是一脸的关爱，就是脸上的几个雀斑也生出熠熠的光辉。而且此时的刘老师目光温和，眼里饱噙着泪水，一种母亲般的关爱如同炉火般温暖着我那颗冰冷的心。一时，我高兴起来，走出刘老师的办公室，原来狭小的天地也变得无限阔大起来，原来抑郁阴暗的心变得无限敞亮起来。

这件小事大约发生在1976年的上半年，那时我只有14岁。到今天已经25年过去了，刘老师可能早已不记得这件事情了，但我却一直将之珍藏在心底。每当我一个人在外面的大世界里艰难地漂泊，遇到了风风雨雨，刘老师曾给予我的关爱就会从我的心底油然漾起，并化为鼓舞我的巨大力量，于是我就会重新振作起来，继续投入茫茫人海中去。有时，夜深人静，无边的孤独如潮水般向我袭来，刘老师便会成为一种深远的背景，给我一种强有力的支撑。有时候我想，在我的成长过程中，刘老师给我的关爱使我触及到人与人之间那些非常内在而温柔的东西，那是人间最最美好和珍贵的。同样的，我也一直看重关爱和柔情的力量，也一直尽量地将它们奉献给他人，并且从不考虑回报和感恩之类的事情。就如同天空和大地将生命无私地奉献给动物植物一样，刘老师从不要求得到什么，而且也从没有将这些事情放在心上，她对我和对她教过的学生恐怕也是这样。尽管表面看来，刘老师非常厉害，但我曾接受过从她心底流出的母爱般的暖流，这成为我生命中最为重要和宝贵的东西，我将永远将它细细地珍藏。如今，刘老师恐怕也到了知天命的年龄，只是不知道她现在过得怎样。作为得到她厚福的学生，我祝愿上天赐福给她，让她过得快乐和幸福，并且能够长命百岁！

心 灯

上大学前,我的人生路崎岖不平,可用漆黑一团形容。不过,有一人对我影响很大,如心中的明灯照我前行。他就是我的中学老师刘有兴。

刘老师是我的班主任,我是他班级的班长。

那时,我个子小、貌不出众,父母都是农民,家境贫寒、母亲早逝,情绪低沉,前途一片渺茫。至今,我也不知道刘老师为何会让我当班长。是我初中当过班长,还是中考成绩出众,抑或是从我身上看到某些潜质?

是刘老师开启我的人生大门,让我感到天地之宽,对未来充满信心,生活的光焰在眼前不断闪烁。

我家离这所乡镇中学七里路,每次步行来去,在学校寄宿一周,周五回家,周日返校。有时走大路,有时走山路。多与同学结伴同行,一路欢歌笑语,野花遍地,天有流云，地有溪水，脚下是沙沙声，这些都让我身心愉悦，散发着青春的光泽。

到校门口，要爬一个长长的高坡，每次我都有攀登感，一种前途广阔和充满希望的喜悦。那时，我们七七级共招收四个班，我所在的二班，在攀上高坡后左拐，就是一段平路，两相比较，每次都有一种"世上无难事，只要肯登攀"的感动。然后右拐，经一班门前，第二个门就是我班。三、四班要在攀上高坡后，直走，过一个中院，再上高台阶，才能到达平地，两个班级分布于此。我村有好几位学生和我一起考上这所中学，但他们多在三、四班，这些同学有王春强、王有杰、王春田、王海英、孙贵友等。如今，有的同学已去世，有的多年不见，那段时光给我留下的多是美好回忆。

40 年过去了，至今我还记得我们二班的班委和分工情况：刘更生是书记，我是班长，刘全波是副班长，陈维芹是学习委员，张长庚是劳动委员，刘建芹是卫生委员。不知道，这些班委还有班主任刘老师是否还记得这些？

刘有兴老师身体健美，有运动员的线条流动感。因为喜爱运动，他除了篮球打得好，还是短跑健将。他不高不矮的个子，走起路来，头微侧而高昂，双手笔直在两侧前后轻摆，脚步稳健轻快，仿佛一直在踮着脚曼舞，给人一种欢欣鼓舞的节奏感。刘老师眼睛闪亮,头发乌黑,前面两颗门牙有些黄,可能与家在几里外的温石汤有关。据说,常喝温泉水会导致牙齿变黄。

刘老师教物理,他讲课不慌不忙,咬字清楚,常将音调拖拉得很长,有一种强烈的节奏感和音乐感。他曾说过的两句话,像篆刻在我脑海里,常在耳边回响。一句是:"两辆列车相向而行。"另一句是:"火线接开关,地线接灯头,接通开关和灯头。"

第一句被分成前后各四个字吟唱出来,其时间差少说也有三秒,是一个让人期待的大大的停顿。而前后四个字中的每一个,又都被刘老师重点强调出来,像钉钉子一样铿锵有力,还伴有他坚定的手势。后来,每当看到相向而行的两辆列车,我都会想到刘老师这句话,对于人生也有了某些长长的期待与联想。其实,在许多时候,人们难道不是"两辆列车相向而行"吗?有时遇到某个人,可能再无机缘见面。就像我们这些曾在一个班级、一个年级、一个学校的同学,一生也不一定再能见到。

第二句在表述上并无特别,内容是关于物理基本常识的,但它总在我心中跳跃,也让我品味出其间所包含的人生哲学。"火线"与"开关","地线"与"灯头","火线"与"地线","开关"与"灯头",它们之间的关系有些绕口令般错综复杂,弄不好就是一团乱麻或一团糟。然而,经两个五字一组、一个七字一组的三个衔接,一下子变得清晰明白、通俗易懂。这对我后来的学术研究影响甚大,也启示了我的人生哲学。有多少人生往往接不好线,错把"火线"与"灯头"连接,"地线"接上了"开关",从而失去亮丽的风景与生命的五彩。

高一上半年,我的学习成绩还好,在班级乃至学校名列前茅。不知为何,下半年成绩开始下滑,于是我感到焦虑,睡不好觉,对学习影响较大。对此,刘老师可能有所不知,我也没找他说明。因为那时连我自己也搞不懂原因在哪。是放松了自己,还是有些扬扬自得,或是没处理好青春期的情绪?很快到了年底,在全县重点班考试中,我所在的乡镇中学考上36人,我忝列其中。不过,当时虽不知具体名次,但我心知肚明,自己的成绩一定不会理想。

第二年,我到离家二十多里路的重点班上学,全力投身于准备高考。没考上重点班的继续在原中学就读,刘老师仍在镇中学教书。我是我村唯一一个考上重点班的,所以还有些庆幸和自豪。不过,第二年,我的学习成绩继续下滑,到1979年高考前,竟成为班级的倒数几名。

高考失利后,我感到极为痛苦迷惘。那时,乡镇中学发来通知书，让我去那里的复习班复读。没想到，复习班的班主任是刘有兴老师。我知道，这其中一定有刘老师的关爱，他看到我落榜，特意又将我收在门下。也许是缘分未尽，我的前行受阻，只能退一步，跟着刘老师继续修行。

经一年的复习考试，我仍一无所获，连中专也没考上。我羞愧难当。然而，刘老师从未责怪我，更没看不起我，只好言相劝，向我投来满是关爱的目光。我知道，此时的刘老师对我也是爱莫能助的。

后来，我又接到一个复读通知书，是离家八十里的一个乡镇中学发来的。那天，我去找刘老师，征求他的意见。前两次我一直考理科，这次是文科复读班。据说，在那里集中了全县较优秀的老师授课，这令我犹豫不决。刘老师看了通知书，建议我趁机改文科。他说："我儿子也是学文的，文科没理科招生多，但你的文科不错，特别是语文好，我觉得你更适合学文。"遵从刘老师建议，我弃理从文，开始了新征程。

这一年我又没考中，但离分数线很近。1981年下半年，我又接到蓬莱二中文科重点班的复读通知书，经两年周折，我再次回到这个重点学校。幸运的是，第二年我终于考中。当我拿着高考录取通知书去见刘有兴老师，他喜笑颜开,一边祝贺一边情不自禁说:"兆胜,你和我儿子同光考的是一个学校、一个系,到时候你去找他。"刘老师的儿子刘同光在1979年考入山东师范大学中文系,我也被录取于此,可谓无巧不成书。

到了山师,我得到同光兄的生活照顾和学业指导,对于书法的酷爱就受他启发引导。特别是考研一事,他功劳最大,具有关键性作用。八十年代初,考研还没形成潮流,我那时热衷于从政,做了好几年学生会干部。然而,毕业后回烟台工作的同光,亲笔写信让我考研,并谈了自己对未来社会发展的看法。我觉得他说得在理,立即改弦更张,今天我的学术人生之路离不开当年同光兄的点拨。回想当年,刘有兴老师让我由理科转文科,是英明之举。我的两个人生转折点竟都与刘有兴老师这个"因"有关。

前几年,在烟台举行的刘同光书画展上,我又见到刘有兴老师。他高兴极了,满面春风对我说:"听同光讲,你现在很有成就,但不要骄傲,继续努力啊!"接着又说:"同光这小子真厉害,太有毅力了,不得了。不过,不能骄傲,还要继续努力!"在这种夸赞中,既充满自豪,又包含永不知足的期望,一个是他曾经的学生,一个是自己的儿子。从中,我也看到刘老师的内心世界,以及他的人生观。我甚至能感到,在刘老师内心一直没放弃对我的关注和希望,即使在我最失落、最沮丧的那些年月。多年来,我主要与同光兄保持联系,疏于同刘有兴老师往还,但他于我一直有父亲的感觉,心中总是将他作为一种无形的前进动力。

日月是天地的灯,不然就漆黑一片。父母是子女的灯,否则言行就失范。老师为学生掌灯,这样可避免心中黯淡。

因血缘关系,父母对子女往往用情至深。师生之间,没有血缘关系,老师是用知识、思想、精神和智慧将学生的天地人生照亮的。

刘有兴老师是我的心灯。他可能不像我的硕士和博士导师那样,成为我学术研究的引路人,但却点亮过我的心灯,特别是在我最纠结、困惑和举步维艰时,默默给我以援手,施以深沉的爱。多少年过去了,刘有兴老师在我的人生中从未缺席,在我心中有难以表达的分量。

他一直在照耀着我,不论我走到哪里,白天还是暗夜,特别是在那些孤寂无助、进退维谷的日子,一想到他,我就会感受到一种无形的力量激励着我。

天高地厚筑我庐

在中国人的心目中,最重要的可能莫过于有个家,因为家不仅可遮风挡雨,更是风雨飘摇人生中的根系所在。试想,在狂风巨浪的大海上,如无平静的港湾,亦无定海的锚舵,我们的人生之船不知要漂向何方,翻转到哪里。当年,我们这些乳臭未干的农民之子,走出大山,离开父母,漂泊于大都市,开始了新的人生征程,一切都在希望与渺茫之间,倘若没有老师的指点与呵护,一切都是不可想象的。朱德发教授是我的硕士导师,他是我学术人生的第一个领路人,是他用心为我搭建了一座高枕无忧的天地之屋。

第一次见到朱老师还是在大学课堂上。那是二十世纪八十年代初,朱老师给我们本科授课,讲的是中国现代文学。当时,许多同学反映,听不太懂朱老师浓重的乡音;

而我则觉得声声入耳、句句在心，竟无一字一句模糊和隔膜。听音辨声，朱老师应是我的老乡。朱老师讲课给我的最大冲击还是他炯炯的眼神、飞扬的神采、坦诚炽热的声音、认真严谨的态度，还有新颖独到的观点。那时，朱老师已是国内知名的中青年学者，他的《五四文学初探》就以大胆的探索精神和创见影响甚大，成为其学术研究的开山力作。

1986年，我考上朱老师的硕士研究生，并有幸成为他的开门弟子。刚入门的第一课，至今我还记忆犹新。朱老师给我定下远大的奋斗目标："三年时间，第一年打基础，第二年冲出山东，第三年走向全国。"当时全国上下的学术发展甚快，人的精神也如秋后的籽实一样饱满晶莹，而朱老师本人的学术研究也是如火如荼、蒸蒸日上，他的奠基之作《中国五四文学史》震动学界，学术名刊《文学评论》也不断推出他的力作，这对于省级高校的一名中青年学者来说并非易事！令人遗憾的是，我并没按老师的要求去做，更没能实现他的厚望，整整三年时间，我在读书、研究上花的时间并不多，反倒将更多时间用在做小买卖、下围棋和谈情说爱上了，这恐怕是朱老师至今也不甚了然的吧？

做小买卖是因为家贫如洗，也由于对珍贵的学生时光重视不够。那时，我与同学一起卖过暖瓶，做过馄饨，饱受了做买卖的辛酸、艰难甚至屈辱，这些经历今天看来虽不无益处甚至大有益处，但它毕竟导致了读书时的用心不专。沉溺于围棋至今连我自己也不明所以，可能是有根神经与围棋息息相通吧？不要说饭前饭后、午休晚休，就是正常的学习时间我也忍不住与同学厮杀两局，至今想来，我得助于围棋者不可谓不多，但三年研究生耗在围棋上的时间却不计其数！另外，因女友在北京读书，我常跟朱老师请假，尤其是节假日更是如此！从济南到北京，当时坐火车要七个多小时，我也记不清三年中跑了多少个来回。对于别的方面，朱老师可能知之不多，但我老往北京跑一事他是知道的，并且为此还批评过我。他说："兆胜，大好时光不要都虚度了，恋爱固然重要，但趁着年轻要多学点东西更重要。"他还对我说："你知道我们是怎么过来的吗？我与妻子两地分居二十多年，见少离多，常将大米装进暖瓶泡一夜，第二天倒出来吃！"有趣的是，后来我才知道，朱老师与我同县，我们都是山东蓬莱人，家乡相去只有六七十里。更有趣的是，他与我的女友竟是一个乡镇的，一个是大柳行乡门楼的，一个是大柳行乡水沟的，相隔只有五里路。还有，女友的父母（后来成了我的岳父母）说，他们早就知道朱德发的大名，且告诉我说："他十八岁就当小学校长,后来出去读大学,在当地大名鼎鼎,非常有才,人品也好。"当我将这些告诉朱老师时,他也感到有些神奇,这真是无巧不成书了。

研究生毕业前,我以搜集材料和找工作为名又来到北京,结果却无功而返。见到朱老师,他急不可待地问我硕士论文写得怎样,我说还没写完。他又问我写了多少,我说还没动笔。他再问我准备写什么题目,我说尚未考虑成熟。朱老师一听就火了:"那你这么长时间在北京干啥了?"我说主要是找工作。当得知我一个工作都没找着,他马上由原来的大动肝火转而变得温和起来,并低声说:"我不是劝你不要到北京找工作吗?"看着我垂头丧气的样子,他心软地拍着我的肩膀安慰道:"这样正好,你就在济南工作吧!我给你联系单位。"朱老师最后强调:"离毕业时间已不多了,下面你就安心写论文吧!"这一次,我充分领教了朱老师的脾气,也深怀愧疚,因为三年的学习生活快要结束了,我的论文和工作还都没着落,甚至可以说"空空如也""前途未卜"。我心想,朱老师恐怕对我这个弟子已大为失望,更无刚入门时对我的厚望了吧?

那时的研究生不像现在要经过开题报告,只要学生将文章写出后提交老师过关即可。在破釜沉舟和背水一战后,我全力以赴投入论文的思考和写作,凭着一份意志、一点儿小聪明、一股灵气，我很快完成了三万多字的硕士论文，题目是《中国现代家庭文学的文化意蕴》，这是较早从家庭文学与文化角度审视和研究中国现代文学的文章。当我将论文送朱老师审阅时，他有些吃惊，并随口说了句："这么快？"他用怀疑的神情一边翻阅一边补充道："不过，光写出来还不行，还要写得好！"几天后，朱老师把我叫到家里，眉开眼笑地说："论文我看了，不错，比想象的好多了。"随后，他还说："告诉你一个好消息，工作我已给你联系好了，到山东社会科学联合会，一去就有套新房。"这是不可想象的，因为当时是1989年，找工作难，有房子更难，更何况我又是刚结婚，一人在济南。后来，到工作单位才知道，同年进单位的毕业生都有房子。我和刘瑞林是硕士，每人分得一套；赵晓和赵峰是学士，他们还没结婚，合住一套。更可喜的是，再后来，我将硕士论文投给《文学评论》的王信先生，结果很快得到用稿通知，这样，我论文的一部分竟在《文学评论》的1989年第6期发表出来。这可有点鱼跃龙门的感觉，因为有多少著名教授一生就没能在此刊上发表文章。得到这个消息，朱老师兴高采烈，可用眉飞色舞来形容，他不停地说："不错，真是不错。"

因为要解决夫妻的两地分居，我征求朱老师的意见，想通过考博到北京。朱老师有些不赞成，他希望我让爱人调回济南，并表示："博士太难考了，尤其是进京读博士。"我知道朱老师的心情：一是那时的博士招得太少，要考上确实困难，加之毕业后我一直醉心于书法，对专业基本放弃了，他也许担心我考不中；二是多年在一起，他心里舍不得我离开。后来，我真如所愿考取了中国社会科学院文学研究所林非研究员的博士。当得知这个消息，朱老师有些情不自禁，手舞足蹈起来，此时真可用"花的盛开"来描述朱老师不尽的喜悦。或许在朱老师看来，到北京读博士，既可解决我多年的两地分居生活，又是我得以提升和再造的一次良机，由此还可证明我是有一定潜质的。这次考试的成功，对我是个莫大的鼓舞，它可能稍稍改变了我在朱老师心目中的形象，即由原来的平庸无为变得有些希望了吧？

到北京读博士后，我与朱老师的联络和感情并未因天各一方而中断，反而更加紧密和深厚，我们常常通信和通话，也不时地见面聚谈。对我出版的每一本书，他都给予热烈的赞扬和鼓励。前不久看到我在凤凰台上做节目，朱老师特意打来电话，声音中有些亢奋，他说："兆胜，我看到你在电视上做的节目，太好了！祝贺啊！"前几年，我家里兄弟姐姐多有变故，外甥女找工作难，在经过大半年的奔忙后，我一无所获。实在无奈，只得向朱老师求助。朱老师一听我的困境，二话没说，只说了一句话："兆胜，这事你就不要操心了，我来想办法。"很快地，外甥女的工作有了着落。还有一次，朱老师听我说有"归隐"之意，就对我说："你的'道'可是'悟'得太早了吧？我这一大把年纪，快八十了，还一直没放弃工作，还在努力，何况你正当盛年，是不是太消极了？"这里的所谓"悟道"，是隐含着批评之意的。

是的，与许多教授、学者退休即是"放弃"不同，朱老师一直没放弃他的学术研究，一直像战士一样努力工作与奋斗不息。别的时间取得的成果不论，在六十岁后的十多年里，他竟然出版了近十部学术专著，它们是《中国山水诗论稿》《五四文学新论》《中国新文学六十年》《主体思维与文学史观》《中国现代文学史实用教程》《跨进新世纪的历程：中国文学由古典向现代转换》《评判与建构：现代中国文学史学》《世界化视野中的现代中国文学》等，而且这些著作都是大部头的，其中凝聚了朱老师多少心血由此可见一斑。在这中间，我看到的不只是成果数量，更是一种精神，一种将学术看成事业、有强烈的责任担承、不断超越自我的境界与品质。当今天的学术研究主体年龄不断变小，即由四十年代出生到五六十年代，再到七八十年代出生,而1934年出生的朱德发教授却仍然奋斗在学术第一线,并不断创出力作,这令我感慨良多,一种敬仰之情便会从心底油然而生。尤其是当听到从长途电话那头传来恩师高亢、沉实、快乐、悦耳的声音时,当老师兴致勃勃叙说着他的宏伟计划和研究心得时,我总会获得巨大的鼓舞力量!我常跟朋友说,朱老师快八十岁的人了,还像小伙子似的,脸不显老、体不臃肿、双目炯炯、底气十足、元气充沛、精力过人。我与同门好友张清华甚至颇有同感,即觉得朱老师的身体比我们俩都好,我们还开玩笑地究其因,并得出下面结论:这主要与朱老师很少食肉,而偏爱吃海产品有关吧?不过,后来想想,这可能只是原因之一,更主要的恐怕还要归结为朱老师的人生态度。

以我的理解,朱老师的人生观是成功地化合了儒、道两派的特长,亦即外有儒家的积极进取、仁义良善、刚正不阿护体,内有道家的自由散淡、无争无竞、逍遥自适定心,所以他才能在风云变幻、起伏不定、明灭无常的人生中立于"不败"之地。进而言之,朱老师有天地大道蕴含于心,所以他才能在和光同尘中又超凡脱俗,获得与众不同的人生。比如,在职称评定、分房、评奖等事情上,朱老师一向都是"让"字当先,从不像有些人那样无所不用其极而与人争得"你死我活";然而,到最后,朱老师却往往所得最多,这可能就是老子所说的"不争,天下莫能与之争"的道理吧?记得,朱老师曾对评职称一事说过这样一段话:"当你的水平与别人不分上下甚至还不如人时,你即使争到了也没多大意思。如果你的水平确实高,大家都看着呢!这次上不去,下次就很有希望,下次上不去,再下次希望就更大。否则,评委不评你也会感到不好意思的。"朱老师还补充说:"关键是要有实力,有独树一帜的研究成果。"更为重要的是,朱老师的人生态度不是有意而为之,更不着意用"术",而是自然而然的"天养"和"天成",他积极进取、快乐逍遥、天容地载、与人为善、博爱仁慈、大事认真而小事糊涂、平淡从容以及谦逊、敬天惜物。如果打个形象的比喻,那就是:表面看来朱老师是块石头,甚至是一块极普通的石头,但石中却有珠玉在。

在执教五十年时,朱老师荣获国家教育部颁布的"中国首届百名高校教学名师"的光荣称号,从他的言谈举止中可见这个荣誉在朱老师心中的分量!记得朱老师是来北京授奖的,那天我到宾馆看他,朱老师小心翼翼从盒里拿出奖牌,先是将它挂在我的脖子上,他自己则退后一点进行审视,然后又将它挂在自己脖子上对镜端详,一副心满意足的样子！他还不停地自语道："真是不错，光彩照人啊！"此时，我颇受感动，我当然知道，朱老师所谓的"光彩照人"指的是这枚奖牌，但我却认为"真是不错"和"光彩照人"的应是朱老师本人，因为他执教五十年，用自己的美德与才华到底点亮了多少学生的心灯，恐怕连他自己也说不清！在与朱老师相处的时光中，我从没看到他如此高兴和自豪过，面对"全国名师"这一称号，朱老师一下子变成一个知足、快乐和幸福的孩子了。

曾国藩曾在《冰鉴》中有言：审人用人，最要知人。一个人有好的面相不如有一副好的骨相，而好的骨相又不如有一副好精神。朱老师个子不高，中等身材，表面看来并无特异之处；不过，如用相人之法观之，他的面相、骨相和精神均好！那饱满的"天庭"是"天高"，浑圆的下巴是"地厚"，而在其中则蕴含着天地自然的"精、气、神"。我就是受其点化，多多少少有所感悟，而我的人生也得益于此者良多。在人生得意之时，一个人往往不容易产生念想；而在遇到困难甚至失意时，一个人往往就离不开亲朋师友，尤其是离不开他们精神的支撑。从这个意义上说，朱德发老师就是我的精神支柱。当一个异乡的漂泊者在夜深人静时，当悲剧感和孤独寂寞像寒夜般袭上心头，我多么像那个在云雾缭绕中不断穿行的夜月，看不到光明也寻不到尽头，而此时能给我希望与力量者就是我的老师和亲朋，这其中就有朱老师关切的目光和音容笑貌，那是我心中喷薄欲出的一轮朝阳。

有一次过节，朱老师没接到我的电话，就亲自打电话来问："兆胜，你怎么没给我打电话？"他还补充了一句："我还真想跟你聊聊！"话说得极普通，但像一股暖流涌遍我的全身。我的老父亲健在时，如我久不与他联系，他还常常向我抱怨，因为他怎么也无法理解儿子在外是如何忙碌的；而朱老师对学生对他的忽略甚至怠慢却从无怨言，他有时像个纯真的孩子一样可爱，只记得人家对他的好，而不计较他对别人的恩情，更不以怨报怨，却总是以德报德甚至是以德报怨。因此，与朱老师相处是极为轻松自然的事，我从不担心在他面前做错了事，错了他会批评甚至大发脾气，但很快就烟消云散——忘了。今年夏天我到济南讲学，听说我要到他家里去，朱老师很早就在等，我可以想象他坐立不安的样子；但因为车堵得厉害，很晚我们才见面。看到朱老师急切和亲切的目光，我心为所动，这是只有在回老家时从老父亲眼里才能看到的神情。可惜的是，因为赶火车，只与老师和师母聊了十几分钟，就匆匆离开。朱老师有些遗憾地说，他已为我在楼上备了床铺，还打算晚上和我长谈呢！

我很想画这样一幅画：在天高地厚的浩瀚旷野中，有一座坚如磐石的庐舍矗立着。前者是我的恩师朱德发教授，而后者就是我。正是有了朱老师的天地之宽厚，我才能仰望宇宙之大，俯察世间万物，更能在风雨飘摇的人世间立稳脚跟，风霜雨雪都不怕，从而温暖、快乐、宁静而超然地生活着。这让我想起家父的肩背和胳膊，那永远都是孩童时做美梦的摇篮。

这可能并非我一人的感受，而是朱门弟子和许多人的共同心声。因为对于所有的弟子、学生，不论是什么背景，是大是小，是男是女，长相和才分如何，也不论是成是败，是官是民，朱老师都一视同仁，不分彼此和厚薄。当然，即使不是朱老师的弟子和学生，只要与他有一面之缘，我想，大概都会在心中留下关于他的美好印象吧？

师德若水

中国自古有尊师的传统，在武林中还直接尊称自己的老师为"师父"。何以故？为师若"父"之谓也！试想，当一个人到了学龄甚至在更小的时候，即踏入师门，于是在老师的培育下，他们开始汲取知识的营养，渐渐明理，有的还能成为国家的栋梁之材，在此老师之功可谓大矣！如果说，亲生父母主要给子女以生命的肉身，而老师给予学生的则是精神和灵魂，从这个意义上说，老师之伟大远胜于天下父母。

我自1993年师从林非先生攻读博士学位，至今已逾16个春秋。其间，与老师朝夕相处时有之，促膝谈心时亦有之，每隔些日子即通一次电话问安也已成习惯，而师徒聚餐神聊的时光更是无以计数。可以说，这么多年，除了妻儿，我与林老师待在一起的时间最长，从他身上我能感到慈父般的温暖、上善若水一样的师德。

最早与林先生接触是在1993年之前，那是为博士备考的时光。在通常情况下，考试之前，考生首先面临着选择自己导师的问题，当确定下来后，再复习准备参加考试。那时的联系方式主要还是通信，由于目标并不明确，于是我广撒"英雄帖"，给不少博导去信，希望与他们取得联系！可是，许多去信都石沉大海，而林先生却很快复信，并表示热烈欢迎我参加考试！之后，林先生每信必回，信中总是充满鼓励、关心和希望，这让我确定了自己的奋斗目标。有件小事至今令我难忘和感慨，那就是与林先生通电话，对方的声音总是温和、礼貌、谦逊、文雅，这与不少学者接到电话时的漫不经心形成了鲜明对照。有时，电话是林先生的家人接的，更让我心悦诚服的是，他们也总是客客气气，一听说找林先生，就会说一句："请你等一下。"一个"请"字，不是谁都能说出和做到的。换言之，在我打电话的阅历中，这是仅有的一家人，他们都能这样心平气和地对待素不相识者！那时，虽然与林先生从未见面，但仿佛有一只温暖之手相牵，这给予我从遥远的山东来到北京的勇气。

考试前有些不大放心，所以我前往林先生府上求教，希望能得到指点。记得，林先生在家中接待了我。令我吃惊的有三件事：一是林先生个子很高，一表人才，但言谈举止却是温文尔雅、书生气十足，眼中充满平和从容之意。二是林先生住得相当拥挤，一个小书房只有几平米，这让我对前途产生忧虑，然而林先生却并无怨言，一副从容不迫、悠然自得的神情。三是当我问起如何备考，考试中应注意什么问题时，林先生却只说了一句话："其实，你不必特意准备，把《鲁迅全集》弄通可矣！"从中可见，林先生是多么严谨、正直之人。不过，从这句话中我体悟到：林先生出题很可能不只注重从宏观上探讨鲁迅，而是偏于考察考生对鲁迅的熟悉和理解程度。因为长期以来学术界存在的一个问题是，许多人不读作品，而写起评论和研究文章却往往高谈阔论、纵横驰骋。鲁迅研究也是如此，所谓的鲁迅研究专家可谓多矣，但没通读过《鲁迅全集》的人一定不在少数！更不要说精读甚至熟读《鲁迅全集》了。基于此，我认真阅读《鲁迅全集》，努力下"十目一行"的功夫。到了考试，果然如此，林先生题目出得很细，他让考生回答鲁迅某一杂文作品的发表年代、时代背景、核心内容、重大意义等，因为有的作品并不常见，所以非常难以回答！考试结束后，我要回山东，就给林先生去电话辞行，他问我考得怎样，又问其他考生感觉如何？当听说我考得尚可，他说："那就好，那就好！"而听到我说其他考生普遍反映题目出得偏僻时，林先生正色道："题目根本就不偏，如果一个博士生，他要从事鲁迅研究，连《鲁迅全集》都不熟悉，连代表鲁迅思想的重要作品都没读过，那是说不通的。"虽然是在电话里，但我能感到林先生的心情和表情，这是我跟他认识以来，他未曾有过的严肃态度。从中可见林先生"水性"的另一面，即在原则问题上的刚直果决。

这一年林先生只招了我一人，并且我也成为他在国内的关门弟子（后来林先生还带了一位韩国的博士生）。对于林先生而言，我只是他众多学生中的一员，但对于我而言，能师从他读书，这是我的福气，也是上天厚我的结果。也是因为这次机会，我与在北京的妻子分居六年后得以团聚，从此结束了相去千里、遥遥无期的夫妻两地生活。后来，林先生每次出书都送给我，有时还写上我们夫妻的名字，比如他有这样的题语："兆胜、秀玲俪正，林非，97，9，27。" "秀玲、兆胜俪正，林非，99，10，17。""兆胜、秀玲双正，林非，零五，七，十一。"从中可见他对我们夫妻是多么亲切！林先生不仅仅对学生好，就是对学生的家人也是温暖如春。有一年过春节，林先生给每个学生的孩子800元压岁钱，虽然孩子都没到场，有的已经很大，都读大学了。又有一次，十五岁的儿子回来告诉我说:"林爷爷今天来电话了,他问我能不能听出他是谁?我一下子就说出是林爷爷。结果爷爷特别高兴!"这个细节虽小,但它说明林先生的童心与亲切,也反映了在孩子心目中林爷爷是多么可亲可敬。

林先生对学生的宽容是无与伦比的。我从没见过他正面批评学生,更多的时候是表扬,比如总是说某某人的文章写得好,进步快!某某人口才好,有见地。以我为例,我跟林先生近二十年,他从未批评和指责过我,更不像有的导师那样对学生大加责罚、大发雷霆之威!最能说明林先生宽容的是,我做博士论文这件事!因为读的是鲁迅研究这个专业,所以做鲁迅研究的博士论文理所当然。当时我选择的是研究鲁迅的潜意识心理,且与林先生已讨论过多次,可谓木已成舟。不过,我一直想做关于林语堂的博士论文,这是发自内心的。由于碍于面子,也觉得可能性不大,直到最后一年我才下定决心改弦更张,改变论文的方向和题目。当我惴惴不安将准备好的林语堂研究论文提纲呈林先生过目时,他虽然表现出惊异,但还是温和地说:"你放在这里,我看看再与你联系。"很快地,有一天我接到林先生的电话,他这样说:"兆胜,提纲我看过了,很好!我同意你写关于林语堂的博士论文,我觉得你一定能够写好!"记得当时我被惊得目瞪口呆,因为许多同学的论文题目都由导师"钦定",学生虽然不感兴趣,有的甚至是毫无兴趣,也无可奈何!而林先生能够如此宽容地让我放弃鲁迅研究,选择几乎是鲁迅对立面的林语堂,这是大大出乎我的意料的,也给我留下了深深的思考。当我的博士论文入选"中国社会科学博士论文文库"时,林先生非常高兴,在为本书《林语堂的文化情怀》写的《序言》中,先生开篇这样写道:"从昨天清晨开始,重新阅读了一遍王兆胜先生关于林语堂的博士学位论文之后,确实感到是写得相当扎实的一部学术著作。记得是在前年春天举行的答辩会上,担任答辩委员会主席的著名现代文学研究家严家炎教授,十分认真地指出这篇论文'标志着林语堂研究一个新阶段的到来'。他的这番话语在当时听来,就感到是说得有根有据的,经过今天的再次阅读和思考之后,我更感到他的这一判断是多么的准确与敏锐。"对于自己学生的一个习作,林先生给予如此高的评价,并饱含了欣悦与喜爱之情,这是令我感动,也是让我倍受鼓舞的。其实,林先生可能那时也没想到,他的宽容与鼓励为我打开了一扇很大的天窗,从此之后我潜身于林语堂研究,至今已出版8部林语堂研究著作,发表50多篇林语堂研究论文。就因为当年林先生种下一个"因",才成全了我后来全力探讨林语堂的这个"果";而每当看到我研究林语堂的一个个果实,又总会让我想起林先生当年播下的这粒种子。

在近于"溺爱"的师生关系中,林先生并不是没有原则,更不是好好先生!一方面他有言教,更多的时候是"身教大于言教",他总是以身作则。比如,每次我们从林先生处拿回自己的作业,都见到上面改得认真仔细,连标点符号都标示出来,可谓一丝不苟!有一次我和林先生到南方某大学讲学,刚下飞机就用餐,饭后院长表示:"今晚我院有文艺演出,您二位可去看看。"林先生的回答是:"兆胜年轻可以去,我想早点睡觉休息。"还有一次到越南,我们同住一房间,因窗户坏了关不上,找服务生又太晚,于是我有点紧张,没想到林先生却说:"不要紧,要顺其自然。咱们安心睡觉,保准明早我们都安然无恙!如果真的有事也没什么可怕的!"话刚说完,林先生就睡着了,而我则由于担心很晚才昏昏睡去。在博士毕业找工作时,林先生也是尽其所能,帮助每个学生。有的是他亲自给人家打电话,有的是写介绍信,我记得当年先生给我写了十多封推举信,还为我直接打电话不停地找人。不仅如此,就连学生子女的工作,林先生与肖师母也都十分关心。另外,林先生还是大方之家,他多次为希望工程捐款;他还是一位美食家,总是请学生、朋友吃饭,我们多年来到底被林先生请饭过多少次，已无从计算，即使是在学生工作后也是如此！有时学生想请林先生，他和师母总是不允。林先生退休前后，工资都极其有限，但他却总是每聚必请，这是令学生既高兴又愧疚的。江西高校出版社出版了《林非论散文》一书，在"出版者言"中有这样一段话："林非先生乃大方之家，当提出编辑出版他的散文论集，以便给广大在校师生、文学爱好者和研究工作者学习参考时，他慨然放弃酬资以相助。人常说，方家难觅。看来不尽然了，方家或许就在你的身边呢。"这话是千真万确的，一个人或许在许多方面都看得开，但可能唯有在"钱"过不了关。因为钱太重要了，往往有通神惑人之效，所以，晋惠帝时的鲁褒著有《钱神论》，其中有这样的话："钱之为体，有乾坤之象。""钱之为言泉也，无远不往，无幽不至。""无德而尊，无势而热。""危可使安，死可使活，贵可使贱，生可使杀。是故忿争非钱不胜，幽滞非钱不拔，怨仇非钱不解，令问非钱不发。"在我所见的人群中，像林先生这样对钱能看得如此之开者，可谓凤毛麟角！需要说明的是，林先生并非有钱之人，他曾设想卖掉普通的住宅，买个像样点儿的房子，但担心压力太大，也就放弃了！还有一次，当谈到金钱时，我对钱多钱少表现出无所谓的态度，先生立马表示反对，他说：

"那不一样,有钱和没钱就是不一样。不过,如果不能理智和明智地看待金钱,那就不智慧了。"

当然,林先生有时也通过暗示的方式对学生委婉地进行批评。比如,我的时间观念不强,往往比别人自由随便得多,所以聚会时常常迟到,对此,林先生就笑着说:"我每次参会都是提前五分钟到,这是现代文明人的标志。"从中可见林先生的时间观、人生观和文化观,也可看出他的批评艺术。

自2002年至2005年是我人生的重大关口,我的二哥、三哥和姐姐都相继去世,他们都没过五十岁。这让我陷入极大的悲痛之中,也给我造成极大的心理压力!后来,我写的《与姐姐永别》等怀念亲人的文章发表后,林先生对之赞赏有加,认为文章写得真挚感人,是难得的佳作。一次,林先生还这样安慰我:"兆胜,尽管你的母亲和哥姐英年早逝,但你的身体没事儿,一定能长寿。你有点像你父亲,他不是活到八十多岁吗?"这话点在我的穴位上,因为家人多不长寿,我一直担心自己的身体。林先生的话令我大感安慰,也让我深受鼓舞,因为我与家父都属虎,在性情上我比父亲更淡定从容,于是自己心中的阴影慢慢散去。从这种心理暗示中,足见林先生的细致入微与高瞻远瞩!不仅如此,林先生和师母还常打电话来嘱咐我:

"兆胜,可千万不要累着,更不要熬夜,晚上早睡,白天的时间足够你用的!"我知道这话的潜台词,那就是提醒我,由于家中接二连三出事,所以,要注意休息和好好保养。还有一次,林先生对我说:"兆胜,你的成果已经不少了,工作不要太累,要细水长流!好好体会生活,多出去走走。读书、写作固然重要,但行万里路更为重要!"为了表达自己的人生观,林先生还总结出养生的要诀,那就是:"一动不如一静,站着不如坐着,坐着不如躺着,躺着不如睡觉。"所以,林先生中午总要小憩一会儿,而晚上总是雷打不动,九点多就上床睡觉。对于"生"和"死",林先生也看得很开,从不忌讳,更不赞成浑浑噩噩、一味地追求长寿。在《死亡的永叹》和《再说死亡》中都表达了他的生死观,他说:"对于每一个人都必然抵达的死亡这个终点,有什么可怕的呢,即使是害怕它又有什么用呢?倒不如无愧无恨和从容镇静地去迎接它。""在深邃地思索过死亡之后,必然会更热爱生命,必然会更憧憬生命的伟大涵义,要让它在真诚、善良、挚爱和关怀别人的氛围中度过,要让它为了人类美好的前程而不懈地奋斗,这样的生命才具有崇高和神圣的价值。""光明磊落的生存,追求崇高的生存,却肯定会永远地战胜死亡,因为像这样生存过的人们,尽管在最终也总会走到死亡的终点，他们的精神与业绩却始终镌刻和萦绕在一代接着一代的人们心中，鼓舞和激励大家走向辉煌的前景，这正是超越于死亡之上的一种永生的境界。"这种将"人生"看得远远大于"事业"，将"精神""崇高""境界"和"人类"看得高于一切，将"天养"看得胜于"人养"的人生态度，是高屋建瓴，也是富有智慧的，这对我的影响也非常之大。

许多人不愿退休，甚至退下来后简直像换了个人似的，有的还因此大病一场。林先生则不然，退和不退一个样，在家在外一个样，是非得失一个样，他仿佛如水一样平和、恬淡、安然。每当去家中看望林先生时，他常常沉醉于美好的乐曲声中，他的笑声依然爽朗，他的气色依然红润。近八十岁的人，仍然保持着清醒的头脑，仍然能写出美妙的篇章，仍然吃饭和睡眠都香甜，这是林先生之福，也是我们这些学生的福气！

在一个人的一生中，最可贵的是有恩爱的父母之家、夫妻之家、孩子之家；但最为难得也更加宝贵的则是有好的老师，因为老师如灯、如镜、如火、如光，他们可以照亮学生，进而学生又可以继续照亮他们的学生，这就是所谓的"薪火相传"。我有幸遇到过不少良师、名师，而林非先生则是最有代表性的，他如水一样包容万有、宁静安详、谦逊自然、快乐自由,而又充满人生的智慧。水也有不平,但最后都会归于平静,将自己变成一面镜子,它可以照人,亦能自照。这就是在我这个学生眼中,林非先生的光辉形象。

生命从退休开始

好友刘同光前几年退休了。

他是著名书画家、诗人。一般认为,以养生方式度过余年,不亦乐乎?

出人意料,他退而不休,活得比退休前更精彩,每天都是新的。

我略有所悟:原来,退休后还可以这样活!

以"诗"言

晨起,常收到同光兄的诗。那是打开手机的第一声问候,也是一次生活的鸣唱,还是生命的被激活。

当下,世俗生活充斥每个角落:传闻、抖音、段子,还有各式各样的养生技巧。然而,同光却写诗、以诗会友、诗言志,表面看似乎不合时宜,却非常难得。

同光作旧体诗,速度和效率惊人。以前,他在报刊上发表不少作品,出过诗集,得到名家称赏。退休后,诗作频出,几乎每天都有新作,已习惯用诗表达。近期他推出百首咏花诗,品类繁盛,描绘细致,多有心得。他对奇松更是情有独钟,达到痴迷程度,足迹所至世界各地,观赏、临摹、创作,并以诗咏叹。

我平常也写诗,但不多。严格说,那不是诗,是习作,是将偶感诉诸文字。有时用旧体诗,有时写白话诗,多是打油诗。

与同光唱和,我有时也回他几首。在我看来,诗无论古今,要在自由,表情达意而已。然而,同光非常认真,除了肯定我诗作的立意,特别强调旧体诗格律的重要性,望我严格遵守。他说:如不讲格律,旧体诗名不符实。现在白话诗的缺点就是太自由、过于随意。

对同光的诤言,我虚心接受。但自己工作太忙,确无时间认真研究旧诗格律。

我常想,现在的博士、教授一大堆,特别是文学博士,能作诗或愿作诗的太少了。不要说中国传统旧体诗,就是白话诗甚至打油诗,又有几人能作得来?关键时刻,如朋友相聚或给导师过生日,文学博士、教授竟不愿也不会作诗,只能空发议论,不能不说有些悲哀。

孔子曰："不学诗，无以言。"如用这话要求今天的文学博士、教授，多数人恐怕不合格。

同光是文学本科，没拿过博士。然而，他在旧体诗上下过功夫，也向高人学过。这种精神值得我学习。

试想，在人们都醉心谈钱、谈房、谈车、谈情说爱、追逐明星，还有这样一个退而不休的人。最重要的是，他用旧体诗表达自我，乐此不疲。这是一股难得的清流。

同光在《昙花》一诗中写道："君以高贵身，一笑誉乾坤。倩影偏清夜，芳魂起肃纷。洁白纯似雪，闲静展芳心。荣枯一瞬里，谁不识雅音。"其中，可以体会装载了作者怎样的一份宁静心境和清雅格调。

居于"汤庐"

我与同光是世交。他父亲刘有兴是我的中学老师，他又是我大学的学长。数十年来，我们兄弟般的友情几乎浸润每个日子。我们还是小同乡，是一个县、一个乡镇的，我村和他村相距只有五里路。

同光的村子叫温石汤，自古有温泉，方圆百里有名。少时，到镇上或出远门，必经此地。年末，人们都要到温石汤洗浴，去除一年的灰尘和暮气。据说，近几年，温石汤得以重修，重新焕发了生机活力。

退休后,同光离开原来工作和生活的烟台,回老家温石汤村。多年前,他在村里建起一个二层楼,这是他为自己准备的"汤庐"。我曾随同光去过,当时就被其"汤庐"景象震撼:里面全是书,精美画册尤多,房间四周的书架高大宽畅,成为书的长城和海洋。我家的书很多,每次搬家都令工人赞叹不已,但看了同光的书,不论数量还是质量,我都自愧不如。

嗜书如命是同光的一大特点。那次,他跟我说:许多书是读大学时省吃俭用买的,更多的是工作后到外地出差买的,还有的是邮购来的。只要喜爱,再贵再远再累,他都不计成本将书买下。不少好书至今让他爱不释手。他边说边从书架上抽出一本《徐悲鸿画册》,并讲述购书经过。这是首版图书,当年只印了800册,精美无比,十分难得。从同光的神情可见其自豪感与喜悦之情。

同光还讲了个细节:童时,门前有棵小树,是"玩伴",他经常拽着它做上下跳跃的游戏。抱住树头,将它压弯,有时几乎着地,然后减轻压力,树木将他带起。当他放手,树木才又恢复原状。半个多世纪过去了,小树已长成参天大树。回家后,同光站在树前,用手抚摸苍老的树干,既后悔当年少不更事,不该过于顽皮,没考虑小树的感受,又有一种浓厚情意在他和小树间流淌。

"汤庐"是刘同光在家乡建起的一个巨大书屋。其中，有丰富多彩、精美无比的书卷，也有童年留下的美梦，还有在外奔波多年、回归故里的安定与从容。

当下，乡村精英的流失与匮乏是个根本问题。考出去的大学生不想回来，在外工作退休后留居城里，本地精英都在城里买房。刘同光却逆向而行，从城市回到农村，在家乡建起"汤庐"，如磐石般安居于此，过一种潇洒飘逸的生活。

心灵花开

退休前，刘同光是烟台美术博物馆的馆长、书记。因工作繁忙，他只偶尔回家。退休后，他常住"汤庐"，在"砺斋"日夜读书、写作、绘画，还建起精美的园林，作为写生、观赏之用。现在的胜景我没看到，但从他的诗、画和来信可知，那是怎样一个美不胜收的现代桃花源啊！

园里种着各种瓜果菜蔬，也有不同的花草，同光与它们同呼吸、共徘徊。随着时令变化，伴着长夜月影，还有秋风冬雪，一边欣赏一边写生，其神采就在诗画中闪现。菊花是他的最爱，其姿态各异，可谓楚楚动人：繁的简的、大的小的、红的黄的、白的紫的、雅的俗的、浓的淡的，都颇具神韵。没有心灵的花开，绝不可能画得如此传神和精妙。

从同光的笔触中，分明能领略其内心的平静、安逸、冲淡，以及对于生活和生命的喜悦和感恩。菊花的花瓣充满活力，一丝不苟中流动着水韵，其形质、光色、意态、情致、神采都被照亮了；兰草清秀劲气，透出洁净清芬，幽静与灵光荡漾，让人神清气爽。我常一一欣赏同光发来的画稿，体味一个人在退休后是怎样珍视生命的余晖，用多年的修为融进生活的点滴，与草木花卉一同分享天空散发的光泽，以及其间的余音袅袅。

与许多人将书画当成商品和玩意儿不同，刘同光很少甚至不卖字画，他比退休前更加用功，可谓惜时若金，对艺术充满虔敬。他像一个修士在静静体味生命的动与静，用目光弹拨阳光的竖琴。这就决定了其艺术人生的生命品质和境界。他活在自己的诗、文、书、画中，将生活原色与书卷气、金石味融为一体。

前几天，我给同光发短信表示：再过几年，我退休了，也在我村建个书屋，我俩可相得益彰。他回信说："完全没那个必要，你到我这里住，你在一楼，我在二楼，白天切磋交流，晚上各自挑灯夜读，岂不更好？"事实上，我只这么一说，很难落到实处。我只想望：如在我村建个"磨斋"，与同光的"砺斋"映照，岂不妙哉？若有更多人回乡，各建自己的书屋斋号，该是怎样壮观的景象。

我还想，我们村里集镇如能形成书屋和书斋群落，以后来烟台、蓬莱阁的游人顺便游一下我们的书屋，也是很有意思的。当然，可先从刘同光的"泉庐书屋"和"砺斋"开始，由他村东行不远，即是我的出生地——上王家村。

人生余韵

八仙过海后，他们是从我的家乡蓬莱登岸的，然后在蓬莱阁开怀畅饮。由蓬莱往南不到四十公里，到艾崮山脚下，就是刘同光住的温石汤村。据说，这个村原名叫"九顶莲花坡下刘家"，因村西的连绵群山有九个莲花似的"顶"而得名。还传说，有个自称柳春英的女子，是天上的水母娘娘。一次，她路过此地，得村中一对夫妻善待，为了报恩，将热汤水引来。她又将观音的灵芝放进水里，还把何仙姑的莲子撒在村东河里。这才有了"温石汤"这个村名。

直到今天，村东的河池里，每年都有蓬蓬勃勃的荷花。其娇艳被大片的碧绿叶子托起，盛开在同光的笔下，也常在我的梦里。

生命的密约

生命有时候若有若无，一些难以言说的秘密装在其间，如不注意或不细心，我们就很难发现它。像晾晒衣物，我常将自己打开，抖落那些人生的皱褶，让阳光透进来，充分体会一种温暖的闪耀。

一

童年家贫，我常赤足在山间奔跑。一次，脚底被扎入一根棘刺，很深，几乎看不见。母亲用针为我挑刺，无果。一邻居大胆，并信心满满，自告奋勇前来帮忙，结果，像小猪翻地吃花生，脚下被挑出个大坑，鲜血直流，却不见刺的踪影。

正当我痛得大叫，母亲急得团团转，一女子姗姗来迟。只见她推开众人，上前，拈起细针，定睛看了，紧紧用手捏紧有刺的部位，从远离有刺的地方下针。开始，针轻轻扎入，倾斜穿行，由表及里，像杠杆慢慢撬动。很快地，还没等我有痛感，小刺已露端倪，如小苗向外探头，长出地面。

年轻女子将小刺抹于指尖，给我和母亲看。担心扎到别人，用指甲将它掐断，笑笑，露出洁白的牙齿，抹一把我的头，走了。她扭动腰肢，脚步轻盈，嘴里哼着曲儿，仿佛仙女下凡。

至今，我不知道，此女子何以身怀绝技，凭什么能如此手到擒来？她虽然只为我挑出针尖大小的刺，但给我留下深刻印象和长长的思考，以及对于世界人生的神秘感知，还有她作为奇女子的睿智与灵光。

仿佛一阵风，她不仅轻易解除我的痛苦，还留下美丽、善良、俏皮与智慧。这可能是我对女子心怀感恩与崇拜的开始。

二

我的人生转折点要从婚恋开始。之前走在崎岖山路上，之后则踏上坦途。

中学女同学后来成为我的妻子，岳父母大人则是我与女同学结识前认识的朋友，内弟则是我生命中那个时隐时现的贵人。

第一次踏进女同学家,是考完大学后无事可做。女同学父母给我写信:"高考完了,没事就到我家玩两天。"那时,虽与女同学同班,但没说过话,她也不知道我与她父母早已结识。所以,当我骑自行车经八十里的山路来到她家,女同学竟有点摸不着头脑,后来听说因我到来,她的亲戚朋友都认为,我是她父母包办的女婿,都全力反对。

这可以理解。不要说我家徒四壁,一无所有,就是像麻秆般奇瘦的样子,也与女同学很不般配。所以,在女同学的亲戚中,有的主张不让我进门,有的说催我早点离开,还有的甚至提出将我赶走,以防止对女儿不利。最让我难为情的是,女同学对我的到来并不欢迎,几乎没跟我说几句话,只出于礼节应付一下。

让我感动的是女同学的父母,他们嘘寒问暖、热情款待,为我做各种美食,这是一个寒门子弟从未吃过也没见过的。至今,时光已过去近40年,那次远行留给我的温暖仍没散去,如严冬过后那一河流动的春水。

最值得感念的是女同学的弟弟。那时,他还是个十三岁的少年,对我的到来不仅没排斥,反而充满善意。或许他第一次感到兄长般的珍贵,或是前世有缘,他的话不多,也没表示亲近,但明亮的眼神、白净的肤色、英俊的面庞，有礼貌的举止，对我是最好的欢迎。

那天，女同学的母亲做的馄饨，一大盆上桌，晶莹、白亮、香气扑鼻。正当大家吃得起劲儿，女同学的弟弟放下碗筷，有礼貌地说："大哥，你慢慢吃。"说完出去了。可是，当我们放下碗筷，他又回来笑着说："你们不吃了，我再来一碗。"后来，当我成为他的姐夫，岳母就提起这个细节，并说内弟从小懂事，自小到他姥姥家，从不讨要任何东西，即使姥姥和姥爷主动给，他也推说家里有。这次，担心客人吃不饱，他就先放下碗筷，见剩下了，又回来吃。为此，岳母夸赞儿子，说他有眼力见儿，为他竖起大拇指。

当我成为他的姐夫，内弟与我的感情经久弥新。多年来，我们之间从未有过哪怕一丁点儿争吵或不快，见面总是亲如兄弟，眼神、手势、说话等都是欢快的，像春风吹拂着柳枝，也像植物在阳光中滋荣，那是一种万里清秋、水平如镜的感觉。最让我感动的是，每次来京，他总是以领导口吻嘱咐姐姐："一定照顾好大哥，照顾不好，拿你是问。"严肃中有幽默，仿佛他是我的亲兄弟，不是小舅子。

前些年，我身体状况不佳，体重从147斤，骤降到115斤。这让内弟着急万分。开始，我不以为意，因为在北京普通人到医院看病太难了。一次，我去医院检查血糖，竟从7点多排队到11点半。内弟却以严厉的态度，迫我放下工作，进行全面体检。他先为我在山东的医院奔波，后又回到北京大医院复查，直到有天晚上，他打来电话叹息道："大哥，现在可确定你身体无大碍，我今晚可睡个安稳觉了。"我莫名其妙，问他何故。他说："这半个多月，医生一直怀疑你胆囊长东西，所以要反复核查。现在疑虑排除，我悬了十多天的心终于放下了。"听到这话，我非常感动，作为内弟，他竟悬着心悄然为我忙活了这么久！

因在西藏挂职数载，内弟近来头发白了不少。年轻时，常为他那一头浓密的乌发称赏，现在看着他有些斑白的头发，感到非常心疼。我们都已年过半百，生命的痕迹像水从玻璃上流过，那是一种紧紧相依的感知与存在。内弟自少年到中年，心中一直有我，这次我的身体能很快恢复，离不开他的全力以赴。如说是他从生命线上将我救起，擦亮我后来的人生，亦不为过。

内弟上大学时，有个寒假返校，因买不上座位，他是站着从济南回东北的。多年过去了，每当想起此事，我周身都在颤栗。一是心疼他，当年是怎么站了十几小时？二是自责，那时连买个座位的能力都没有！今年春节过后，我们从家中各自踏上归途,坐在快如流水、舒服至极的高铁上,又想起往事,禁不住给内弟写了两首诗。一是:"通途千里如水流,高铁远胜绿皮笼。想起站着回东北,至今心中如纸皱。"二是:"转眼已过三十秋,声名远播多业功。愿君再接与再厉,心系民生雁声留。"内弟从政多年,所到之处关心民生疾苦,所以有几句勉励语。

我很想写篇文章,题目是"假如世上没有风"。有时,我愿将内弟和我的关系以及他对我的好,比成春风化雨。试想,没有他的接纳、关爱和激励,就没有今天的我。像一棵禾苗,我需要风,他来风;我干渴,他下雨;我累了、厌了、倦了,他给我前行的动力。

也许在他觉得,这没有什么;但在我,却是内化于心的。

三

刚进大学,作为农民之子,我有些胆怯。不少同学生于城市,出身农村者不是家庭殷实富裕,就是还过得去。我则相形见绌,这从带的行李、穿衣戴帽就一目了然,那真叫一个"土"啊!

至今,还记得,我盖的被子相当单薄,冬天就必须将所有衣服盖在上面,还觉得脚冷。上衣是一件皱得不能再皱的绿军装，它小得几乎遮不住腰带，这还是姐夫当兵时穿过的，因穿了又穿、洗了又洗，已完全没了形状。我脚上穿的是双破皮鞋，这还是上中学时家里破例为我买的，早已不成样子。其最明显的特点是，由于穿的时间太长，又不打鞋油，常被家人戏称为一双"绑"。所谓"绑"，即是农村用带毛的猪皮自做的鞋窝窝，因皮毛坚硬和不听使唤著称。当同宿舍的同学将自己的皮鞋擦得倍儿亮，西装革履笔挺挺走路，我这个农民之子就有些无地自容，一种自卑心理也会油然而生。

同宿舍共七人，其中两位家境很好，长得也很帅气，他们的生活像抹了油，使宿舍和教室都增色不少，有时简直可用光彩照人形容。记得，我上铺的同学，是名副其实的美男子，高个儿、身材匀称、皮肤白亮、眼睛颇有神采，尤其那一头乌黑的亮发闪着光芒。他经常洗头，用的是特殊的洗发膏，所以给房间留下满室余香。他还有把美丽的梳子，是胶皮上固定铁丝的那种。同学用梳子梳头，不论是中分还是左右分，头发都很顺溜，让我想起家乡山上绿油油的青草。最出彩的是，这位同学有一双非常漂亮的褐色高腰皮鞋，它被打得锃亮，他穿上它从教室前面走到后面座位上，一路的声音铿锵有力、节奏脆响，听来十分悦耳。更重要的是，这位美男子同学的学习成绩相当优秀，这令人更加佩服。相比之下，我辈就像一只漏气的球，不论穿戴、走路还是学习成绩，都甘拜下风。尤其是看过电影回到宿舍，同学总是议论纷纷。我发现，别的同学颇有见解，说得也非常在理，我则说不出个一二三，那时确实没有见解嘛！如井底之蛙，来到大都市的我，眼界虽已打开，但更多是感到斑驳陆离，甚至有被光刺了眼似的眩晕。

后来发现，与我同室的还有一位同学，他的穿戴并不比我好，尤其是脚上那双布鞋一下子给了我不少自信。加之，平时他在宿舍沉默寡言，脸也黑，毫无洋气可言，我断定其家境也不好。常言道：物以类聚，人以群分。随着我对他的关注，他也开始注意我，于是我们接触多起来，也常于饭后在校园里散步聊天。

我得知：他是临沂五莲县人。父亲是小学教师，但身体不好，母亲多病，自己是长子，后面有妹妹、弟弟多人，其家境可想而知。一次，他给我讲了个故事，让我终生难忘。他说："母亲一旦不清醒，就往外跑。那天，母亲又离家出走，十多岁的我紧跟其后，但母亲跑得快，我跟不上，一边喊母亲，一边疯狂追赶，唯恐母亲离开视线。天越来越黑，母亲往山里跑，我奋不顾身追。不知经过多久，母亲实在跑不动了，我才追上她。更难的是要将不省人事的母亲背回家，而将她放在背上站起来，就比登天还难。因为太小，母亲又沉，我跪在地上不知试了多少次，都没成功。"同学讲述这个故事时，泪流满面，目光充满恐惧与绝望，他接着说："折腾了一夜，自己一直没背起母亲。那时，荒山野岭，我害怕是其次，最担心母亲挣脱后再逃跑。"听到这里，我的心一下子被抓住，对他无比疼惜，我们的距离一下接近了。甚至于，原来我觉得自己在这个世界上最不幸，听了同学的陈述，才有所觉悟，他比我更苦。此时，同学长嘘出一口气："直到天蒙蒙亮，一个拾粪老人发现我们母子，帮我将母亲扶上背、站起来，我才将母亲背回家。"多少年过去了，我常想起同学叙述的这个画面，也没再问：他一个孩子最后是怎么将母亲背回家的？

最令我钦佩的是，这位同学有金不换的品质。他从未因贫寒困苦表现出丝毫自卑，对富裕同学更无半点仇视、嫉妒，而是像平端一碗水般对待每个人。因我们家境相当、志同道合，后来两人将有限的菜票和钱放在一起花。我们似乎知道彼此的心意，每当到食堂打饭菜，先去的那个总为对方打个好菜留着，自己吃差的。一次，未经我同意，他竟自己做主为我买来一双皮鞋，让我将那双"绑"换下来，他自己仍穿着那双布鞋。周末，我们常结伴而行，为了省钱，总是步行到济南市的书店、大观园、趵突泉、千佛山游玩，他都穿的是那双布鞋。济南的街道柳树纷披，在微风吹拂下，常作舞蹈状，也代表着我们青春的心境。此时，我分明能感到同学矫健的身姿、前后摆动的双手非常有力，被布鞋沙沙声带动的坚定步伐，还有我们的谈笑以及志在高远的坚定誓言。至今，36年过去了，这个画面仍被定格在我心灵，有着青翠的格调与明快的诗意。

1986年毕业后，他到我的家乡烟台工作。我则留在济南继续攻读硕士研究生，毕业后在济南工作四年，1993年考入北京，在中国社会科学院研究生院读博士，毕业后留在北京。表面看来，我们远隔千山万水，但友情从未间断过，仍像兄弟般亲近。仿佛是上天安排，他离我的家乡近了，还去过我村，见过我的哥哥、姐姐、弟弟，并给他们不少帮助。他的儿子也来北京读大学，毕业后留在北京工作。因我们的关系，双方的妻子也逐渐熟悉，仿佛是一家人。值得一提的是，他毅力超群，学习非常专心用功，在大学时成绩优异，加上人缘极好，很快成为我班的班长。再后来，他的事业得到很大发展，成为一位优秀干部。

如检点我的工作成绩和成长历程，离不开这位同学的内动力。这既包括他的人格魅力，也离不开我们之间的深情厚谊,还有那种说不清的缘分。我一直相信前世今生之说,如果我们俩人无缘,是断不会这样心心相印的。后来,他心直口快的妻子跟我很熟了,就这样开我的玩笑:"兆胜,听说你俩关系好得不得了,是不是同性恋啊?"我笑答她:"那不可能,我俩都是男子汉,都注重自我修养。但说我俩好得像一个人,那也不错。"现在,我们两个早年受苦的人,都找到一位好妻子,都有美满的家庭,这是值得真正感念的。

四

1982年,从蓬莱二中考入山东师范大学中文系的一共有四人,除了我,还有一男两女。男的姓柳,女的一位姓丁,另一位女性姓戴。我与丁同班,柳与戴一个班,后来柳、戴成为夫妻,其中的缘分可谓深矣。

我们四人在节假日经常一起出游,去过大明湖,登过泰山,还在淄博实习过,所以留下很多照片和友情。那时,我们都很年轻,生命力旺盛,情感真挚,富有理想抱负,所以感情非常之好。至今还记得,我们去泰山,夜里在雨中披着雨衣依偎在一起,等待第二天看日出的情景;也记得,我们每年放假一起乘车回家的经历。还有,毕业后,我住在八里洼与丁姓女同学很近,常相往还的美好时光。淄博实习后，戴姓同学赠我两件礼物：一是黑色的陶瓷盘，上面有只褐色的牛，一朵翠鸟般的花朵；二是两只圆形的镇纸琉璃，上面有绿色饰品。数十年来，我自济南到北京，也搬过无数次家，这两件赠品都珍藏着。每次看到它们，都想起美好的四年大学时光，以及我们四人的友谊。

在此，我要特别说说这位柳姓男同学，他是另一班的班长，所以我总叫他柳班长。因我俩特能玩到一起，我俩营造了许多美好时光，青春与激情、现实与梦想、真诚与温暖，一直在我俩身上闪烁，即使现在快60岁了，也依然故我。

柳班长属于时髦潇洒、多才多艺、很招女孩子喜欢的那一类。大学期间，他最早穿喇叭裤，留自来卷长发，喜拉手风琴，尤其在女同学簇拥下，长发飘飘、一甩一甩将音乐奏得美妙动听。他还爱摄影，下晚自习后，一人在宿舍楼梯口的小暗屋里，捣鼓那些黑白照片。另外，他还愿意游玩，常去大明湖划船，与戴同学结为连理估计就是划船划到一起的。试想，那时的同班同学恋爱者少，最后能修成正果更少。他俩是我们中文系82级仅有的一对夫妻。

我与柳班长最契合的一点是好玩，喜欢调皮捣蛋。比如，晚自习后离睡觉还有好长一段时间，于是我俩就围着校园转，在操场上闲逛，天南海北胡吹乱说，有时连我们自己都感到离谱。那时，他喜欢抽烟，手指间老夹着支香烟，红光在夜间炽发，像我们的话题一样新鲜。一次，我们突发奇想，看能否在校园灌木丛中找到谈恋爱的男女，结果赶起好几对。白天，我俩还喜欢到校园外，坐在台阶上，看路上的车水马龙与人来人往，并发表自己的见解。有一回，我问："柳班长，你知道我看到飞驰的小汽车有何感想？"他看着我，摇头。我让他猜，他仍摇头。我就说："我多想用一种神力，只用两个指头——食指与中指，就可将那只得意扬扬的小汽车撬翻。"说完后，我还用手向他做示范动作。于是，我俩哈哈大笑，笑声中透出怪异与叛逆，也宣泄着青春的压力。现在想想，这一举动有些不得体，但也确实是那时的真实感受和自过嘴瘾的方式。记得为了当律师，我们还练习嘴皮子，看谁能出口成章，说话像风卷残云一样。对俄罗斯文学中《一个官员的死》，我能以极快的速度背诵，语速之快匪夷所思，恐怕就要归功于青年时代我们的无聊与空洞。

有趣的是，我一直想从事书画创作和研究，做梦都想；然而，至今却被绊在文学的天地。柳班长正相反，当年他让我到他班给同学讲书法，别人都拿着毛笔蘸着墨汁认真跟我模仿，他却站得远远的，抱着双臂看热闹。可是,他从大学毕业应征入伍,到从旅长位子上复员转业,现在竟干起美术馆的领导,这岂不是个天大的笑话?后来,我跟他说:"柳班长,当年你若跟我练书法,现在就派上用场了。"他回敬道:"我后脑勺又没长眼睛,谁知道命运会这样跟我开玩笑?"不过,听说柳班长当上美术馆的领导后,夜以继日全身心投入工作,对书画艺术也渐渐喜爱起来。其实,柳班长非常聪明,干一行爱一行,到哪里都能跟人打成一片,将事业开拓出新天地。

我们俩都快退休了,平时因忙得不可开交,所以相见时难,只偶尔在微信上消遣一下。我一旦有好玩的视频,首先想到的就是柳班长,于是我俩的微信交流就变得妙趣横生。我与柳班长是属于能胡闹到一起,但不出格,又有意思的那种。只要我俩在一起,创造力就非常旺盛,有时可达到妙语连珠的地步,生命也因此生动灿烂起来,如枝条上那只颤动着翅膀的彩色蝴蝶。

前年回济南,我们四位老同学得以聚首。饭菜可口不说,满室的灯光与温馨气氛,似乎让整个空气浪漫起来。我们仿佛又回到往昔,那些青春岁月,有光、有色、有滋、有味,还带着难以言说的迷离以及遥不可及的五彩的梦幻。此时,我们的儿女都已长大成人,都到了我们曾经的年纪,许多语言似乎已经多余,剩下的只有无言的静默与倾听的美好。

五

姜同学不是我们年级的，他比我低一级，中文系83级，因书法同好，我们常在一起。看那时的青春照，他与我一样，带着羞涩，透着清纯，怀着美梦。转眼间，我们都不年轻，不过，时间的流水并未隔断我们的关联。

他毕业后到青岛，我则在济南生活和工作数载后，来到北京，一待又是26年。多少个日夜，我总禁不住想起这位挚友，一股暖流就会涌遍全身。在我的感觉中，我快乐，他也会欢笑；我忧愁，他也跟着伤怀。我送去鸿雁，他传来音讯；我默默不语，他就会挂怀。在这个世界上，似乎很早很久我们就已相识，我甚至内心有这样一种感觉：因为有他，我的人生变得充实与丰盈。

他虽是个山东大汉，但有女性的细致和温情。在我们的交往中，他总是为他人着想，最善解人意。因为我曾向他敞开心扉，几乎无所不谈，所以他了解我的家事最多，也成为最理解我的那个人。提起我的兄弟和姐姐，那仿佛是他自己的，言语中充满关怀、亲切之感。前些年，家人不断出事，到北京看病就医难上加难。他那时在青岛医学院，知道情况后，就主动对我说："北京路途遥远，行动不便，你就让家人来青岛看病，这里有我呢，求医看病和住宿都不用你操心！"结果他主动与我家人联系，全程服务和照顾。这样的事不止一次，他从没厌烦过，更无怨言。对于我的感谢，他总是一笔带过："你和我，谁和谁呀！"

每次到青岛，他都在百忙中抽时间陪我，非常珍惜与我相处的时光。那种恋恋不舍让我感到非常温暖。一次，我的讲座拖了很长时间，夜已晚了，他与另几位同学一直在等着我。我对于他，也有着难以言说的留恋，相见时刻既珍贵又幸福。当然，不只是我，与他交往的人可能都有同感：他心胸开阔、心地善良、性格内敛、性情温润，是那种有"水"德的人。

他的记忆力超常，思绪缜密。多少年过去了，至今提起我的家人，有的事情我都淡忘了，他还记忆犹新。像我的哥哥、姐姐的属相，弟弟的名字，父亲的脾气。还有我的一些朋友，包括82级两个班的人与事，他都能做到如数家珍。前几天，我写了篇文章，其中谈到上大学时，国家每月给我们师范大学的学生发放生活费22.5元。一个同班同学与我对证，说我错了，应是17.5元。无奈，我问姜同学，他这样回道："一共是21.5元。用于伙食17.5元，其他菜票11.4元，饭票35斤，70%细粮，6.1元伙食费是加工费。另外4元拿1元作班费,3元作助学金。助学金分三档,分别是4元、3元、2元。从1986年起,每人增加6元伙食补助。"后来,他又补充说:"国家每月给每一位师范生21.5元,其中伙食费17.5元,以饭菜票方式发到手。另有4元灵活处理。83级是每人每月拿出1元作班费,另外3元根据家庭情况分三档。你们82级可能分了四档。"后向我班生活委员求证,她回复说:"咱们刚入学时,每个人发17.5元饭票(包括菜票和粗细粮大米票),另外发2—5元现金补贴。王兆胜同学是5元补贴,所以总额就是22.5元。"两相比较,姜同学的记忆力多么不可思议啊!我只能由衷地感叹:"厉害(在此,我将"害"字念成hei,而非通常说的hai)!"

不过,我这位师弟热爱书法,写一手米芾体,从其笔力雄健、金戈铁马、风姿绰约中,又可见其阳刚的一面。这是一般人不知道的,就如水一样,除了温润,还有另一种强力存矣!不过,这恐怕像太极功夫一样,那种发力点轻不示人,它内蕴于柔弱、平淡、和平之中。也如"十年磨一剑,霜刃不曾试",不知这位老弟可曾显过雷霆之威?

我最欣赏其幽默,那种将什么都在一笑中化为乌有的智慧。他说话声调不高,未言先笑,语出惊人,似平地升起惊雷。他给我短信时,多称"兆兄秀嫂",因我妻子的名字中有个"秀",他与她很熟,所以这么叫。一次,他来短信说:"昨天晚上83级几位同学小聚,有好几位还记得兆兄的小棉袄。"在此,"兆兄"是对我的简称,"小棉袄"是我读大学时穿的一件包不住屁股的棉衣。其中,诙谐幽默自然而出,也透出对我的关爱之情。另一次,我俩有如下的短信对话。他说:"其实兆兄上学时给我印象最深的还是那件小棉袄。"我问他:"哪件小棉袄,略用你彩笔形容之。"他回道:"兆胜先生在山师求学期间,给人们留下印象较深的有以下几点:窄窄的脸上架着一副眼镜,镜片厚得不仔细瞅都看不清他的眼珠。走起路来略弓着背,走得很快,总像是在赶路。一年到头只换几件衣服,一件棉袄差不多能穿半年。印象中那是一件中式对襟小棉袄,深棕色,带有不太明显的图案、襻扣,衣身既短又瘦,也就是他那种瘦身板儿勉强穿得上。兆胜穿着这小棉袄,也不加一件外套,就这么急匆匆地在校园穿行。大学的几个冬春就这么过来了。"我的回信是:"你记忆力超强,可惜我记不住小棉袄了,如留有照片,我一下就记起来。啊,小棉袄,可爱的小棉袄!"这样的交流很有意思,从中可见我们的幽默和知音之感。

在我们之间还有一种秘语,这在别人是没有的,也很难听懂。这样的欢乐不足为外人道。就像一个人能听懂人语,不一定懂得鸟兽虫鱼的话,更难理解花开花落甚至大地的心语。在我们之间流淌着一条不冻河,也是一种感应时令节气的心灵共鸣。比喻说,我们通电话,不是因为有事,可能正是无聊,至少是由于闲得慌了。所以,他会说:"你今天看天花板了?"我就说:"看到阳光照在上面?"他接话问:"是直接照上的,还是玻璃反光?"我说:"是水,是水盆里的水折射的。"他会继续问:"不是水盆里的水,就不反光了?"我说:"会的,但必须是水,是静止的、一平如镜的水。"他还紧追不舍:"到底是水,还是你的眼睛反光?"我会更怪异地问:"是在你眼睛里,我的眼睛反的水的光。"于是乎,我们哈哈大笑起来。问题的关键是,像《世说新语》里的人物,我们通话没什么正经事,只是打个哈哈就心满意足了。其中,我们在不经意间相互激发,竟能做到妙语横生,说出连自己都想不到的话,于是我们都陶醉在自我满足的快乐中。

有时总觉得,姜同学就是我的镜子,或者说我也是他的镜子。我们在相互映照中看到自己的形象。其间,无穷无尽的乐趣,有时在言语中,有时又在无言里。

六

长期以来,一直有件事困扰着我:人是生活在现实中,还是梦里?因为不少事似乎真实发生过,但又常令我生疑。

听村里老人说,有位老者沉溺于垂钓。一天,他心满意足坐在池塘边钓鱼,小孙子要坐在爷爷身边看,不允,他只能远站在爷爷身后看。爷爷以为孙子已离开,也不在意。突然,一条大鱼上钩,在高兴和激动之余,爷爷使劲往后一甩,结果不知道是用力过猛,还是鱼没上钩,爷爷空欢喜一场。然而,就在爷爷大失所望时,他听到身后一声惊叫,爷爷没钓着鱼,却将站在身后张开大嘴,看爷爷钓鱼的孙子钩住了——空鱼钩挂到孙子嘴里,而且是喉咙的深处。

这下可把爷爷吓得半死,在爷爷声嘶力竭的求救声中,村民纷纷拥来。大家你一言我一语,谁也没有办法。因地处偏僻山村,不要说远离医院,就是到了医院,孩子还不痛死?更何况,深入喉咙的鱼钩,医生有什么办法,大家毫无把握。

正当爷爷绝望,村民无计可施,有位女子推开人群,走到孩子身边。她看孩子的伤情,问明情况,不慌不忙道:"快去找根竹竿,将中间捅开。"在众人的疑惑中,竹竿找来,女人将鱼竿取下,将鱼线从竹竿一端输入,慢慢放进孩子嘴中,然后抻直鱼线,再用力拉。钓钩被拉直,问题解决了。一村人鼓掌、欢呼、啸叫。

随着年岁增长,我越来越怀疑儿时听到的这个故事的真实性,或者根本就是梦中事?不过,不论其真实性如何,它都深嵌在我心里,成为一个关于智慧、女性、爱与美的故事。今天,我对女性感恩、崇拜,并深入研讨女性的智慧,离不开这个故事长久的影响和熏染。还有,当我爬上台阶或阶梯,总是心怀敬畏地回望大地与民间,这恐怕与乡村智慧女子的故事有关。她是我生命中那个人生智慧的开启者,也是一把密钥。

我总觉得,对一个人来说,知识是表面的,学问也不起决定作用,甚至思想也不像有人鼓吹的那么重要。我更看重情感与智慧,尤其是那些与生命相关的情、智、慧。在我的生命中,许多东西都可像扫尽落叶般不足珍视;然而,那些刻在心灵的约定却是永远的,就像留在记忆中那些稚嫩的童音和永恒的青春一样。

高风玉骨真君子

人与人之间就是这样奇怪：有的人与你朝夕相处，但就是留不下多少印象；还有人与你只见过一面，但却永生难忘。北京大学的陈玉龙教授就属于后者，他是少有的谦谦君子和高古之士。

那是近二十年前，我从山东考入中国社会科学院攻读博士学位，因酷爱书法，我被学校安排给在校留学生讲授书法。当时的外国留学生虽与中国文化较为隔膜，我有限的外语水平更难让他们听懂中国书法，但看着学生们的认真劲儿，尤其听到他们笨拙地用毛笔写出怪怪的书法后所发出的愉快的欢呼，我的快慰与幸福感便会油然而生。后来，我突发奇想，何不请一位德高望重的老书法家为留学生讲一课，让学生真正领略中国书法的光辉。很快，我想到了陈玉龙教授。他不仅是著名的书法家，而且是文化学者和书法理论家,最著名的著作是《汉文化论纲》和《中国书法艺术》,尤其是他谈"书法五感"的文字影响很大。

本来担心请不到老先生,因为生于1921年的陈先生,那时已经七十有二。没想到,陈先生一口答应我的请求,并按时来校讲课。陈老师不仅课讲得好,他谦逊、文雅、和善、温润、超然的气度给我留下的印象更深,仿佛一块上等的和田古玉透出君子的质地。与陈老师告别时,我向他提了个不情之请,望能得到他的一幅墨宝,先生频频点头。当时,我想,陈老师只是应承着,也就没有将这事放在心上。

没想到,大约过了数月,我接到了陈先生寄来的一个大信封,里面竟是一幅书法,一本他的《中国书法艺术》,书中还夹着一篇发表过的文章复印件。书法为104×34 cm的行书条幅,内容是:"纬度东指天尽处,一线微红出扶桑。酒罢,诗罢,但见寥天一鸟鸣朝阳。"落款为:"梁启超诗,兆胜书友正书,京口玉龙。"书法上有两方印,一是左下方的方印白文"陈王龙印"(王与玉通),二是右上方的圆印朱文"求索"。当时,我没有认真琢磨,但仍能感觉其寓意,那就是在亲切的称呼中,寄托了"鸣朝阳"和"吾将上下而求索"的勉励与希望!在《中国书法艺术》一书的扉页上,陈先生还有毛笔题字曰:"兆胜书友正文,作者敬赠,九三、十一、卅。"后面钤一白文小印"陈王龙印"(王与玉通)。一个"敬"字一下子将一个长我四十岁的老学者的人格境界活画出来,使我这个晚辈在汗颜之余,对他老人家充满了无限敬意。书中夹的文章署名为"吕榖",题目是《三生论三教》,讲的是老师指导学生选择毕业论文,培养学生成才的三个例子。我知道,陈先生是用这篇文章给我以指点,希望对我的成长有益,从中可见其拳拳之心和期盼之意。

可惜的是,自此之后,我再也没有见过陈先生,也未与他通联过。不过,他给我的书法和著作,我常拿出来欣赏和阅读,每次观赏都有一股暖流涌遍全身,眼前就会出现温润如玉的陈先生的笑容。

前几天,我在网上游览,突然看到陈先生去世的消息,我一下子蒙了。再看时间,是2013年3月3日,也就是说,陈先生是三个月前仙逝的,享年92岁。巧合的是,我与先生的一面之交正好是二十年前的1993年,时光的流转真可谓在转瞬之间啊!

怀着沉重的心情回到家中,我将陈先生离世的消息告诉妻子。她吃惊地问:"是哪个陈先生?"我说:"是北大的陈玉龙。"因为妻子也常常与我同赏陈先生的书法,所以一说便知。在一片沉默和叹息声中，妻子上网开始查对，结果无误。突然，妻子在网上发现陈先生有本散文集，题目是《天地有正气》，这与我的一本散文集《天地人心》有些近似，她建议我买回来看看，我同意了！

很快，书被送到家里，我手捧着这本陈先生的作品集，一种亲近感扑面而来。有趣的是，本书扉页有一"中共山东省委宣传部资料室"的图章，且书后有 B83 的铅笔编号。本书来自故土也是我生活了十一年的济南，更增加了它的分量和我对它的敬意！通读全书，这本只有 200 多页的小书可是沉甸甸的，也增加了我对作者的理解，尤其是了解了陈先生的精神风骨。就像《天地有正气》的书名一样，书中贯穿着一个知识分子的钢筋铁骨，这在对于古今中外那些大丈夫的颂扬中被表现得淋漓尽致。除了歌颂中国的大丈夫，陈先生还讴歌外国义士，他说："雨果、井上靖、拉贝，他们既是伟大的爱国主义者，又是伟大的国际主义者和人道主义者。正像拜伦心中装着希腊人民，雪莱心中装着西班牙人民一样，中国大丈夫的心中也都装着中国人民，装着世界人民。"《绿衣人》写的是邮递员，作者以款款情深的感念之情描写了这样的情景："'二〇二'、'图章！'风乍起，吹皱一池春水，这是绿衣人送挂号信的信号。'来了'！我高声答应着，随后从抽屉里取出图章，匆匆走出书斋，开门相迎。'您好！谢谢！'我把图章递到她手里。'不用谢。'她嫣然一笑，谦逊而有礼貌。接过图章，郑重其事地在我的名下用了印。接着，她像银燕一样轻盈地骑上自行车翩翩飞去。我目送她那婀娜矫健的倩影，回味她留下的温馨和友情。她呼我应，配合默契，谐趣盎然。这感人的情景，这朴实无华、肫挚友好的人际关系，时常盘旋在我的脑海中。"文末，作者这样写道："我崇敬你们，崇敬世界上一切平凡而伟大、善良而正直的劳动者。"还有写母爱的《玉簪花》、写智慧父亲的《春寒》、写爱情的《青梅竹马六十春》、写兄弟情的《心香一瓣》、写友情的《石头二题》，都是令人感动的佳作，反映了作者情感的柔情似水和缠绵悱恻。从这里，我看到了陈先生何以那么谦逊、友爱和温暖，因为他心中有大爱和大光。

读完陈先生的《天地有正气》，我又重新打开他给我的书法和赠书，结果又有新的发现。一是书法作品的落款中有"京口玉龙"，二是书中夹页文章作者"吕榖"。我原以为"京口"是指"北京"某地，作者"吕榖"是陈先生推荐给我的一位作者。结果经查证，"京口"是陈先生老家"镇江"的别称，由此可见，我手上的书法是陈先生在老家"镇江"写成；而"吕榖"不是别人，正是陈玉龙先生用的笔名，原来，他是用自己的教书育人勉励我和指导我，可惜当时我孤陋寡闻，理解错误！如今，我又细看陈先生复印给我的这篇文章，上面有一提示，即文章的出处为："1993年8月23日《星岛日报》星辰版。"有两处改动：一是将"人类文化"改为"人类历史"；二是将"见异思迁"涂抹掉。从这些细节，我似乎能看到陈先生的心灵轨迹：严谨、负责、精益求精。文章开篇引的是唐代韩愈的名句："古之学者必有师。师者，所以传道、授业、解惑也。"从这里，我仿佛看到了陈先生殷切的目光。

　　陈玉龙先生与我没有任何关系。然而，只因一次邀请、一个讲座和一个请求，他就如天降甘露般施恩于我，其心热、其情浓、其意切、其望高既可触又可感，一直存于我心间，虽然时光已过去了二十年。这就好比小小的篝火，它会永远定格于曾被照亮的暗夜。

第二辑　天心地语

高山积雪

与那些直接飘落于田野、河流、池塘和村庄的雪花不同,高山积雪似乎是上苍的遗弃物,它远离人间,孤独寂寞地在严寒中度过一个个漫长的日月。这里虽是自己的家乡,虽有母亲温柔的怀抱,虽有兄弟姐妹和朋友为伴,虽有不变的洁净容颜和纯良的心地,但却没有一展才华为人类谋得福利之机会。所以,高高在上的积雪并不快乐,而是长久地苦恼着。高山似乎看透了积雪的心情,她告诉它说:"除了那些身在高端的积雪要靠不断的修行取得正果,其余的积雪都不会永远待在山上,它们都要到人世间去完成自己生命的旅程,只要待到春暖花开时节。"

在焦虑万分的等待中春天终于到来,阳光温暖明媚,地面热气升腾,靠近底部的积雪开始悄然融化。这一转变来得非常突然,在一瞬间积雪就改变了模样,由一堆固体静止物变为生动的流水。在不知不觉间，变成流水的积雪已经走上它的旅途，它甚至还没来得及向家乡向母亲告别。此时的积雪知道，自己已被出行前激动、幸福和惜别的泪水深深浸润和陶醉了，它甚至没能听清背后母亲那反复的叮咛与嘱托。

像刚离开母亲而投身大都市的农民之子，积雪为自己身份的改变自豪，在那纯洁清明的流动中包含了多少诗意、音乐与梦想啊！它是一路踏着歌声从大山中走来：越过丛丛生机勃勃的绿草，时常听到飞鸟嘹亮的歌唱，与头顶的云霞一起行进起落，最后流入一条峻急的河谷之中。即使这样，化身为水的积雪也并没有感到不适和不快，因为在高低不平、落差极大的峡谷中被裹挟着不停地奔跑，这对于青春昂扬、热情奔放和崇尚冒险的积雪来说并不是什么坏事，倒成为一种快乐的自我实现。尤其是从高天一样的悬崖之巅如一条游龙般鱼跃而下，这对积雪是从未有过的体验与自由表达，虽有跌撞和粉身碎骨之痛，但却痛得真实和舒服。此时此刻，积雪充分体会到流动与毁坏的愉快与魔力，也感到自我实现的价值意义。

渐渐投身于脱缰野马般的奔跑之中，积雪感到了大山之外紧张残酷的竞争，那是一种万人争过龙门，抢走独木桥的惨烈景象。在这种拼命地拥挤中，积雪感到有些头晕目眩，仿佛自己已非自己了。此时，积雪想起了高山上母亲的声音："孩子，外面的世界并不像你想象的那样精彩好玩，没有本领，那是难而又难的生活状态。"更可怕的是，在前进的道路上，常有巨石挡住去路，而自己又没有时间思考就会被撞成粉末。在这种如雷爆炸般的轰鸣中，积雪虽然感到一种生命的飞扬，一种凌空高蹈姿势的优美，但内心也被一种撕心裂肺的痛感所占据和震撼。化为流水的积雪渐渐明白了，原来生命的旅行是要经过无数痛苦磨砺的。

如风云流散转而复聚一样，粉身碎骨的积雪之水又汇集在一起，它在深深的旋涡里幸福而悲伤地低吟浅唱，那是在为自己以后的生命行进祈祷和壮行，因为母亲曾告诉它：能克服重重困难，在生命的里程中得以善终，并非易事！好在以后的路途渐渐变得开阔，行进的速度也慢了下来，积雪似乎看到了有男有女有老有少的所谓人类。在积雪的眼睛里，有的人面目慈祥，行为优雅，举止大方，尤其是那些妇女和儿童比较可爱；而另一些人尤其是一些男人目光透出攫取的贪婪之光，他们有的肩扛猎枪，两只血红的眼睛像恶狼一样到处搜寻。最令积雪恐惧的是猎手曾毫不犹豫将一只只洁白的天鹅、幼小的动物打死，血水竟差点将自己染红！积雪还经常看到自己身边的流水被人取用，或是浇灌庄稼，或是满足工业制造之口。每当此时，积雪心里就会升起莫名的激动与悲伤，在它看来那是同类的夭折与不寿，虽然是死得其所！此时，积雪总是扪心自问："如果我突然被人取走而不能继续生命之旅，那将怎样？"后来，积雪总是给自己一个满意答复："从遥远的天外来到人间的阳光是无私的，而我这颗冰心又有什么可保留的？"

最令积雪感到无奈和不解的是人类对它肆无忌惮的污染，那些臭不可闻的粪便，那些令人恶心的工业用水和石油泡沫，那些有毒的气体和液体，都让积雪看到了人类的自私、无知与可怕！有时，积雪也想起自己的家乡，自己的过去，那是怎样冰清玉洁的所在！而今，它却变成一团黑臭、肮脏和黏厚的液体，不要说鱼虾遇之即一命呜呼，就是自己也越来越讨厌自己了。积雪是富有牺牲精神的，因为它明白从走出那个神话般的世界开始，自己已经不再属于自己，而是踏上了一条不归路，这就好像一个人的出生就意味着死亡一样。当然，积雪在旅途中也有值得回忆和留恋之处，那是它从高山出发始料不及的。如它看到高山，看到山上如羊群一样游动的云霞，那给它带来多少美好的故乡回忆。当自己绕着高山流走时，仿佛回到了故乡。还有，小男孩和小女孩在河边洗澡与游戏，他们天真无邪的欢笑曾让积雪久久不愿离去。最令它快乐的是,有一渡口留下过人类智者孔子的"逝者如斯夫,不舍昼夜"这句话,由此,积雪感到了在人类中仍不乏知音。

河道变得越来越开阔,污浊而黏稠的积雪之水显得苍老而疲累,它甚至能看到不远处有辽远而苍茫的大海,那呈扇形开放的洁白的海滩。那里有着与自己故乡相似的景象,如梦如幻、神秘莫测;那里也颇似自己母亲的怀抱向自己激情洋溢地张开。此时,积雪才真正体会到:原来冰凉就是另一种温暖,起点也就是终点,死亡就是另一种新生!于是,在对那个冰封世界的想念中,积雪无比快乐而又充满渴望地向大海扑去。

最后,积雪之水被大海吞没,失去了它自己的模样;而大海不满不亏,一如既往。

"不知道有没有可能,海水又被阳光蒸发而为云气,而后再变为白雪,降落于高山之巅,从而孕育一个新的梦想。"气息奄奄、魂魄如游丝般的积雪心中有这样的一个闪念。

冬青与槐树的对话

多少年来,我一直有散步习惯。累了,就会坐在那把固定的椅子上休息。春去秋来,仰天俯地,自有一番心境,也有不少感悟。最显眼的是椅子前后的冬青树,它上面是高大如盖的槐树。

冬青被修剪得各具特色,像被父母打扮得水灵灵的小姑娘。那一排排的整齐有序,如学生的队列;那一株株蓬松饱满,如一个个大灯笼;那一弯弯温顺和缓,如生动的波浪流水。这一切都被槐树看在眼里,于是不时听到细碎的言语。

一阵风吹过,飘动不已、不得安宁的槐树叶就会感叹:身为冬青多好!脚踏大地,紧接地气,纹丝不动,安稳泰然。

此时的冬青就说:作为一片叶子,在风中摇动有什不好，我能听到你的歌唱，也有呻吟与悲鸣，这才是真正的生命。你看我，多么无奈，稍稍长出新叶和稚嫩的枝条，刚刚想迎风而舞，就被工人用吓人的锋利无比的巨大剪刀给修理了，我只能整齐划一，没了个性。

冬青接着说：不过，久而久之，我也安心满足，因为能让人赏心悦目，不能起舞、没了个性，也是值得的。事实上，作为冬青，我也在修行，就像不远处的松树一样。不过，槐树叶也要知足，你依身的大树不也一样扎根大地，有着八风不动的宁定守一吗？

槐树叶听后，觉得冬青所言有理。不过，它又说：看着你一年四季常青，而我们每年都要忍受飘零的命运。特别是秋风来了，一夜间我们都改变了颜色，青春突然逝去，变得松脆干裂。最受不了的是，作为枯叶，落在你们身上，生命形成鲜明对比。还有满地黄叶堆积，被人和动物踩在脚下，化身为泥。可以说，在冬青厚厚的、泛着油光、不老的青叶面前，我们这些失去了灵魂甚至面目全非的枯叶简直是无地自容。

此时，冬青就会笑一笑，回道：生命的变动是基本的，很少有一成不变的。我倒羡慕你们，春去秋来，有青春的色泽，也有枯黄，还有死亡，完全不像我这样千篇一律得有些单调。另外，当你们落在我们身上，我就感到你们多么幸福。像有一床绿色的棉被铺在下面,你们的金碧辉煌如梦一样舒展,像一首动人的诗。这让我想到白雪,它是另一床白被,表面看来是盖在我们身上,其实也是为你们这些落叶好。试想,下有冬青的绿色被子,上有白雪的白色被子,你们这些枯叶在中间要睡整整一个冬天,多惬意啊!

槐树高高在上,常俯瞰冬青,但总是充满敬意。它会列数冬青的诸多优势:丰沛茂盛、低调平稳、有感恩之心,自己则一岁一枯荣、树大招风、消耗过多能量水分,常挡住施于冬青的阳光。

冬青就会谦虚道:槐树,你没看到自己的巨大贡献。当烈日当空,你华盖般为我遮挡;当槐花开放,那无疑是一场花海盛宴,果实累累如珠玉、花香四溢沁心脾。特别是槐花散落一地,我有幸被披上盛装,一下子变成等待出嫁的公主,这是我们这些冬青做梦也想象不到的。还有,冬天到来,槐树赤裸于天地间,为我们遮风挡雨,一副天地间大丈夫的形象,往往令我们这些娇小的植物为之动容。

槐树听了冬青的话,沉默不语。

于是,冬青接着说:你看我们青春永在,其实,我们是很稚嫩的,在生命的流动中常有灵光闪现。我们倒觉得，槐树一身粗粝，高大威猛，多少年的光阴将自己磨砺成一棵古木，即使在寒风刺骨中也从不畏缩，哪怕发出痛苦的颤抖和啸叫。不像我们，痛不能喊，苦不能言，冷不能叫，只能顺从大剪刀的威严和摆布。从这个角度上说，槐树比我们活得真实、自然、自由、潇洒。不过，我们也从不抱怨，在我们的牺牲中，是有意义的，也获得了某些省悟，只要能给人类特别是那些活泼可爱的孩子养眼育心，也是值得的。

槐树仍然无语。它很少听到冬青说这么多话，也想不到在自己心目中完美无缺的冬青形象竟有这般心思，更想不到自己的自卑竟能获得冬青如此高贵的赞赏。

于是，槐树用枝干向高天合十，满树叶子在频频挥手中，纷纷向大地飘落。

人体的哲学

一个人总觉得对自己的身体比较熟悉,所以有"了如指掌""胸有成竹""心知肚明"等说法。医生更不用说了,整天与人打交道,与人体频繁接触,其熟知程度自不待言。不过,人体仍然是个谜,再高明的医生也有达不到的地方,普通人更是一知半解,难以达到哲学的高度。

头部解码

在人体中,头部是最为重要的部分之一,即脖子以上部分。它高高在上,被两个肩膀支撑着,仿佛是一座高山的峰巅,具有天然的优势。因为处于人体的高位,可一览众山小,也常傲视群雄,还能优先出头,当然也容易被枪打了出头鸟,成为战争中被枪击的首选部位。当狂风吹过,首当其冲的是头部,不少人总是戴上帽子或扣上头套，以御风寒。拳击、击剑、散打往往也将头部作为重点保护对象，这是人体中最致命的，一击就能决出胜负。头部因人而异，有的头大如斗，有的小如枣核，很难以此简单衡量智愚。一个大头被按在一位将军身上，就会威风凛凛，换个小头就显得有些滑稽。按照民间说法，头部最为难得的是天庭饱满，地阁方圆，头部萎缩凹陷就不被看好，除非是个奇才。我的导师林非先生曾说，习惯于给自己戴上帽子，极不利于养生，因为过于重视护头，久而久之，头部就会缺乏抵抗力，更容易生病。特别是后脑勺更是人的薄弱部位，需严加防护，避免受到伤害。

头部最显眼的是面部。因为人种不同，面部也有明显区别。不过，一张脸就是一张名片，给人的印象最为直接和深刻。有的人见过一面，就不想再见了，那种僵硬、凶狠与戾气仿佛是个大阴天，让人心生厌倦与寒意。有的人令人如沐春风，仿佛遇到和煦的阳光，一种喜庆与福运如成熟的苹果一样自内往外透出。圆满的一张脸，特别是额头平阔并高高隆起，那就充满喜悦与智慧。还有的人长着一张马脸，会透出潇洒英俊，让人过目不忘。如果是锥子脸、黄瓜脸、猪腰子脸，往往给人的感觉就会差一点，但不能否认的是，这样的人难保没有才华，有的还可能是奇才。面色常被作为判断一个人善恶、美丑、曲直甚至性格命运的标准，于是有了红、白、黑、紫、黄、绿的不同解释。其中，土色最让人担心，表示身心不佳，所以民间有"面如土色"的说法。总之，不论如何，一张脸上有人气、喜容、神采，让人感到充满正气，可感可信可爱，这是最重要的。

一张脸犹如地图，可遍览其万里江山。鼻子是脸上的高山，它离外界最近，能以嗅觉快速感知世界，是人们最先注意到的部位之一。圆润丰实的鼻子被称为"福鼻"，鼻子处于脸的正中央，也是生命的三角区，它的沉稳平和最为重要。高耸的鼻子很有气势，往往代表着干练丰神，也充满男子汉气概，给人一种浩然正气之感；但当鼻子过于高大，特别是干硬得如骨似刀，那就会让人不快，容易形成进攻性与威胁感。至于狮鼻、鹰鼻、悬胆鼻、牛鼻以及塌鼻、翻鼻、朝天鼻等，那就各有讲究，也代表了不同的含义。眼睛是心灵的窗户，它没有鼻子高昂，但处于鼻子上方，也高出鼻子一格。眼睛因人而异，形状、大小、黑白、明暗、清浊、突凹、美丑不同，所谓"巧笑倩兮，美目盼兮"指的就是眼睛之美妙。当一个人有一对双眼皮，那就显得喜庆，单眼皮则显得精明强干。但不管怎么说，一个人的目光如炬、精气饱满、颇有神韵至为重要。当然，目光内敛，能够葆光，神如珠玉，最为难得。那些目光如豆、见识浅薄之人，即使再有光彩，也因过于外露而很快地烟消云散了。眼眉在眼睛上方，如山石之植被一样映照着一个人的风姿。一平如水之眉代表温和平明，剑眉有剑气傲骨，柳叶眉多了风姿绰约，八字眉属于自然安顺型。当然，眼眉的浓密散淡、整齐杂乱、宽窄高低也很有讲究，特别是双眉的间距大小与胸襟有关。眼眉如凤，会在眼波中留下涟漪，投入倒影，更显得眼睛的特殊风光魅力，所以对一个人来说就显得特别重要。嘴在脸的下方，比鼻子和眼睛、眉毛都低，也更世俗化一些，这是个用来吃喝、说话、呼吸的地方。与眼睛用来观看不同，嘴是要尝尽酸甜苦辣咸淡的，它的感受力最为直观。有智慧的人都知道，贪吃必输，言多必失，为避免血糖升高，也是一定要管住嘴。阔口与樱桃小嘴给人的感受不同，嘴唇的厚薄、颜色、形态也代表不同的趣味以及身体的好坏。还有口中的舌头，这是关键中的关键，它是古人望、闻、问、切中所谓的"望"的关键。饮食、说话、亲吻都离不开舌头。当舌头下面有清泉般的唾液溢出，那是玉液琼浆，也是生命的活水，其中有元气存矣！短舌头说话含糊，长舌者惹是生非，无舌头难以发声。一个人的面部如竹林中的竹叶，平静安顺时最为美好，即使在风中也应发出金声玉质，敲响一个时代的一片光芒。

耳朵本应属于脸的五官，但它不长在脸上，而是生于头部，于脸，耳朵仿佛是多余的，有时越看越感到怪异；于头，耳朵是从侧面生出，像木耳、叶片，是耳提面命的抓手。耳朵这个看似多余的器官，其实一点也不多余，因为它是脸上、头部获取最远信息的部件。中国古代智者老子，名耳、字聃，其中有双耳；《义勇军进行曲》的作曲家聂耳，其名字包含四只耳朵，因为古代繁体字的"聶"由三个耳朵组成。当然，老子也说过"五音令人耳聋"的话，希望通过"闭目塞听"达到真正的智慧。王充在《论衡》中就说过"闭目塞聪，爱精自保"的话，表达了同样的意思。

当然，头部还包括更多信息，如头发、胡须、痣、人中、泪水，它们各有讲究，也是各显神通的。从关公、托尔斯泰等人的长髯，到清代的人留有长辫子；从日本人的小胡子，到鲁迅的唇髭；从割须弃袍的曹操，到蓄须明志的梅兰芳，都不只是关于身体的事情，而是与历史文化与哲学思想相通的。还有陈忠实写过一篇文章《泪水的重量》，这是将"泪水"进行了文化精神哲思，远超出简单的物象范畴。

头部与大脑相关，是思想的代言，也是灵魂与哲学的飞翔之地。当"头脑风暴""数字大脑"兴起，人体的头部就会获得哲学意义,在时空意识、思维方式、创造智慧等方面带来一场轰轰烈烈的革命。

上半身蕴含

人的上半身是人体的中心,也是直面世界的主体。许多核心部件都藏在这里,这是人体这个发动机的动力源。详细观察和仔细品味人的上半身,将有助于我们加深思考认知,也获得精神的超越性意向。

关于肚子。在不少人看来,肚子里除了装载食物,没有多少用处。所以,肚子大了,就会用"大腹便便"加以讽喻。其实,肚子除了物质性,还有精神性,是包含了思想智慧在内的。所以,林语堂博士认为,中国人的智慧主要不在大脑中,而是在肚子里,是肚子孕育、培植、升华人的精气神。妇女肚子大了,是已经怀有身孕,一个生命在子宫里开始发芽、开花、结果,成为一个新的生命诞生。苏东坡是"满肚子不合时宜",所以才能发思古之幽情,产生他的浩然正气,然后化为天地至文。古人常说的"宰相肚里能行船"与"大肚能容天下难容之事"都是哲人关于肚子的智慧语。

关于心。与西方人更重视大脑不同,中国人特别是中国古人更看重"心",对心灵有一种特别的崇尚与敬意。

因此，有许多与"心"相关的成语，像"中得心源""心心相印""心有灵犀""心安理得""心悦诚服""心花怒放""全心全意""心潮澎湃""赤子之心""心领神会"等都是如此。如"心明眼亮"将"心"与"眼"贯通，于是"心"为"内眼"，眼为"心窗"，这可谓中国文化哲学的妙悟。另外，中国人为文和过人生也都离不开"心"，像刘勰的《文心雕龙》、王阳明的"心学"、张载的"为天地立心"都以"心"为天地人生的中心镜像，是一面体悟天地人生的"心镜"。更重要的是，在"天心"与"人心"之间形成一种具有主体间性的互动、互通、互化模式，所以林语堂有"两脚踏东西文化，一心评宇宙文章"的名联。于是，肉体之心即转换成一种内在的情感、思想、文化、哲学、智慧、精神。其实，古人所言的"云在蓝天，水在瓶"也是关于"天心"与"人心"的互证关系的，是一种形而上的哲学精神。

关于五脏六腑。严格讲，"五脏六腑"是包括心的，在此着力探究别的器官。从食物与生理来说，五脏六腑是一种"杂碎"与"下水货"，是趋于肮脏性质的理解。但从文学、文化、精神、灵魂来说，五脏六腑是关乎天地生命以及人的生命精华的。读一个作品，我们会说"感人肺腑""沁人心脾""肝肠寸断"；说一个人坦荡，人们会说

"肝胆相照"；评价一种风貌，大家会说"疏瀹五藏，澡雪精神"。其实，性灵说、神韵说、魂魄说都与五脏六腑有关，就如张君房在《云笈七签》中所言："每坐常闭目内视，存见五脏六腑，久久自得，分明了了。"这是心眼相连、内外打通、宁定观心的重要方法。

关于胸怀。有的人身宽背厚，有的人长了一个鸡胸，于是有了关于"胸怀"的不同理解、判断、评价。不过，生理与心理、精神、气度往往不成正比，而是有着复杂的寓含。换言之，有的人膀大腰圆、身宽体胖，但心胸狭窄、小肚鸡肠；有的人文弱书生一个，却能天容地载、心怀天下。苏轼在《黠鼠赋》中说："人能碎千金之璧，不能无失声于破釜；能搏猛虎，不能无变色于蜂虿。"说的就是那些复杂的人性与人格。陈子昂在《登幽州台歌》中说："念天地之悠悠，独怆然而涕下。"王勃在《滕王阁序》中有："襟三江而带五湖，控蛮荆而引瓯越。"这些句子都是发自肺腑的，有天高地迥、万里清秋的天地胸襟，是一般世俗之人难以达到的。

关于手。从上半身的肩膀上生出胳膊双手，如同机翼一般仿佛可以起飞。如果与鸟儿比较，将人的双臂与手说成是鸟翼的退化也未可知。不过，物理的退化却换来了实用与精神的进化，特别是手的灵敏度与创造性是鸟儿无法比拟的。双手含有十指,每个指头都有特殊功用,可以生产和操作各式各样的复杂工程,也可以创造其他动物都不能完成的新奇。一些大国工匠靠的是这双手,一些艺术家也是用双手绘制出美好的作品,有的人的手握上去非常绵软,还有的作家有着妙笔生花的双手,更有小说描写赌徒那千变万化的手,不一而足。茨威格有一张照片,他微偏着脸看着读者,举起凝脂般的左手,食指与中指夹着雪茄,无名指上戴一枚钻戒,那是一只生机勃勃与活力无限的手,一如他动人的诗情。另有一张照片上,茨威格用右手轻托下巴,伸出的食指与露出的手腕如一只和平鸽,仿佛展翅欲飞。在《一个女人一生中的二十四小时》中,茨威格这样写赌徒的手:"这两只手像被浪潮掀上海滩的水母似的,在绿呢台面上死寂地平躺了一会。然后,其中的一只,右边那一只,从指尖开始又慢慢儿倦乏无力地抬起来了,它颤抖着,闪缩了一下,转动了一下,颤颤悠悠,摸索回旋,最后神经震栗地抓起一个筹码,用拇指和食指捏着,迟疑不决地捻着,像是玩弄一个小轮子。忽然,这只手猛一下拱起背部活像一头野豹,接着飞快地一弹,仿佛啐了一口吐沫,把那个一百法郎的筹码掷到下注的黑圈里面。那只静卧不动的左手这时如闻警声,马上也惊惶不宁了;它直竖起来,慢慢滑动,真像是在偷偷爬行,挨拢那只瑟瑟发抖、仿佛已被刚才的一掷耗尽了精力的右手，于是，两只手惶悚悚地靠在一处，两只肘腕在台面上无声地连连碰击，像上下牙齿打寒战一样。"此时的手仿佛已脱离了生物的生理机能，进入诗意的艺术殿堂，成为哲思的化身，因为灵性与美感使艺术生命升华了。

一个人照相与造像时，往往主要显示的是上半身与头部，这是稳定的基座，也是最能显示主体性的部分。仿佛有了心与脑，这个世界人生就完整了。与圆的头部相比，上半身是方的，也可以说是方正的，这正好形成了方圆结合、有规矩方圆的意涵。加之双眼、双耳、双乳、双臂、双手的谐调，有一种均衡之美，其价值魅力也是在此得以生成。

下半身隐喻

人的下半身往往是个羞于谈论的话题。那是因为有隐情于先，加上颜色后产生了许多联想。其实，包括"性"在内的一些方面并不是不可以说，关键是自己内心是否健康。就像劳伦斯所说，"性"本身并不淫猥，当谈"性"之人心理淫荡，才会有所谓的"淫"。下半身隐喻是形而上的，有时也是有诗意的。

男女生殖器官在肚子下面安家，两面有双腿保护，成为整个身体最安全隐秘之所。像三面环山安营扎寨一样，生殖器官是需要保护的，也是最重要的生命之源。当一个个生命在此诞生，响亮的婴儿啼哭打破宁静，弱小的生命逐渐变得健壮，儿女的个子及智慧超过父母，一代一代如长江后浪推前浪，男女之性、之情、之爱仿佛渲染了生命的四季，我们就能真正理解"生命之根"与"万物之母"的真正含意。

在人体中有个特殊情形，那就是：真正的入口只有一个，是嘴，让生命的活水与食物从此而入。如果再加上一个，那就是鼻孔，但它在吸气时又出气，于是一进一出、一呼一吸，此间有道存矣！这就是所谓的"一呼一吸谓之道"。而人体真正的出口则在下半身，是生殖系统的"出口"，一前一后的大小便的出处。众所周知，当人不能进食与喝水，当人无法呼吸，生命也就完结了。然而，当生殖系统出了问题，生命同样无法生成和延续。由此可见，下半身的"出口"要完成口鼻的入口交给的重任，也有着其他器官无法代替的生命的生成功能。

腿是下半身的支撑部位，整个头部与庞大的身躯都要靠双腿之力，以人体的柱石来形容腿之巨大功用并不为过。我们常说的"股肱之力"中的"股"就是大腿，"股肱之臣"是指像"股肱"一样有力辅佐帝王的重臣，说明"大腿"的重要性。在动物界，靠四腿或多条腿支撑身体的多，能够完全依靠双腿支撑又能直立行走的恐怕只有人，这是人类的进化使然。人之不同凡响在于，以双腿能让身体成为一条直线，而且能直立、跑步、跳跃、旋转，这是人的生命创造力的集中体现，也是一种超常的智慧。武术非常讲究下盘功夫，练习各种腿法，站马桩、太极步伐、跆拳道、谭家腿等都很有代表性。传有歌云："手是两扇门，全凭腿打人，弹腿四只手，人鬼见了都发愁。"据说，弹腿的技术有十路歌，从中可窥"腿"之妙用："头路冲扫似扁担，二路十字巧拉钻，三路劈砸倒拽犁，四路撑滑步要偏，五路招架等来意，六路进取左右连，七路盖抹七星式，八路碰锁躲转环，九路分中掏心腿，十路叉花如箭弹。"这种弹腿简直是将"腿"这一器官艺术化和哲学化了，从中可见文化智慧的凝聚与升华。人的"腿"又是生命力的表征与象征，所以说："人老先老腿。"又说："人老了最怕跌倒。"容易摔倒的老人说明腿脚不灵便了，也是整体生命力衰退的反映。

脚是人体下半身的支撑点。它们看起来远远小于其他部分，甚至不值一观，不过，其价值却不可低估。因为整体身体都是由两只"脚"支撑，还要走路、跑步、跳跃，这是何等的困难之事，也是充满神秘感的。更神奇的是，芭蕾舞是用脚尖支撑身体跳舞，并做出各种高难度动作，从而形成"谜"一样的优雅之美，这让小小的"脚"变得更加充满魔力。足球更是关于脚的体育运动，也是脚的艺术的集大成，它使"一双脚"更加灵活敏感，与球融为一体，也达到了哲学的高度。在"手"上，乒乓球、排球、手球、围棋、击剑、射击可发挥巨大作用，而"足球"则独领"脚"之风骚。可以说，在人体的艺术化过程中，可能只有"手"能与"足"相媲美。林语堂曾用"天足"之美倡导自由与自然的重要性，反对缠足的"小脚"。我曾在《论足》一文中，这样谈"足"里所包含的哲学意蕴："知'足'难矣！'知足'亦难矣！'知足常乐'更难矣！'足'在脚下，在心中，在道里。"

关联处的价值

严格意义上说，将人体分为头部、上半身、下半身，这是表面化的，也是比较机械的。因为人体与万事万物一样，是不可分割的，其相互关联处更为重要，只是为了叙述与理解方便不得已罢了。作为人的整体，它所显现的相关性与内在性不可不察，这有助于对生命哲学、人生哲学、天地之道有更深的理解。

脖子是连接头部与上半身的通道。通过脖子，头部得到血液、氧气等滋养，否则就会出现脑死亡；同理，有了大脑的控制，人的上半身与下半身不至于被感性与欲望淹没。事实上，脖子还是一个特别富有变化的所在，也是有着哲理性的部件，只是一般人不太注意而已。比如，脖子可粗可细、可长可短、可硬可软、可前可后、可左可右，还可以顺时针与逆时针旋转，人体的所有部件恐怕都没有脖子灵活、富有弹性与变数。人们可以发现：练武之人将脖子练得如老树根般坚韧，即使将锐器扎在喉结上也安然无事；一些边民甚至可用套环子方式，将脖子拉得奇长，并以此为美。如今，许多人的脸已变得面目全非，涂脂抹粉或整容让人无法从脸上判断美丑与年龄，然而，脖子却很难遮蔽。因此，看一个人的真面目，脖子是最好的镜像。一个浮肉堆积、如老树皮般皱着、松弛无光的脖子，是多少脂粉和整容也无可奈何的。从这方面讲，一个人的脖子非常重要，它更多保持了本真自然。

腰部是上半身与下半身的关联点。本来，腰既属于上半身，又属于下半身。前者与肾有关，后者与生殖系统相关，这就带来它的关联性。另外，腰是上半身与下半身的重要转折点，当弯腰、转身、踢腿、翻跟斗、做柔术动作时，都离不开腰，这仿佛是个可以不断变化的中轴线，也像"流水不腐，户枢不蠹"的户枢，有着极大的变数和能动性。有的人膀大腰圆，有的是杨柳腰；有的人腰缠万贯，有的则为五斗米折腰；有的把腰杆挺得很直，有的则点头哈腰。在世俗人眼里，一个男子虎背熊腰是福相，一个女子长着蛇腰就是水性杨花。日本人向人行礼，腰弯曲得厉害，头点地时点得很低。林语堂将中国传统作揖之礼概括为关于弯腰的体操，通过这一礼仪，人的腰身越来越有弹性，也变得越来越容易服从。李白曾有"安能摧眉折腰事权贵，使我不得开心颜"的名句，倡导的就是一种傲骨精神，其中是有哲学的。

膝盖与脚弯子是下半身的两个关节点。其实，下半身要支撑上半身与头部，确实压力很大，难乎其难。不过，有了脖子、腰部，再加上膝盖和脚弯子这些环节，沉重的压力就会得到舒缓，这就是力量的缓冲，也是以柔克刚的关键。不过，无论如何，像膝盖与脚弯子都要承受重负，这也是膝盖与脚弯子最容易受伤的原因。一个运动员的膝盖与脚弯子经常面临不断扭伤和做手术的情况，否则就无法继续训练与参赛，这是最痛苦的。人们还常说，当一个人老了，儿孙绕膝，这时的"膝盖"成为中心，也是尊贵的代名词。中国古人还说，"男儿膝下有黄金"，说明"膝盖"的重要性，是轻易不能向人下跪的。真正要跪，就是"上跪天地，下跪父母"，所谓"上跪天地"，就是跪天地神灵、祖先前辈。由此可见，"膝盖"与"下跪"的关系，及其中所包含的天、地、人、心、道。

总之，在人的周身实际上存在着这些常为人所忽略的关节点，它们既起到联结作用，使分离着的部分得以成为一体，又与经络、血脉、神气相关，从而产生一个完整、均衡、协调、化合的物理与精神世界。这颇似书法的形成，它是通过一个人的手中之笔，将全身心的精气神贯通融会，然后通过腰、臂、弯、手、指传达到笔杆与笔尖，再渗透于柔软的宣纸上。这是一个极为复杂的过程，也是一个不断凝聚、化合、精纯、渗透、表达的生命形式，缺乏任何一个环节就难以达到应有的艺术效果的。同理，当太极拳调动全身心的每个部分，特别是通过各个关节的运演，然后将全身心的力量会聚并发挥出来，达到一种气吞山河、力拔山兮的豪情满怀，这不只是靠生理器官所能达到的，必须有内在功力的生成与激发。这就是人体内在的精气神的巨大作用。

一般而言，人体就是一些骨骼与血肉组成。然而，站在哲学的高度看，人体是天地间最完美的组合，也是生命最内在的集聚与表达，其间充满科学性，也包含科学难以解释的神秘，还有一些只可意会不可言传的内容。对比一些动物，人体是开放的、发展的，也不断趋于完美的，还是一个被抽象化的形而上学有机体。某种程度上说,人体也是天地间的精灵,即使在无风的时刻,也会被天地之气奏响,成为生命的美好的绝唱。

与道为邻

每个人的一生都是个谜，我们身处其间，几乎不知道该怎样生活。有的人随心所欲、为所欲为，甚至不惜损人利己或损人而不利己，只要能达到自己的目的就行。也有人一辈子活不出自己，处处受制于人，还不断地走背字，常常是徒增伤悲。作为普通人，我们很难做到大道藏身，但如果能认真学习与修养，至少可以做到与"道"为邻吧？

面带喜容

如果走在大街上，坐在地铁里，或从电视、电影、手机视频里，你会惊奇地发现：许多人并不快乐，也不友善，这从他们呆板紧张的脸上、警惕甚至恶狠狠的眼神中可见端倪。当一个人面含愁容、心怀恶意、眼中有恨，不只是他或她本人不快乐,别人也会感到巨大压力,这样的人能从哪里获得幸福感?

人们常说,这个人有福。福自何来,一是面善,二是有喜容,三是放松,四是自信,五是友爱,六是包容。其中,我以为,最重要的是喜容,不论人长得美丑,一笑百媚生,一喜万事吉。这可以从那些长寿老人的脸上得到验证,在经过了世间风雨,有了对人生的悲喜交集,一个老人就会非常开通,达到豁然开朗、宠辱皆忘的境界,于是他的笑与乐是发自内心的,能在平淡自然中保持其经久的风度。特别是那些中国古代智者,有士子风范的文人,在从容不迫中有胡须飘动,自带一种温婉的风致。近现代以来的于右任、齐白石、张大千、丰子恺也是如此,他们的福运如祥云一样在周身特别是脸上飘扬,喜悦尤其是内在的喜悦里透出的是自足与安然。

现在,更多的喜悦常在孩子脸上绽放,如果我们留心,遇到孩子,驻目骋怀,孩子是不会愠怒的,也常会报以喜欢与笑意,特别是眼睛里有如山泉般的明净。这可能就是所谓的"童心"罢。一次,坐在公交车里,遇到前座有个孩子,他在母亲的怀里回头看我,他惊异的眼神遇到我善意的回应,于是,孩子就会不停地回首,逐渐放意与我的目光交流。此时,孩子的眼睛如秋天的湖水,明澈、清亮、广阔，我的心境也就自然开阔起来。到一定程度，我会与孩子以"心"相交，不时将脸变换形状，也可能会皱得难看，但孩子的注意力显然被吸引了，他在惊喜中还有不断用目光探寻的意思，却毫无不适不快之感，更没有恐惧与厌恶，这是我与孩子之间悄然进行的具有喜容的表演。

喜容，是来自内心的善良与微笑，它既可以治愈心中的不快、阴影、恶感，也可以让整个社会都有灿烂的花开。二十世纪五十年代、八十年代，我们的生活条件虽然不是太好，但并不缺少喜容，特别是很多女性脸上绽放的纯真的笑容。今天，要找回这种喜容，首先应该从母亲开始，然后是女性，再扩展到男性。而所有这些喜容的来源与根据，则是孩子，是还没有被世俗污染的一颗童心。

当一个人有了笑容，有了发自内心的微笑，有一双能欣赏别人的眼睛；那么，也就一定会有善根存心，还会被祥云萦绕的。

心存善念

时下，好人好事随处可见，但也不排除不断有不如意甚至坏事出现，特别是互联网往往将这些暴露无遗。

好端端的一个垃圾桶立在那里，它不嫌弃恶臭，天长日久为人们造福，有人路过，不知道为什么，他上去就是一脚，将垃圾桶踢得人仰马翻，不能自已。一老妇人明明是自己倒在路边，当小学生学雷锋将她扶起，不仅没得到表扬，反而被讹上了，以肇事者名义被告上法庭，并要求支付数十万的巨额赔款。还有，霸凌行为、拐卖妇女儿童、贪污受贿、变态施暴、失德无序等都不在少数。在现实生活中，不少人似乎已失去了基本的道德底线，更没有了敬畏之心，于是成为一种无法无天的自大狂、自恋狂、精致的利己主义者、恶与麻烦的制造者。

心存恶意并为非作歹，这样的人会有所获，但得到的往往是暂时的利益，其实失去的会更多。一方面，恶行对社会与他人会造成极大危害与伤害，后果有时是毁灭性的，损失是永难挽回的，就像被拐孩子的家庭从此暗无天日；另一方面，作恶者对自身也极为不利，严重者会出现"现世报"，即使暂时安然无恙，也会造成长久的恶果，不要说作恶者本人良心发现，就是因恶行造成的对自身家庭、朋友的恶劣影响也不可小觑。事实上，没有一个人是不与家人、他人相关联的，父辈惹下的祸往往会报应到后人身上，至少家风的败坏会在子女心中留下永远挥之不去的阴影。不少子女成人后不敢结婚，其原因可追溯到父母婚姻之不幸，许多家暴也会父子相传，一个父亲犯了罪后对子女的影响更是灾难性的。

  还有一种"不善"是轻微的，有时是难以觉察的，然而也是后患无穷的。一个孝子在夜深人静时回家，路上遇到一起交通事故，他本想下车施救，但一念不善使他放弃了。然而，令他没有想到的是，回家后发现，母亲急等儿子回家，实在等不及了，就自动出去迎接，于是，不慎被车撞成重伤。当儿子回去寻找，却发现刚才他没救助的人正是自己的母亲，此时，因错失良机，母亲已经死亡。于是，他追悔莫及，呼天抢地，但是，此时已叫天天不应，叫地地不灵，这是一个因一念之差而导致的悲剧。地铁里有这样一幕：一年轻女子抱着年幼的女儿上车，站着的男子让十多岁的儿子主动给她让座。当女子身边的人下车，她就与女儿各占一座，完全没把刚才给她让座并站在她面前的男孩子放在眼里。此时，让座的父子都没出声，站在旁边的我也忍了忍，没有吱声。那时，我在想：一个不知道感恩的人是很难有未来的。还有，我住的小区是一个高级知识分子楼，在楼外的拐角处有个便道，它与正常道路只差数步远。然而，我发现：不少人都不走正常人行道，非要脚踏草地横穿过去。我常看到，年轻父母或爷爷奶奶带着孩子穿越便道，毫不觉悟这将给孩子带来什么影响。在此，先不说视小草为同样的生命，只说不理解这个习惯所造成的恶果，将来的孩子还会把规矩、底线、道德、敬畏放在眼里吗？

心存善念不只是对于人，还包括一切生灵，哪怕是那些表面无生命的石头。如对待石头，一些捡石者不顾生态环境，更不管石头的感受，只考虑一己之私，导致人的欲望无限膨胀，生态环境受到严重破坏。我曾提出，一个爱石者在捡石头的时候，不能一味地"挑拣"，更不能将不喜欢的石头随意敲碎或粗鲁地扔掉，实在不喜欢还是物归原位，不要过于打扰石头的安宁。这也是为什么被爱石者挑拣过的地方，往往变得满目疮痍、不堪入目。散文作家李娟曾写道，为了保持新疆的自然生态，她改掉了喜爱捡石头的习惯，留给那个地方一片安静和谐美好。这种善念是有天地情怀和天地大道的。

我们每个人都应心存善念。哪怕这个善念很"小"，其作用往往很大，因为它会像种子，在心田中生根、发芽、开放、结果，最后长成一棵参天大树，成就一大片阴凉。当一个人有了善念，他或她才能对人对事对物无害，以一种正能量既正了自身、修了内心，又能春风化雨般温润他人、泽被后世。

懂得礼让

在现代社会,越来越多的人不相信"礼让",更坚信竞争甚至争抢为正当,于是,导致社会不稳、人心不安、性格变异、精神困顿。不讲"礼"的社会,必然形成功利主义和自私行为,也容易产生野蛮与麻木;不"让"人的人,只知道"得",有时会变得贪得无厌,不理解"让"一步会海阔天空。中华民族以仁、义、礼、智、信闻名于世,即使在当下也不能忽略于此,而要赋予"礼让"以新的现代意义。

你走在城市街道,会被诸多无礼行为阻隔。共享自行车本是为方便行人,却被一排排地码在路边,给行人留出的道路越来越窄,有时即使一人通行就难。人行道上常有私家车直接横在路上,把道路全部挡住,行人不得不绕开车才能通过,这样的事情并非个案,然而,长久看不到有人加以管理。行人、车辆靠右边行走,这是基本规则;然而,现在逆行、靠左边走已变得习以为常。还有的人在本就拥堵的路上慢悠悠前行,根本不顾后面的行人匆匆,急于赶路上下班。当你让其借光让路时,人们根本无动于衷。更有人出口污言秽语,即使一些年轻姑娘与大中小学生也不例外,这让你怀疑教育的效果和人性的变异。有一次，几个年轻姑娘穿戴光鲜在前面走路，她们一口一个"操"，粗口得很，简直是旁若无人、信口雌黄。另一次，在楼下的家属院里遇到三个小伙子，穿学生装、阳光帅气，让人一看就很舒服，可他们一开口就把我吓住了。一个说："走了，你他妈的拜拜吧！"另一个说："你他妈的小心点，别出门就被车撞死。"于是，三个人一起哈哈大笑起来。我忍了忍，还是没有忍住，就走过去，非常严肃认真地说："小伙子，你们刚才说什么来着？"看到我的突然到来，听到我的问话，三个小伙子仿佛被吓住了，他们立马变得不安起来，一边退步一边说："叔叔，我们是好朋友，刚才是说着玩的。"看到这里，我就和颜悦色道："本来，我不该管闲事。但看到你们个个长得精神，一表人才，如果好好发展，将来会成为国家的栋梁之材。没想到，你们竟然这样讲话。"听到这里，三个小伙子齐声说："叔叔，对不起，我们错了。"我接着说："什么是好朋友，好朋友应该怎么告别，那是祝福，美好的祝福！而不应该像你们这样恶搞，甚至希望对方交上恶运。"中学生们又表示："叔叔，我们知道错了，以后再也不这样胡说了。"最后，我与他们告别，并给他们美好的祝愿。这三个学生心地不坏，也知道好歹，还能虚心接受批评，这是我奉劝他们的价值。如果对于不知礼让的人，我只能自讨没趣了。

现在公交车、地铁里常会发生这样的事：一旦上车，大家争先恐后抢座，男女老少都不分，仿佛有了座位就得了大奖，无座就是损失惨重，以至于出现打骂甚至拼得你死我活的场面。我还常遇到这样的场面：面前空出个位子，身边站着的人隔着好几个位子，就会过来疯抢，争到的神气活现，没争到的一脸败气怒火，完全不考虑别人的感受。一次，在地铁上有个例外，我面前的位子空出来，没人争抢，我看看旁边是个年轻女子，就让她坐；可能是她感到年长者让年轻人挺新鲜，就表示让我坐。我说："没事的，你坐吧。我愿意站一会儿。"于是，她不好意思地坐下了。当下了地铁，到外面一公交车站排队，我发现她站在我后面，我们都没有吭声。下了公交车，进小区门，这个女孩子又在我后面，进门时，我让她，她也让我。当到了我住的楼和单元门，我拿钥匙开门，结果发现她还在我后面。这时，我问她："你也住这里？"她说："是的。"我又问："几层？"她回答房间号。此时，我发现，她就住在我楼下，于是我们俩都笑了。通过这件事，我似乎有所觉悟：假若我是个不知礼让的人，处处与人争抢，这会让楼下女子多恶心！反过来也一样，如果这位女子一路上表现得毫无风度，我住在她楼上作何感想？事实上，不少人在大庭广众之下不知礼数，没有教养，甚至变得狂妄粗暴，那很可能下次再见就会让人大跌眼镜，不是遇到公公婆婆，就是走进女友家里，或者发现得罪的人竟是朋友的父母亲人。有时，事情变得还真是无巧不成书，于是人们有时感叹：生活永远比小说真实奇葩。

礼让，连古代的小孩子孔融都知道，难道今天的大人，特别是现代人都不明白？孔子讲，一人走路要翼翼然，显得极小心恭敬的样子；送别朋友，真诚为上，到实在望不到了，再离开。一次，有朋友对我说："我去看一位友人，好久不见了，很是想念。离别时，他要送我，我劝他留步，结果他说：'没事的，我也顺便下楼扔垃圾。'当我走了几步，回首告别，结果发现，友人早不见了。"这位朋友说到这里，绝望似的表示：从此以后，他再没主动联系那位朋友。话说到此，我开朋友的玩笑，说他小题大做。不过，我能理解，他的那位朋友"失了礼数"，让他感到友情受到伤害。当然，也可能他们之间本就不是真正的朋友。

现代社会人的礼让，已不需要过于繁琐，但完全不讲也是不行的，因为其背后是"真诚"，是一个人的教养，特别是要有站在他人的角度为他人着想的心性。一个家庭中有了礼让，就不会出现为家产争吵打闹，更不会发生流血事件；同学朋友之间有了礼让，就会让友谊天长地久，不会出现"毕业即永别"的现象；一个社会有了礼让，就容易形成公序良俗，养成公德、公心、爱心、诚信。当然，有人给你帮助，哪怕举手之劳，不要忘记说声"谢谢"；当误解或影响了他人，也要客客气气地道声歉，就会得到别人谅解。

礼让，以言行举止、用善良仁爱，面对每个人。这是为他人和社会做出的一份努力与贡献，也是自保德福的关键所在。

知道感恩

人生在世，是离不开别人帮助的，也有赖于周边的环境，不可能独立存活、成长、成材。天资再好的人，哪怕是那些英雄豪杰，也需要"一个好汉三个帮"。记住他人之助，知道感恩，对一个人来说，既是一种现实需求，也是一种智慧的显现。然而，事实上，真正知道感恩的人太少了，以怨报德之人也大有人在。

父母是这个世界上最值得感恩的。这不仅仅因为他们给我们生命，更重要的是有深厚的爱，那种不顾个人得失、甚至可以舍命相爱的深情厚谊。然而，当下"养老难"一直困扰着人们，也影响国家社会安定发展。不养父母者有之，不敬父母者亦有之，打骂和虐待父母的也不鲜见。以往，养儿防老的观念根深蒂固，现在真正有这种想法的人恐怕不多，很重要的原因是即使有孩子，谁能保证孩子孝顺，更不要说作为外姓人的儿媳妇或女婿了。于是，不少父母从一开始就不指望靠孩子养老。这样的思想既是由传统向现代的进步，但也包含了道德滑坡与人性变异。有时，人们或许会想：当父母含辛茹苦将子女拉扯大，有的为了将孩子培养成才，读大学、上研究生、出国留学，可谓费尽心力。结果，到头来变成"竹篮子打水一场空"。孩子留在国外，个性与自私让亲情慢慢淡化，他们的心中再也装不下父母，老而无依无靠成为做父母的悲剧结局。

人与人的关系，包括兄弟姐妹在内也都变得越来越淡了。在不少人那里，一旦一个人没用了，就立马变成了"人走茶凉"，有的更是"人未走茶已凉了"，于是，之前的所有帮助都会化为乌有，感恩也就无从谈起。这也是为什么，社会生活中，有时你对人帮助得越多，就会愈加不平衡，因为没有感恩作为基础和底线。以师徒关系为例，中国古代称"师父"，即以师为父。虽然在历史上也曾发生过师徒争执甚至恶劣事件，甚至传言师徒间代代相传，一代留一手，最后终于成了技艺失传的悲哀，但是也应该承认，父子情谊的师徒关系在中国古代举不胜举，陈真为师父霍元甲报仇的故事就很能说明问题。然而今天，在导师与弟子之间，原来那样的"父子"情谊渐渐淡远了，有师生久生仇隙的，有学生毕业后疏于联系的，也有答辩完成后连短信也没有了。总之，异化的师生关系在当前已不少见，这也是不少导师不愿多带学生的原因。当然，不合格甚至人格败坏的导师也大有人在。

其实，有一颗感恩的心至为重要。它使人既知道来处，也能做到自知，还会看到未来。更重要的是，感恩之心可以让一个人保持内心的温暖、自信、自足，慢慢形成一种善良与博爱，并更多地帮助弱者、服务社会、关爱他人。对人是如此，对万物也当这样。比如，我们对待鸡、狗、猪、羊、牛等就比较残酷，不仅食其肉，还寝其皮，用其毛，可以说无所不用其极。问题是作为人类，我们有没有醒悟，知不知道感恩，对万事万物有没有悲悯，这是需要思考的。众所周知，人类每天都吃鸡蛋，但少有人会想，鸡的内心世界，这些本该在它们翅膀和羽翼下生出一个个小生命的鸡蛋，早早就夭折了。还有，那些刚生出来不久的小狗，被人认领后与母亲分离，狗怎么想？那些满山遍野的羊群，看上去像天边的云，它们慈爱的眼神里，从来没有体验到被不断宰杀的命运与恐惧，或者即使有也变得习以为常，以至于看得云淡风轻了。当我拿着毛笔书写，羊毫、狼毫、鼠毫上面还留有生命的余温，我常能从笔墨的运行中体会到一种内在的感动。还有每日进食的蔬菜，原本蓬勃的生命被不断切割、爆炒、蒸煮、煎熬，如今成为口中餐，我们很难体验其痛苦与奉献，于是在咀嚼中总会生出一种感恩与力量，那就是万物供养了我们，我们也该多做有益于他人的事。孟子说，君子远庖厨。其实，素食与不杀生就是基于这样的原则，其中的人性之善就是这样培育的。

知道感恩，会让人明白：知足、俭朴、节欲、平衡，同时多多地奉献，特别是保护这个世界上的弱者，以同情心与同理性对待所有的生灵与生命，包括那些不可见之物，比如阳光与空气、美好与善良、洁净与纯粹。

学会自娱

现在，人与人的和谐友好相处变得愈加困难了。因为你有时间，别人不一定有；你喜欢东，别人可能喜欢西；你对别人好，别人很可能误解了。随着年岁增长，一个人会发现，真正能理解自己的人太少了，这就是人们常说的：知音难觅，人生得一知己足矣！更多时候，人要适应孤独，学会独处，能从慎独中得到乐趣，特别是要学会自己跟自己玩。

不少人特别是退休的人，容易抱团取暖。打麻将、旅游、跳广场舞，还有的忙于唱歌、打拳、下棋、学书画，有的爱好是好的，有的则是恶习，最重要的是离不开群体，一旦一个人闲下来，就会变得孤独无趣，甚至会出现各种各样的毛病，不是身体不舒服、生病，就是脑子出问题，或产生各种心病。其实，一个人最重要的是养成独处的习惯，在独处中有意趣，能享受，心态好，最好是有高尚的追求。学会自己跟自己玩，就是建立自信心，有一个强大的内宇宙，心理素质好，既能超越外在世界，又能不断超越自我，成为一个内外丰盈、精气饱满、幸福知足、得失由之的自然而然的人。

读书可以让人知足常乐。书的世界广大无边，以一己之力再努力也不可能读尽天下好书，因此，求知是一方面，到一定年岁读书就变成一种养生，一种自己跟自己玩的方式。因此，有的书可读，有的书可赏，也有的书就是一个伴儿。当风声雨声伴着读书声，一种忘记自己年纪后进入历史时空，与古人进行交流的欢欣，就会不自觉地流露出来。一本书，也可能从年轻时就跟着自己，年老了，从书架上轻轻取下来，翻阅一过，里面很可能还夹着青春的色泽——那一枚书签，就会有知音之感。一本线装书，内里没有多少字,但打开后有一种书香飘然而止,打开的书页就会变成飞翔的翅膀,让人变得身心俱轻。累了,困了,睡着了,以线装书盖在脸上,就会做一个好梦,说不准书页变幻成一袭罗裙,一个故事,一张万里江山图,一只仙鹤,带着我们一起在天宇飞翔。书的世界无奇不有,你可以从中领略世界人生,也可以在其中作仙游与神游,不亦乐乎!

与物相处是一种内敛的生活方式。一把古琴会发出妙音,它声调不高,但优雅可传之久远,与历史、现实、未来对接,洗涤躁动不安的灵魂。在高山流水中不知送走了多少清梦,也获得了多少人生的勇毅,还给未知的人生投上了光与影。一件旧家具,几代人用下来,传承祖上的荣光,也在一片温润中留给后人低调做人的古训。有时,从窗户玻璃透进来的阳光,仿佛是轻轻抚摸木质书架的竖琴,我们用意念之手弹奏,就会有一种时间静止的感觉,心境也被清洗一新。还有时,握住一枚石子、一块玉器,让手与器物对语,就会感到两颗心实实在在存在着,人心因"石心"变得更加安静、透彻,"石心"因人心变得更有温润,一如脉脉含情的月亮在水中的倒影。我的家中多木头与石头,可谓俯拾即是,它们件件有心,我随时可与之交流,从其颜色之变特别是爱不释手的光润里,能安顿下我的心灵，也能让我常常感受到木石之美。

生命如流水，它不舍昼夜。况百年人生，许多人还活不到这个年纪。随着年岁增长，这样的感受更加强烈。除了与人交流，有益于社会人生，我也愿与万物为伍，在静如止水的万物年轮中，好好体会生命的流光溢彩。更多时候，我是以梦的形式，透入短暂生命的醒觉，然后，有一种知足与悠然，像一阵轻风一样飘过。

有时，我想，生命的意义主要是自我赋予的，尤其是将个体生命融入社会、集体、天地、万物之中，个人的价值就会被放大，也会放出异彩与神圣之光。

怜旧惜福

近现代以来，喜新厌旧已成不少人的思维定式。好像新的就是好的，旧的就不好，对于"旧"往往是必欲快速清除而后快。对于自己的欲望也是不加克制，有的人放任自流，以"今朝有酒今朝醉"的方式过人生，于是自我炫耀、不知检点、没有限度、失去敬畏，成为许多人的习惯与追求。其实，当不珍惜"旧"，就守不住"新"；当不爱惜"福"，福就会长了腿，悄然流走了，更无论"祸"难免会自动找上门来。

老夫老妻常被视为过了时的，它看上去是失去了亮丽的光鲜，没了新婚燕尔甚至自由情人来得动人。其实，老夫老妻是经过岁月洗礼的，也是共同奋斗、一同成长过来的，两人彼此知根知底，可谓冷暖自知。特别是当子女长成、儿孙绕膝，许多方面因亲情内化而成的生命感动，没有任何东西可与此坚固贞洁相媲美。像山高水长的细水长流，老夫老妻充分享受自由自在的生活，无需刻意做什么，也不用将自己装扮起来，日子像生活一样自然而然，就如沐浴在春风秋雨、夏月冬雪一样。我常想，老夫老妻又像一件旧衣服，它经过不断的清洗，色彩都有些泛白了，但因为干净、质朴、自然、老到，尤其有生活的滋味与人生的醇厚，所以就显得可贵可敬可爱。一旦穿上这套旧衣服，仿佛周身的血液、气味、脉搏、节奏都是那么熟悉与合拍，一如早晨的太阳与晚上的夕阳按时出没一样，这是老夫老妻最为金贵的地方。

老友也是旧的好，它像熟透的红高粱经了地气、风吹日晒、阳光普照，还有辛勤庄稼人笑脸的映照，散发出成熟的精神气质。老朋友在一起，无需提前设计，也不用装扮自己，一桌、一椅、一壶、一杯、一颦、一笑都可以将友好的气氛营造出来，美好的诗意也会随着酒与茶从心间流淌而出，谈话也在不知不觉中让时光流逝。有些谈话是有内容的，有的则没有；有的谈话是启人心智的，更多的是谈资，甚至多是废话，但它们一点也不多余，而是充满温度、光彩、美妙，是只有老友才能品味出来的。老友对谈，仿佛是磁铁与铁屑的关系，有时你用力都无法分开，那是一种看不见、摸不着，甚至置身于无以名状的巨大的场域。这跟新友的小心翼翼、唯恐说错了话、受到误解，是决然不同的。

我家的旧物也让我爱惜。中国古人惜字如金、惜墨如金、惜时如金，我也是如此，而且比古人更甚。一本书不论多么陈旧，一个物品无论多么过时，一件事情不管过去多久，我总是充满怜惜与感念，总能从中读出岁月与诗意。久而久之，我的家中成为旧货店，也是一个怀旧之所在。用过的手机、眼镜、笔墨、杯盏、稿纸、书信都保存完好，有时拿出来慢慢欣赏，其中滋味不可为外人道。以书信和明信片为例，当编辑数十年，我搬了多少次家，都一直带在身边，没有流失过。这些老物件虽不是宝贝，但一样有友情的气息和生命的体温。近日，回山东老家，岳母拿出一堆旧照片，有的能辨认出是谁，有的连岳母也不认得了。她问我要不要，如果我不要的话，那就准备扔掉了。我如获至宝，急不可待说："当然要了，我要好好保存，这是不能再生的珍贵资源。"其中，有一张是岳父三兄弟的童年照，我细加甄别后，还能看出三人的原貌，尤其是岳父的清秀隽永写在脸上，然而，七十五年的时光就这样悄然流走了。

为了多多纳福、留住上苍送来的福运，我知道应该知足、虚心、虔敬、善待身边的每个人，包括一草一木一沙一石。因为福报是一点一点积累的，如不加注意，特别是不好好修养，福运也会被天地取走的。天地之道看不见、摸不着，但它像"气"一样存在着，围绕在我们身边，隐藏在我们的身心，甚至包含在我们的每一个细胞中。当一个人挥霍无度、不能知止，那福运很难到他或她那里，即使到了也会很快溜走；只有保持谦卑、过有节制的生活，像天地一样包容万有，又能民胞物与，他才能减缓福运流失的速度，尽可能地多存留一些福祉。当看到别人吃饭浪费，我就时时提醒自己，哪怕一粒米也不要浪费，掉在桌子上也要捡起来吃掉。"怜旧"与"惜福"更多的是一种质朴的初心，它不会因为任何变化而有所改变，就像春花秋实一样坚守着自己的本色。

一个人从生下来那一刻起，他或她都在成长，同时也在逐渐走向死亡。这一过程不依人的意志为转移，就像江河一直向大海奔流一样。不过，活到老学到老，不要说孩童，就是老年，一个八九十岁的老人也不能说已经完全成熟，不需要成长了。我虽已退休，一个甲子宣告结束，新的甲子重新开启，但仍要保持年轻的心，以努力学习和积极进取之心不断探索前行进步。我希望随着年岁增长，自己能像秋天的果实一样，内心充实饱满并透出苹果一样的色泽，向世人展示自我生命的舒放与自由。我不知道，这离天地大道还有多远，是否在不断靠近，哪怕是"以道为友"或"以道为邻"也好。这是我的日志，也是我修为的方向。

心中的湖泊

每个人心中都会留下深刻的记忆。我喜欢和感恩于水,每天都在喝,手不离杯;我生长在山东半岛,见识过大海的波澜壮阔和一望无际;我曾随着长河走,充分体会欢快的流动以及漫长的悠远。但比较起来,我更喜欢湖泊特别是湖水,那种生存方式和生命形式。

一

老舍写过山东济南的大明湖,特别喜欢它的秋。林语堂笔下的老北京珠光宝气,它的湖泊是"珠玉"。上大学时,我逛过大明湖,后到北京生活,充分体验济南与北京的湖泊之美。

大明湖并不大,但其间的"四面荷花三面柳,一城山色半城湖"是名联,它道尽了湖的特色与美妙。当硕大碧绿的荷叶将艳丽的荷花高高托举,在微风和清波中震颤摇动,并散发着缕缕幽香,再伴着柳枝的轻柔曼舞,远处的千佛山在湖中留下倒影,这样的画面一下子将寂寞的人生激活了。我常在周末与大学同学一起游趵突泉、逛大明湖,充分领略湖水、清波、荷花、垂柳之美妙。

北京的湖泊最多,可能因为气魄大,有时称湖为"海"。我工作单位的南边是"什刹海",不远处有北海,都是大湖。我常带孩子去北海,一家人还在湖中泛舟,当不远处的白塔倒映湖中,水波被船桨轻轻划成散金碎银,思绪就会荡漾开去,像生活在现实的梦里。在单位吃过午饭,我最喜欢围着什刹海散步,一人静静地走过那些拱桥,仿佛这就是人生。湖水被各种美妙的建筑围绕,柳树比别的树更见温情蜜意,像在为那些恋人代言。当北京下起大雪,整个湖仿佛披上洁白的盛装,洗尽铅华,我作为其中少有的游人简直有种独享的感觉。此时的湖虽变了模样,但呈现的是另一种美,被净化了的世俗之美。颐和园的昆明湖也好,它在亭台楼阁中自有一番安顺,也有一种人间梦境的现实与遥远,有时工作累了来这里散心,免不了多了些沉默与感性。我还喜欢北京大学的未名湖,湖虽小,但精致,特别是它有谦卑,与北大精神形成某些互补性。

给我留下深刻印象的是杭州的西湖和扬州的瘦西湖。那是一种更加自然、闲适、从容的美。它没有贵族气,也无躁动不安与脂粉气,而是处处充满人文气息和精神享受。我曾与朋友同游,坐在游船上品茶,整体感受到一个"柔"字,两个字则为"柔软",像品味入口即化的点心,整个人都醉了。

特别是日常生活有湖为伴是一种幸福。像芫荽一样,湖能给平淡无奇的生活提味儿;也像一缕藏香,湖在袅袅上升中有醒脑提神之功。生活的湖还像一面镜子,它折射出人生的倩影,特别是自己也成为镜中人,哪怕是变了形,也是一种现实生活,可谓其乐无穷也。

二

游四川九寨沟,最让我心仪的是湖泊,是那些大大小小、各式各样、五颜六色的湖泊。

单听名字就有难以言喻之美。五花海、五彩池、珍珠滩、神仙池是人世间最美好的形容词,它们让我陶醉于诗情画意中。

走在数千米的山谷长廊里,看到片片湖水,最让我感动的是水天交融的画面之美。这是任何艺术家都无法表达的灵境,那种诗意是渗入灵魂的,是一种精神享受和灵魂洗礼。

此时此景，再也不能孤立地看湖，应将湖与周边的环境特别是高天融为一体，充分体会时间、空间的整体变幻和神秘显现。如无光就不会有湖水的色彩变化，没有地貌就难以显示湖水的生动多样，没有人和人的眼睛就难使湖水之美显像。

还有边走边看与坐下来静观有不同效果。走马观花似的游观，主要看的是景致与色彩；坐下来细细体味，则别有韵致。我曾一人坐在湖边看湖，发现有的湖是透明的，清澈见底，其中有树的倒影，也有巨大的老朽之木沉于湖底。特别是在不同时间，阳光在湖面留下的色彩不同，湖仿佛在向我悄悄说出它的心语。当然，这些话不是寂寞，而是灵明，一种让我内观的巨大存在。于是，我通过与湖对语达到融为一体的感受。在某些恍惚中，我获得心灵的平静与清明，一种生命的觉醒。

九寨沟之游已过去多年，但在我心中一直留下那些湖的强烈印象，其形、色、意、态、韵都影响和浸润着我的心灵。有时，我会将那些湖泊幻化成一面面镜子，挂在心中最亮堂的地方，闲来无事就揽镜自照，也审视一下自己的心境。

如果说我的眼睛是镜子，我的心镜比眼睛更亮，它们都曾被九寨沟的湖水擦亮过。再如果找个地方修行，九寨沟最合适我。因为那里曾让我驻足良久，也让我感到最为心安。

三

据说，长白山的天池是一个神奇之湖，要看到它的真容需要机缘。

在一个阴云密布的早晨，我坐上旅行车从山底向山顶进发。因为不抱任何希望，所以有点碰碰运气的慵懒。由于司机开得飞快，道路崎岖难行，我颇有点"天上行"的感觉。不过，到了山顶，一下子变得天朗气清、万里无云。湖水尽收眼底，仿佛是一块温润的蓝宝石映在蓝天白云之下。看来，千变万化和神秘莫测也是长白山的神奇。

这个湖给我的感觉是深邃、明透、饱满、清明，即使在夏日也能感到寒意。它仿佛是上苍遗落在长白山的一方宝镜，照亮天地和映衬世间。站在山巅向湖面俯视，自有寒气袭来，直达内心深处。

多少年来，长白山天池这面宝镜一直悬在心中，给我高处不胜寒的觉醒，也让我对天、地、人、事、物有了清醒。敬畏、神秘和神圣都可以从湖中来。

那年，我还到天山天池这个离新疆乌鲁木齐不远的地方。这个天池,在古时被称为"瑶池"和"神池"。只听名字,就令人神往。它是神仙所居和沐浴之处,所以才配得上这样的美名。

站在天山天池边,远处是雪山、蓝天和白云,近处是灌木杂草,以及清透如玉的湖水。于是,一股仙风道骨从心中油然而生,自己仿佛也变成了仙人。

我走到湖边,蹲下身子,将手探入湖水,竟是刺骨的冰爽。与许多湖水不同,天山天池由高山积雪化水而成,才有这样的寒凉。浅水中有各种石头,我摸索了一会儿,竟得到两块可意的石头。一是枫叶状,赭红色,有多个面,坚硬,手心般大。二是龙头形,是青石,圆润,更加坚硬,手掌般大,有磕碰。于是,将它们带回北京,置于书案床头,时常把玩,希望沾点儿灵气和仙气。有时,我会想,是不是天龙的头上戴朵小花下凡,一不小心受了伤,无力回天,遂化为石落入湖中?这是我与这两块石头之间的缘分。

长白山和天山的两个天池一样是高处不胜寒,我从中得到的最大收获是,超凡脱俗的神圣感与天地间的神秘感。有时,这两个天池会化身为仙,进入我的心中和梦里,让我变得身心俱轻,而不至于为世俗人生所拘囿。有时,我仿佛能看到长白山与天山的两个天池都生了翅膀,在越过雪峰、白云后进入天宇。当然了，在它们上面，还载着我的一颗心。

四

我曾到过美国黄石公园，经过黄石湖时颇有感叹。因为车绕着长长的湖边跑了很长时间。司机介绍说，此湖的资源丰富，但禁止开发利用，处于自生自灭状态，于是繁茂的林木寿终正寝，水中的鱼儿不受打扰。这让我羡慕不已，感慨万千。

世上的名湖很多，我不可能都去造访。不要说走遍世界，连我国最大的青海湖，至今我都没去过。还有北京的湖，像金海湖、红螺湖、雁栖湖、燕子湖、青龙湖等都值得一看。

话说回来，一个人不可能遍观和尽览。不过，那也没有关系，有时上网查查和欣赏一番，也是好的。还有，在家卧游天下名湖，以意念追高望远，这种神游不也是很好吗？

湖泊是大地上完美的句号，也是宁定、安详、冥想、智慧的象征符号。随着年岁渐长，走不动了，或根本不愿作实地游，那完全可进行心游。愿一念到来，就可在心游或神游中，将天下的湖泊尽收眼底。

纸的世界

我们常说"人间世",其实"纸"也是一个世界。只是对于"纸的世界",有的为人所知,有的则不一定能被人理解。

一

纸的世界最直接藏在书里,也藏在报刊中。古人云:"读万卷书,行万里路。"可见,书之于人的重要性。

我们通过读书、订阅报刊,快速获得知识与智慧,但少有人能体会"纸的世界",那个被人创造却为人付出很多的所在。

一尘不染的白纸,被印上墨的文字、符号、图画,还有各种色彩与设计。在许多人看来,这无疑是一种智慧和美;但他们似乎忽略了纸承受的压力,被污染和规约的不甘。对于新的印刷品,人们总以"墨香"赞美;其实,在纸的世界里,那未必是喜欢的味道,只是它乐于付出奉献而已。有哪张纸不愿保留自己的洁白与初衷?

附上文字的纸也有愉快,那是受到尊重、爱护、保护之时。在优雅的文人手上,纸一页页被轻轻翻动,那就像是漫步,也是一种飞翔之姿,还有梦的陶醉,特别是在暖阳照耀的时刻。清晨,旭日东升,孩子的晨读与笑靥就会将书页唤醒,进入一种神圣境界。

有些人喜用各种颜色在图书报刊上随意涂抹,名之曰做笔记和画重点,也有人随意折叠书页,还有人总是夹上书签。殊不知,受损的书页也会痛的,平板书签会挡住书页交流。每张餐巾纸可揭开三张,读书时我总爱取其一作书签,因为它超薄的轻柔不影响书页坦诚交流。

图书馆的书长期蒙尘,最难过的是有的书多年没人动过,或不断被淘汰,变成弃物摆上小摊。实在没人要了,它们就被扔进纸浆池,等待新的轮回。

我能读懂书的寂寞心语,所以对书倍加爱惜。

多少年过去了,我搬过无数次家,但一本没放弃过,还常常擦拭和翻阅,包括那些置于角落的薄薄小册子。

二

宣纸可能是世上最有故事也最难解的谜语。

在纸的世界，宣纸比别的纸尊贵，但它们之间也有贵贱，其差距还相当大。

与那些由垃圾般的废纸制作的纸相比，好宣纸由竹子等材料经过十分复杂的工序制成。其中，有工匠精神，再加上高超技术，宣纸要经过竹木的断、劈、分、割等，还要有纸浆的发酵、过滤、晾晒、切割，最后才有美妙的成品。

宣纸以柔韧著称，它有大地草木的芬芳，由炼狱般提纯而成，那种轻柔绵软经由生命浸透，也是一种柔性哲学。当艺术家用柔软的毛笔蘸上墨汁和色彩在宣纸上运行点染，这是生命的再生——水、墨、色连带艺术家的希望与梦想一同融入，春花盛开。有的书画作品可保存千年，这与宣纸长久的生命是分不开的。

有时我想，坚硬的石头雕刻经过千百年风化，文字会荡然无存；柔软的宣纸字画却能长久保存，这不能不说是个奇迹。

站在经过历史时空的书画作品面前，我仿佛能听到宣纸的心跳与呼吸。透过那些线条、色块、形象与气息，特别是在戴着白手套的双手之下，书画作品被徐徐展开，确有一种梦回千年、古今对语的知音感。

三

纸的用处广泛，几乎被人无所不用其极。换言之，纸浑身是宝。

信纸原来最常见也最贵重，"洛阳纸贵"和"家书值万金"是最好的注释。但少有人会想，那些"纸贵"和"家书"经历了怎样的命运，忍受了多少长途跋涉？曾经的信纸带着亲情、友情、爱情走过多少里程，周转了无数驿站，经过了多少双手？当文盲父母让人代书，将思念写进书信，传给在外的游子；当相恋的爱人手捧书信，行行泪水打湿信纸；当驼铃声、自行车铃声和敲门声阵阵响起，书信仍带有温度与气息。当手捧多年的书信细读，痛苦、欢乐、悲伤、幸福恐怕都会油然而生，特别是一个人栖息于孤独寂寞的秋夜。因此，信纸是长着腿的，它能穿越悠久的历史时空。

包装纸、餐巾纸甚至手纸更实用，它们看似并不重要，实则人们须臾不能离开。用完那些色彩斑斓的包装纸，人们就会随手扔掉；用餐巾纸时，人们少有珍惜，一人一餐用一堆餐巾纸是常事；如厕用手纸，有没有人被一种牺牲精神感动过？不珍惜手纸的人随意浪费，用多了竟会堵塞厕所管道。古人"惜字如金"，其实也是"惜纸若金"，更是对天地万物充满敬畏。

春节到来，人们就会写对联、做灯笼、剪窗花，让全家焕然一新。对联和灯笼喜庆，将新气象渲染得无以复加。剪纸窗花不顾被剪之痛，为的是贴上窗户后的一室春晖，特别是旧纸窗映着月光和伴着摇曳的竹影，生活就会亮起来。如将红纸剪成喜鹊、凤凰、仙女，它们就会乐滋滋地飞上窗户。

四

纸做的鞭炮爆竹的外壳充满喜庆，这是纸最热烈的形式。当它们被点燃，激动之情难以言表，腾空而起的炸裂更是心花怒放。当粉身碎骨的纸屑从高空撒落，一地的色彩与浓郁的火药味儿充当了见证。

纸还被做成风筝，昂首的孩子牵引着它，在开阔地带放飞。于是，纸张有了精神与灵魂，也有了借世俗人烟飞升的可能。

此时，我总觉得自己也变成了那张纸，成为在天上飞的风筝。

此时，我既愿意有风，又希望没有风，哪怕是阳光普照,被迷了的双眼看不到天上的风筝。

在醉眼朦胧中,我总是重回少年——将书本折成纸飞机,身心随之一起飞到大山之外的世界。

纸的世界仍是个谜,当一不小心被打印纸划破手指。此时,柔弱的纸怎么一下子又变成一把锋利的刀。

水的感悟

我们生活的世界包罗万象,无奇不有,但如果说有什么最不可或缺,恐怕就不多了,比如"空气"和"水"。因为"空气"无色、无味、无形、无状,我们无从把握感受,所以很难去说它。"水"则不同,它随处可见、可感、可用,所以颇值得好好观察、体会与感悟。"水"就如同父母,它不仅给人以形体、营养,还给人以思想、感情、精神和灵魂。作为人生的孤独者,通过"水",我获得了安全感、快乐、力量与美感。

当手捧水时,好像什么都没有,我们不知道这水到底是什么,尤其当它顺着指缝流失之时,这种感受尤其强烈。此时,我们不像拿着一块面包、一本书那样实在可感,但水却无处不在,无时不有,它几乎渗进我们生活的每个角落、每一细胞,甚至它就是我们自身,也是细胞本身。比如，没有食物只要有水，人还可存活一段时间，若无水则生命很快就会结束。我们吃的食品、水果、蔬菜等都含有大量水分，就是生活中常见的酒、醋、酱油等也都离不开水。

研究表明，人体中水分的含量高达百分之七十以上，可见，人几乎是"水"的代名词。将"水"说成人类的生命线和血脉一点也不过分。更有意味的是，每个人都生活在"水"中，但却对它理解甚少，甚至于常忽略其存在。关于这一点，"水"颇似人之血液。它如此重要，却不显山露水，更不张扬狂妄，沉默与静穆是其本色。所以，"有"与"无"在"水"上得到了很好的统一：当失去它时，方感其可贵；当拥有了它，往往又将其淡忘。可是，作为"水"本身，它却一如既往，无言无怨。

水以柔软著称，却无坚不摧。这看似矛盾却可以理解。老子有言："柔弱能胜刚强。"即是此理。最典型的是水滴石穿，以滴水之功积月累年可洞穿硬石。用钢钎在巨石上打洞，必借水的滋润。钢铁在水汽中会不知不觉慢慢腐蚀、消失。于是，我开始认识到柔弱的伟力，人生观和思维方式也产生了革命性的变化。又如慈母，她比严父柔弱，但对子女的影响却是永恒的，不会因时间的流逝变弱，更不会消亡。又如羽毛，它是轻而又轻的事物，但

"积羽"可以"沉舟"。可见，人的聪明天资固然重要，但对成功来说，意志与恒心更重要。人与人的关系也是如此，采取温情和平、慈爱柔弱的态度往往非常重要。人若能做到此点，就几近于道。所以，我喜爱温和的阳光、款款的春风、绵绵的细雨、纯粹的婴孩、平淡的心境以及会心的微笑。

自幼年开始，我就注意母亲以水和面，本是一盘散粉，转眼间却变成完整、结实和光润的面团。后来，又注意父亲用水将泥土、石灰和在一起，将许多分离之物粘在一起。其实，完整世界主要是靠水结合的，它是物与物间不可缺乏的"纽带"与"桥梁"。可以设想：没有水，这个世界就是一盘散沙。另一方面，水又是分解万物的"融化剂"，因为它的存在，世界才有了个体与清洁。像大陆因为河流而被切割开来，于是大峡谷产生了，不同的大陆与国家得以独立。还有，衣服、器皿、汽车、房间甚至身上和脸上的污浊，只有水才能将它们洗涤干净。有时，我悠悠地冥想：水可真是奇物，它既统一又分裂，有时黏结而有时又分离。人恐怕也应该从中受到启发：他是否该像水一样有黏合力，又必须保持自己的孤独寂寞。这既是指外在的，更是指向内心的。不知道中国古训"不即不离"是否内含了这一原理。

水甘居下位，这与争强好胜和一味追求名利的人类大相径庭。一条河流从高处向低处流，因为大海是它的希望所在，也是它的目的地和最后归宿。所以，在我们生活的世界，大海是低的，一直处于下位，否则河流怎能向它流去？喷泉之美往往得人称赏，但少有人意识到它的美是人力所为，并非水之初衷，所以在不得不上升后它立即下落，因为甘处下位是水的本性。面对水，我总钦佩它"甘处下位"的品格，于是，在自己的人生中就有了强大的支撑：不争先，不争利，更不争锋。与此相关的是，水的一生只求一个目标，即"平静"，所以一条河流的长途跋涉，一挂瀑布的痛苦轰鸣，一潭池水甚至大海的汹涌澎湃，都是因为不平。然而，当一平如镜时，水是多么安详仁慈，犹如母亲温暖仁慈的怀抱。还有，当水平如镜，它方能照出万物的容颜，显出宁静致远的内心。由此，我想到人应达到的高度是：不是在喧嚣中眩晕迷失，而是在宁静中澄明一片。

常言道："水至清则无鱼。"水是圣洁的，它天然地具有高贵纯美的本质，所以洁白的天鹅爱在水中嬉戏；另一方面，水没有洁癖，善于"同流合污"。当用净水洗涤，甚至用它洗涮粪便，水从无厌恶之情，它仍平心静气地承受。可见，水并不是一味洁净，有时它是靠清除污秽显示圣洁，即使自己面目全非也不顾惜。在人世间，更多的人往往以"洁身自好"为座右铭，有的对污浊丑恶还深恶痛绝，唯欲立即消灭之而后快！殊不知，当与污浊格格不入时，实际上自己也就丧失了洁净、神圣与尊严。所以，对一个人来说，以平和的心态对待污浊，并能以清洁之身洗涤之，这才是得道者。苏东坡有言："吾眼前见天下无一个不好人。"

水没有固定的形体，它随物赋形，顺乎天道。一只碗使水变成碗形，一个坑洼让水变为坑洼状，一条窄道和一个峡谷令水成为河流，严寒的屋檐给了水一个个长长的冰柱……表面看来，水好像不能自主，甚至没有原则，从而形成了顺从的性格。以人类的道德观审视，我们对水总会取批判态度，其实这是不理解水性所致。就是说，正因为水有这样的"圆通""顺从"与"屈辱"，它才具有适应一切的可能。这也是郑板桥所说"吃亏是福"的道理。车辆之所以能快速移动，还不是因为它有"圆"轮？因之，"圆通"不仅有政治、伦理层面的意义，更具有哲学的启迪。当然，水并非任意随人随物摆布，它有着自己的原则，那就是：一旦外力无视其本性，水就会表现出另一特性，即率性而为和我行我素的"自由"精神。当让一盆水落地，它就会随意涌流；当江河束缚过分，它就会冲决堤坝；当大雨自高天飘落，它就会洒满大地的每个角落。因之，水又是自由的，在本质上并不完全受制于人和物。水一面显示其温柔驯顺，另一面却豪放粗犷，几乎无力能与之匹敌。

在《红楼梦》中有这样的话："男人是泥土做的，女儿是水做的。"这是讲水的圣洁，也是说水的灵气。从水与土为伍、与污浊同处来看，水又是世俗的，甚至于甘处下位，从而表现了其低卑的一面；但从根本上说，水却是圣洁灵性的。当其宁静清纯时自不必说，即使当污浊沉淀，水还是显示了自己的清洁面貌，更多时候水则令人羡慕不已。比如，水结冰而有"冰心"一片，在阳光的照耀下光辉闪烁，灵光耀目；在特殊的条件下，水还会变成雾气升入天空，像长了翅膀，有如得道成仙；还有，在高天的水汽还会凝结成雪，又向大地降下一片片洁白。不管怎么说，水神秘莫测，它像孙悟空一样富于变化：一会儿人间，一会儿天上；一会儿为雨，一会儿成雪；一会儿为水，一会儿结冰；一会儿为云，一会儿变雾。有时候，看到南方水乡的草木滋荣，或金黄、或碧绿、或粉红、或洁白，我就在心中暗想：这一定是"水"这个魔术师的艺术品，否则如何在混浊的泥土中能生长出这样的容颜？

在我们生活的星球上，陆地仅占五分之一，而海洋则占五分之四区域。如果诗意地讲,陆地是边框,那么水面就是镜子。有了这面镜子,云彩、飞鸟、高山可以映照自己;而人类更可鉴别身心,这包括容貌、德行、品性、感情、思想和智慧。因为归根结底,生命是水给的,水中包有天地道心。

扇子的语言

"扇子"两个字很特别,与"窗户"有关,与"羽毛"相连。两个"习"字仿佛让人感到"凉风习习",快意自生。

中国古代早有扇子,只是那时主要是"团扇",即用蒲草或丝绸做成的圆形或方形扇子。在庙堂为威仪权力的象征,于民间则是清凉之用。

小时候,家里就用蒲草剪裁成圆形,以布条饰边,手握其蒲草柄,在夏天用来纳凉。大人用这种最普通廉价的团扇不停地扇动,可为锅底的火扇风,可用它为孩子赶走蚊子和暑气。

生长于乡间,几乎没人不熟悉这种扇子,平时它被随意扔在床上、放在桌椅上、挂在墙壁和门上,是每个家庭中的老物件。

年岁渐长,开始认识不同的团扇。如在《三国演义》中,智慧人物诸葛亮用的就是一把羽毛团扇,于是有了"羽扇纶巾"的风流倜傥和谈笑风生。

团扇有一只柄,它可以握在手里,有提纲挈领和一剑在手的关键作用;团扇的圆或半圆取圆满之意,像开在扇柄上的一朵大花儿;高级的团扇两面可以绘画等方式装饰,扇柄也可雕刻,但整体上是直白朴素的,从不隐讳自己的心事;宫廷的团扇以精致为主,除了画面精美,还饰有坠子,让人想到秀雅的少女姿容。

"折扇"出现得较晚,主要是城里人或文人雅士的手中之物,它是由扇面、扇骨、扇钉组成。由于可折叠,可随意开合,还由于材质和以书画装饰更多样,深受人们喜爱。它像窗户一样可随意开合,所以携带方便,既可拿在手上,又可插入腰间或脖子颈后,还可拢在宽大的袖子里。

在金庸等人的武侠小说中,铜筋铁骨的扇子甚至可做兵器应敌,发挥携带方便、随意取用、锐利无比的作用。

扇面可装饰各种书画,扇骨可进行更复杂的雕刻,尽显折扇的丰富多彩与灵活多样。在消夏之余,可一览艺术的高妙。

有一种女士折扇,材料用象牙等名贵材料镂空雕刻而成,再施以香料,一股脂粉气息扑面而来。如果是女子的物件,至多有些矫揉造作,但一个大男人握在手上,就有些滑稽。

儿子小时候做过一个轻巧有趣的折扇,至今记忆犹新。他将吃冰糕余下的木片留下来,在一端扎上孔,再在另一端画上一朵朵小花,然后用铁丝串起,一把折扇就做成了。虽然从工艺上较为粗糙,但一个几岁的孩子能有如此奇思,也非常难得。

当然,若选用的是湘妃竹,再有艺术大师的雕工与书法,那就是一把名贵的扇子。湘妃竹折扇的上面,不只有斑斓的湘妃泪,更有一种历史的沧桑岁月,还有打造出来的精致典雅。它如一个仕女,也像一位雅士,尽得文化的风度。

有人在折扇的扇面上绘出仕女、花草、鸟兽虫鱼,有的则将山水高士、十八罗汉、诗词歌赋描绘其间,还有人画的是江山万里图,只要打开扇子就可尽情领略天地之宽、万物幽微。

与团扇比,折扇不论在内容还是形式都有了质的飞跃。

如果说团扇直来直去,将所有的语言都写在"脸"上;折扇则颇有城府,更多时候将话藏在心里,藏在那些可随意开合的皱褶,也可以说是岁月的皱纹或记忆里。

团扇虽可绘制很多内容,但远没有折扇来得丰富、含蓄、内在、超然。折扇让人想到孙悟空的如意金箍棒,可随意变化,充满神奇和神秘感。

一把折扇被折叠起来,可置于手中随意把玩。或揉搓、或捏捋、或左右、或上下、或动静、或敲打、或旋转、或抛接,久而久之,竹子或木质做成的扇骨就会盈然有光,湿润如玉。扇子也因性格内敛、包裹了心事,变得充实富足。

一旦打开一把折扇,那是别有一番韵致。有人如徐徐拉开帷幕,也像打开一个宝藏,尽情欣赏其间的万里江山图,倾听山川鸟兽发出的秘语,从而显示咫尺天涯之妙。有人用一种特殊技巧,手、腕、指在与扇骨的巧妙配合下,抖然打开扇面,在一声脆响中摇动扇面,凉风徐来,沁人心脾,这是人们往往难以理解的天地的声音,也是文人雅士透出的一种风骨和潇洒。此时,扇子与人合二为一,心气相通,互相诉说着彼此之间的理解与知音之感,也奏响天人合一的美好乐意。某种程度上说,打开的折扇发出的是人的声音,也是人这棵树上开放的花朵;反过来,人也可被理解为扇子的扇柄与骨骼,是具有根本性的存在;当然,还可以将人理解成为天地的花朵,当一个折扇被打开时,人也一定心花怒放,其肢体语言也如扇面般打开，形成可让人心会的喜容。

其实，除了窗户与扇子有关，风箱、风扇、空调、肺腑、人心都包含了扇子的原理。它们关闭后是一个不为人知也难以理解的秘密，一旦打开就有一呼一吸也有内在的语言传出，向人与天地间诉说。还有一棵树、一条河也都让我们想到扇子，树干与河流是扇柄，枝繁叶茂和冲积平原是扇面。特别是面对天空和大海时，树木与河流以扇子的形式在诉说着什么，伴着云雨雾气和潮起潮落，生命的秘语不断传达出来，这需要静心去听和用心体悟。

炎炎夏日，扇子会给这个世界送来阵阵清凉，人在其中，如在梦里，如痴如醉。

当秋风凉了，再摇动扇子，已不是为了消暑，而是为秋叶伴奏，听树木这把扇子将黄叶般的语言音符摇落。

其实，往大处想，天地何尝不是一把更大的扇子？

春天用微风将一片片细雨摇醒，夏天用暴雨的扇面扇起雷电，秋天以长风为扇子让万物变得萧瑟，冬天将巨大的扇子合上之后开始了一个寒冬的珍藏。

晨曦将万丈金光洒满东方，那是一天的扇子打开。

夜幕降临，天地的折扇关合。

与此同时，梦的扇面打开。于是，一个个熟悉而又陌生的语词，有意无意、有声无声从心底跃然而出。

第三辑 人生若攀

老村与老屋

每个从山村走向都市的人,大概都有一个如梦如幻的村庄记忆,也有一个关于"老屋"的深深的情结。因为它不仅仅包裹着我们的童年、少年甚至青年时光,还成为我们这些远走天涯的游子生命的根系。如果说,我们是苍茫天宇中飘浮的风筝,那么"村庄"与"老屋"就是牵扯着我们的丝线。一方面,我们向往遥远的天际和自由的飞翔;另一方面,我们又不时地回首眷顾,因为在自己的根系中有强烈的安全感、海水般的深情和坚定不移的信念。

每次回到生养自己的村庄,都有一种莫名的酸楚和愧疚涌上心头。原来记忆中的村庄和老屋渐渐被新房代替,所剩下的也多是颓败与凋零,一如秋后的残荷与落叶,在风中悲壮地摇曳。我已找不到自己的根脉,也挽不住逝去的岁月!上小学时必经的一条转弯抹角的胡同虽在,但已面目全非，它颓败、肮脏、漏风和一览无余，永远失去了原来的严整、净洁、古朴和神秘，现在连一个神奇的故事也隐藏不住了。村大队的院落原是多么丰富多彩啊！有村委会办公室，有戏台、学校、油房、粮食加工房，还有青年聚会的歌声、笑声、戏谑声和锣鼓喧天，如今都已不在，所剩下的只有几间摇摇欲坠的房屋，和一个偌大的空场，仿佛一个昔日的战场。再有，乡村的夜晚总是迷人的，饭后人们不约而同聚集在一个"白石大马"的周围，听老人讲天南海北的故事。酷似白马的巨石洁白如玉，它与所有神秘的故事一起滋润着我幼小的心扉，那是一匹充满传奇和托起我梦想的马，我以后的努力奋斗与心灵歌唱都与它有关！如今，听讲故事的场景不在，白马也不知所踪，余下的只有悠悠的闲云和缕缕的炊烟。

还有童年的井、河、树、鹅、麦田和菜园，现在都已失去了踪影。记得村边曾有一个大河湾，这是全村的鸭与鹅的天堂。每当清晨阳光洒满村庄，当家家户户街门洞开，可爱的鸡、鸭、鹅、狗都蜂拥而出，鸡们寻找自己的玩伴或飞上草垛引吭高歌，狗们追逐友伴或吠天叫日，而鸭与鹅则纷纷迈着骄傲的步伐向池湾奔去。鸭子左右摇晃，步态憨厚笨拙，常因急切弄翻了自己；而鹅们则大为不同，它们头颈高昂、步履轻盈、声音清扬，是动物中的君子，真有气宇轩昂、国色天香和超凡脱俗之姿，令人叹为观止！而一旦入水，鸭与鹅更有一派舒泰灵动之势，有的呱呱叫着，有的昂扬高歌，有的摇动短尾，有的不断洗涮和梳理自己的羽毛，有的在水中欢快地扎猛子，有的在水面上飞奔，其欢快与轻灵让人心花怒放！尤其是它们像小船般地游动，身后留下如丝带般的水纹，仿佛是一个梦幻，呈现出模糊似的清新，变化中的不变，宁静里的生动，我的思绪常常随着这条条波纹荡漾开去，由近及远，以至于无。后来，离开家乡，远走天涯，每当看到船的行驶、飞机的翔飞，我都禁不住想起童年鸭与鹅留给我的记忆，那是生命的轨迹，轻灵、自由和美好。当时，我家有一对夫妻鹅，尤其美妙可人！它们的姿态、色彩、声音、气度，尤其是那一双善良、温情、含蓄的眼睛永远是一个谜！记得当时母亲教我一笔画"鹅"的技法：先由"先"字的第一笔开始，而后写出一个"先"字，再由"先"字的最后一挑围绕此字，由右边至头顶再到左边，当笔到了左下角时，尽量将线拉长即形成鹅之尾了。由尾部开始向右上渐渐收笔，连画几个波纹，以代鹅之翅膀，当笔画到右上端时即向左作一旋转，这样鹅的头、眼和嘴就成矣！随后，笔自左上向右下而去，顺势写一"生"字，以此代表鹅之"足"了。所以，这个一笔"鹅"画中就藏着"先生"二字,直到今天想来也有点神乎其神!开始,我不知道母亲何以将"先生"与"鹅"联在一起,后来略有所悟:"鹅"与"先生"都是美好的象征,所谓"先生"即知书达理之意也!由此,我也有些明白了,小时候何以母亲总让我用心读书,还说什么"将来成为一个有知识、明是非、担大任的人才"之类的话。其实,在我的生命中,童年的"鹅"具有某种隐喻的性质,它成为我人生的启示与梦幻。后来,读到法国作家布封的《天鹅》一文,其优美高雅的灵心一下子将我震撼了!作者这样写道:"天鹅的面目优雅,形状妍美,与它那种温和的天性正好相称。它叫谁看了都顺眼。凡是它所到之处,它都成了这地方的点缀品,使这地方美化;人人喜爱它,人人欢迎它,人人欣赏它。任何禽类都不配这样地受人钟爱:原来大自然对于任何禽类都没有赋予这样多的高贵而柔和的优美,使我们意识到它创造物类竟能达到这样妍丽的程度。那俊秀的身段、圆润的形貌、优美的线条、皎洁的白色,婉转的、传神的动作,忽而兴致勃发、忽而悠然忘形的姿态,总之,天鹅身上的一切都散布着我们欣赏优雅与妍美时所感到的那种舒畅,那种陶醉,一切都使人觉得它不同凡俗,一切都描绘出它是爱情之鸟。"我家和我村童年的白鹅,虽不能与布封所言的"天鹅"相提并论,但是，它是我理解布封笔下天鹅的前提，是天地自然点化我灵心的象征，也是我怀想英年早逝母亲的一座桥梁。童年的白鹅让我后来知道和理解了什么是优美、良善、仁慈，什么是轻灵、自由、梦幻，什么是超凡脱俗、玉树临风和羽化而登仙。如今，村庄中的河湾枯了，鸭与鹅也看不到了，只剩下了日夜的鸡犬不宁与鸡飞狗跳。

我家的老屋早已拆除，并盖上了新房，现在再也找不到原来的形象。由于缺乏先见之明，当时就连一张照片也没能留下，这令我一直耿耿于怀和惴惴不安，因为老屋寄托着我的童年、少年、青年生活，也包裹着爷爷、奶奶、爸爸、妈妈以及兄弟姐姐共同生活的岁月，我唯恐一不小心将这些记忆丢失，以后就再也找不回老屋了。我曾想自己为"老屋"画一幅画，但因画技不佳迟迟没有动笔。我曾寄望于儿子，让他好好学画，将来有一天让他将我的记忆画下来，但那又是遥遥无期和不能指望的事情，因为儿子画技再高，他能画出我记忆的海水情深吗？于是，我决定用文章将老屋描绘出来，哪怕是一个简单的轮廓也好！

老屋主要由南、北两幢房屋构成，它的东面是个厢房，西面是大门与院墙。这就形成南北长、东西短的一个封闭的院落。据说是为了早晨练功，爷爷将院子铺成了尖尖的青石，而不是像普通人家的平坦石块，这就决定了我家院子的与众不同！它是否也预示了这个家庭坎坷不平的人生道路？在街门上面是个高耸的门楼，它与南屋的西北角相近。在北屋西南角下是个猪圈，猪圈上面铺着一块巨大的青石板，上面放着腌菜的缸，在猪圈墙台与青石板间取物时，大人可跳来跳去；在南屋东北角与东厢房之间是厕所（农人俗称茅坑），在这里与东邻家用石块垒起一个不高的隔墙！在北屋东南角与东厢房间是个狭窄的夹道，里面有一棵臭椿树，约有胳臂粗细，出口处是一个腌咸菜的大缸，打开后常发出刺鼻的气味，这一树一缸似乎不佳，因为其"臭"似乎是一种暗示！据说，南屋是后盖的，是母亲结婚后姥爷和小舅帮着增加的。而没有南屋时，我家房门原是朝南开放的，因为有了南屋而改走西门。记得母亲曾告诉我们兄弟姐姐说："以后你们可别忘了小舅，是他一砖一瓦一草一木用小驴驮料，帮咱家盖起南屋的。"母亲和小舅早已离世，但母亲的话、小舅的身影却活在我的心中。最初南屋是草顶，是后来换上了瓦顶，由此可知当时我家经济的拮据！南屋是杂用房，除了一土坑一桌子之外，存放的都是米、面、草、农具之类。后来，三哥在土坑上住过一段时间，1979年至1982年准备高考这四年，假期期间我一个人曾住过这个南屋。当时整个房间虽杂乱无章，但我用白纸将土坑上的破席糊好，坐在一只盛草的高大的笼子之上，伏在一张大高桌上，面对南窗复习课程，虽然诵书的声音有几分悲情，但南来的风与窗外菜园里散发的清香沁人心脾！在三次高考名落孙山后，第四年我能够成功，这个南屋所给予我的不仅是宁静的时空，还有忍受孤独和寂寞的心性与决心，更有南来的和煦之风与花之芬芳！

我家北屋西面一间有一个"过陇"，即在土炕上方靠近屋顶处建一个半边的悬空房间，这是用木头木板建成的，在上面可陈放些杂物。大人站在炕边，手伏着"过陇"的边缘一跃可上；下来时，腿先下即可退跳到炕上。因为当时我太小，够不着过陇的边缘，所以对上面充满无边的幻想，仿佛在我家里这是个神秘之所！为了攀登"过陇"，我经历了一个不断成长的过程：开始是跳起来能摸着它的边缘，接着我能用双手抓住它的边缘，再而后能用双手攀附着边缘，最后我终于能一腾一挪爬到上面去。记得第一次上去时，我大失所望，原以为上面一定无奇不有，结果除了油、面、米外，多是灰尘！不过，在这种不断的超越中，我磨砺了自己的毅力和胆量，也培育了自己的探索精神！后来，在艰难困苦的高考进程中，在以后的学问人生追索里，我都感到了童年和少年一定要攀登上"过陇"的决心和努力所给我的巨大的赐予。换言之，每当我处于失败之时，早年的攀登过程和取得胜利之喜悦，对我都是一种激励和鼓舞，因为事实证明：只要不畏艰辛，肯付出汗水、泪水和血水般的努力，就一定会成功的，这只是一个时间早晚的问题。与此相关的还有两件事：一是对猪圈上方石板与猪圈墙之间空隙的跨越；二是从门楼上面攀过出入院子的翻越。前者一不小心就会掉入猪圈，后者弄不好就会划伤身体，以至于摔倒在地。从猪圈边缘跳上石板，我是经过多少年的试验才完成的，而一旦实现了愿望，其喜悦与自豪不足以为外人道！爬上门楼首先要扣住上面的横挡，然后将整个身体往上提，以至于能让脚踏住门导的环子，再向上一纵、一跨方能让身体从狭窄的门上面翻过去。俗话说："上山容易，下山难。"而从门楼上下来，比爬上门楼更难！因为它需要用双手吊起身体，用脚盲目地寻找立足点，最后方能落地！这种跨越是经过数年的千辛万苦之后，才得以完成的。但是，它却为我后来爬越人生的千山万水做好了铺垫和准备。因为在童年和少年时期，探索未知、翻越高度、战胜困难、发现自己潜能的经历，无疑是一笔极其宝贵的财富，它成为我后来人生强有力的基础和支撑。所以，我非常感念老屋给我的那些时光与日月。

因为家里穷，窗户是纸糊的，所以易破！每当秋风吹起，天寒地冻之时，寒冷就如针般地钻进房间，我们这些孩子就感到了阵阵的颤栗。不过，纸窗也有它的妙处，那就是春光明媚和秋高气爽的时节，阳光将窗户照得通明温暖，有时还将外面的景象映入其中，如诗如画！记得有一次，墙头的枯草被秋日的夕阳画在纸窗上，它晃摇着、颤动着、抚摸着，仿佛是天地间的琴师在演奏乐曲，也像阳光亲吻着这个贫困之家，还像妈妈在美妙的儿歌中轻拍熟睡的孩子！最为重要的是，这一幕留给我的是"动"中之大静，一种超越世俗人烟的宁定与安详！在后来的人生中，无论世界如何变动，也不管诱惑有几多，我都陶醉于心中的这一意境中，让心灵恬静而淡然，因为时光与岁月在流走，而不变的是这一心境。随着年岁的增长，我开始知道了人间的苦难与辛酸，妈妈英年早逝，自己仿佛被世界遗落，心境也仿佛打上风霜。

这是一个深秋的下午，狂风夹着雨水笼罩着整个世界，父亲、哥哥、姐姐务农未归，我与弟弟在炕上瑟缩为一团。我家院墙外面碗口粗的梧桐与雨水一起哭泣，雨滴嗒嗒、树叶飘零、树枝鸣叫，风声怒号，仿佛天地一下子变得悲怆起来。这时，有一种悲感直渗入我的心间，直浸入我的骨髓之中。这个深秋的一幕，仿佛墨汁般浸染了我心灵的底片，使我感到了人生的几多悲凉与寂寞。现在想来，那一幕也许就影射了后来我人生的悲观。可以说，老屋留给我两个层面：一是暗调的悲凉，二是光明的希望。而这二者相互交融，则使我产生了一种超拔的意向和精神，那就是在沉重中寻找轻灵，在黑暗中追求光明，在困境中实现超越。

在门口与猪圈之间，是一个大不过几平方米的小平台，不知道是父亲还是母亲，抑或是哥哥，将上面垫上熟土，栽了一棵蜜桃树，还种了一些蔬菜。给我印象最深的是这棵桃树，它由小到大，由开花到结果，那真是具有某种神奇之功！当春风将枯枝染绿，一片片小叶像婴儿的小嘴般突出，花开浓艳，一树的香气和蜜蜂渲染着无尽的诗意。当花蕊落尽，舌尖大小的果实喜气洋洋。随后，阳光雨露一直将果实喂大，当大如拳头的水蜜桃缀满枝头，我充分地体会到土地的神奇！就是一些泥土，且是并不丰厚的平台，何以能够从中长出叶绿、桃红和甜蜜？这一棵桃树在我幼小的心灵中，并不止于是一棵植物，而是一种信仰：土地之神奇伟大！自然之美妙动人！而一个人的心灵也应该像这土地一样，只要你努力就会长出美丽、甜蜜与神奇！这棵桃树伴我走过了童年，后来我离开家乡来到都市，它的结果与命运我就不得而知了。不过，这棵高不过一米，胖不过一围，粗不过手臂的桃树，却以它的柔弱、丰产、美丽、恬淡和奉献精神，一直活在我的心间。

至今，我手中没有一个老村与老屋的物件，仅有的只是发黄的记忆！而且，近些年老村、老屋的老旧之物越来越少，这是令人懊丧之事！好在心灵的底片上，许多记忆犹新，仿佛雨过天晴菜园里沾满露水的花朵，我要早些用笔将它们留住，尤其是那些感动过我、对我的成长和心灵有益的人与事！一是希望老村和老屋能尽力得以保存；二是希望重视老旧之物对童心的作用；三是希望在记忆尚清之时留住那些回忆；四是希望与我有共同经历的人共享童年温馨的美梦。还有一点可能至为重要，即感谢老村和老屋对我的赐予，我的生命与成长是它们给的，我对于美好事物的向往与追求也离不开它们。老村和老屋是我出飞的"巢"，尽管如今我已有比那更好的新巢，但在经过了无数的风雨后，我依然记得它、怀念它、感戴它。也许我回去的次数越来越少，或许这个"巢"已物去人非，早已倾落；但我却将它小心地珍藏在心灵的最深处，在春暖花开的时节，在风和日丽的日子，甚至在寒冷阴暗的冬夜，一个人将它细细地品味与回想。

随着时光的流逝，老村和老屋像凋零的花瓣一样纷纷剥落；而我却像清明时节忆起已故的亲人般将它想起，并给予它以热烈而平淡、激动而冷静、亲近而遥远的祭奠，用我这个远方游子的一片素心和一夜清梦。

美梦成真

千人千面,万人万心。我们可以根据不同的标准,对人进行分类:高与矮、胖与瘦、黑与白、美与丑、善与恶、真与假、诚与伪、巧与拙、刚与柔、静与躁、明与暗,等等。除此之外,恐怕还有一个更重要的划分方法,那就是看他有没有梦想,有没有将美梦变成现实的努力和毅力。作为个人,应该努力追求自己的梦想,一个家庭、一个国家也当如此,美好的愿景一旦确立,不论道路多么曲折坎坷,我们都要将它变成现实。

我是一个农民之子,而且生长在极其贫困的年月,兄弟姊妹多达六人,加之母亲多年重病在身,可以说我一家人一直奔波和挣扎在生存线上。就像一丛灌木,因缺乏阳光、雨水的滋养,它叶焦枝枯、奄奄一息、濒于死亡!还记得,我家一天三顿饭主要是吃地瓜(或地瓜干、地瓜面），因为我吃下地瓜后心中火烧火燎，所以总是拒绝吃它，肚子里总是空空洞洞，难受至极！本该是长身体的年龄，结果骨瘦如柴、有气无力、弱不禁风。不过，我那时并没有心灰意冷，更没有厌烦绝望，相反，心中总有一个希望在，有一个美好的向往，甚至可将之称为梦想的东西在闪耀。比如，每当在菜园里看到黄瓜、西红柿、豆角等五颜六色的蔬菜结果，在村里村外看到槐花开满枝头和清香四溢，在田间地头看到天上悠悠的白云，我都有一种发自内心的感动，一种心花怒放和仙人醉舞的感觉，于是所有的饥肠辘辘和生活忧愁仿佛都淡远了。当小麦成熟的季节，满山遍野都是滚滚的麦浪，麦芒在阳光的照耀下闪着刺眼的光泽。此时，我躺在地头上，设想着有一种大力将我轻轻托起，放在麦浪之上，更准确地说是放在麦芒之上，我可以轻得正好不让麦芒刺伤和刺痛我，而作自由自在的飞扬。我还希望自己能随着金光再飘到天边的白云之上，让它如飞毯般将我驮到大山的外面去。这是一个一贫如洗的农民之子的"童年之梦"，一个长了翅膀、涂了蓝色、闪着金光的美梦！后来，我有了更多的机会乘飞机远行，童年的梦想终于兑换为现实，那是一种轻灵、滑翔、飞动的感觉，尤其是飞机在棉花似的白云中穿行时更是如此。

童年的幻梦很快就过去了，就像花朵的开放，也像早晨草叶上的露珠一样转瞬即逝。当母亲以49岁的年华告别人世，离开她心爱的六个子女时，13岁的我突然间懂事了，因为我觉得脚下的大地陷了下去，没人能够帮我，只有靠自己的力量挣扎出来。于是，我将更多的时间和精力用在读书和上学上。二哥喜欢读书，他借来的小说也成为我快乐的源泉。在学校读书时我异常用功，为的是对得起母亲，因为母亲生前说过："要好好读书识字，有文化的人才有见识。"那时，还没有高考制度，学习好到底有什么用处我也不知道，只觉得要多读书、有文化，做一个母亲希望的有见识的人。因为家里穷，祖上又多是文盲，所以家中除了课本几乎没有别的书，但我对书的渴望却是异常强烈的。

1977年，我以优异成绩考入乡镇中学，并当上了班长。这在我家和我村都是件大喜事，因为在我的家族中除了堂兄，再没有第二个读过中学。而且，此时正赶上恢复高考制度，通过读书可以考上大学，可以脱离农村户口，可以到外面的世界去闯荡，这一连串的想法是一声声召唤，也仿佛是一种诱惑，它激起了我更刻苦的努力与奋斗精神！当时还有一个奋斗目标：那就是在高二考上重点中学，而一旦进入重点中学，离考上大学也就只有一步之遥！幸运的是，我于1978年考入重点中学蓬莱二中，记得当时我们乡镇中学只考去36人。

不过，我考上大学的梦想在1979年化为泡影，并且这一年成了蒙羞之年！也不知道是什么原因，刚入蓬莱二中我自感学习还可以，但渐渐地成绩开始下滑，临近高考时几乎滑到了谷底，即成为班级的倒数第几名。最后，学校采取了一个大调整，将四个重点班考大学无望者集中在一起，准备应考中专，我就是其中之一。这一转变使我的自尊心受到了重创，但也毫无办法，因为那时自己实在没有考上大学的自信。但转念一想，作为农民的孩子，能考上中专也该知足了，哪能太过奢望！然而，这一年我连中专也没考中，可谓真正的名落孙山。1979年秋，当与我一起从乡镇中学考入蓬莱二中的同学，一个个纷纷进入大学读书后，我又回到原乡镇中学复习，准备来年的中专考试，因为压力过大，又营养不良，精力不足，1980年我又一次尝到了失败的滋味儿。第三年，我由理科改考文科，到了离家八十里远的一所普通中学复习，平时学习尚可，但因压力过大，考试期间终夜失眠，数学发挥失常，结果又落榜了。1981年秋是我的第四次高考，这一次又回到蓬莱二中的重点文科班复习，这仿佛是一个好的兆头，经过数年的奔波，我又回到了起点。平时考试我一直名列前茅，在年终摸底考试中，还取得了全校文科第一名的好成绩！1982年高考，虽然仍因考前失眠，数学成绩大大失准，但最后终于如愿以偿，以高出分数线30多分的成绩，被山东师范大学录取。高考之于我，无疑是一个梦想，数年的拼搏奋斗，既留下了失败的深刻印痕，也是自我承受力和意志得以磨砺的过程，像苦水里泡过、沸水里煮过和烈日下晒过的果实，我自感砺炼出了坚硬的内心。在高考体检时，我第一次登上蓬莱阁，也是第一次感到了它的不同凡响和凌空欲飞，它仿佛在将整个身心都探向大海之上的蓝天白云，投向遥远的大千世界，于是我感到自己与蓬莱阁的梦想融为了一体。在蓬莱阁的风姿中，我似乎略有所悟。

在我考不上大学的数年间，村里人议论纷纷。有的说，看来高考真难！也有人说，王德忠的老四（我在家排行第四，所以人们这样称呼我）够呛，脑瓜子还是差点。还有人说，命高八尺，难求一丈，老四也真该认命算了！当然，也有人表示，想不到老四还真有一股子不服输的劲头！而考上大学之后，全村人做出的反应异常强烈，大家似乎异口同声地说："老四这小子还真行！大学还真让他给考成了！"赞赏、佩服和同情之情溢于言表。进入师范大学最令我惊奇的是吃饭免费，即国家每月发给每位同学22.5元伙食费，而且我们可以自择饭菜。进入食堂，家境富裕者恐怕没什么感觉，但对于我这个总是以地瓜、玉米面为食的农家子来说,真是如刘姥姥进了大观园。白面馒头发出醇厚的芳香,包子和饺子洋溢着喜悦,米饭粒粒如珠玉,一盆盆炒菜依次摆满了餐台,上面的肉块和肉片仿佛在闪动……当时,我的肚子虽然如海,总有吃不饱的感觉,但这些美味佳肴确使我这个贫苦的农民孩子喜不自胜,自己曾在心中感叹道:原来外面的世界这么美好!这是我平生少有的幸福感和自豪感。

大学四年,我度过了愉快美好的时光,因为一直做学生会干部,所以开始还有一番从政的雄心壮志。但随着自己的成长,我越来越感到应该更上一层楼——报考研究生。因为别的同学都是一入校就准备考研,我是最后一年多才痛下决心改弦更张,由热衷于仕途转向学术之路,所以有点儿临时抱佛脚的意味。不过,确定了奋斗目标后,我主要注意三件事:一是心平气静,心无旁骛,这样才能保证有最高的效率;二是每天锻炼身体一小时,保证身体好和效率高;三是刻苦、认真、努力,将更多的时间用于学习,我每天的学习时间竟高达 16 小时以上。功夫不负有心人,最后我考取了著名学者朱德发先生的硕士生。这大大出乎同学们的意料,我的成功令他们对我刮目相看,有个同学竟在我的毕业留言册上这样写道:"兆胜精神万岁!"这句赞词我虽受之有愧,但它确实表达了对我毅力的肯定，并成为我今后继续努力的一个助动器。硕士三年，从朱老师处受益匪浅，除了确立更高的目标，用心向学外，我明白了为人为文之道，比如诚恳、善良、热忱、质朴、宽厚、仁慈、求新等。硕士毕业后，妻子留在北京工作，既为解决两地分居的问题，也为了进一步深造，我决心报考中国社会科学院研究生院的博士。因为当年博士招生名额很少，中国社会科学院每个专业的招生更少，加之它考试的难度大，竞争力强是可想而知的！为了实现这个目标，我一人在济南全力以赴，背水一战，真有点"面壁十年图破壁"的精神，最后以第一名的成绩考取林非先生的博士生。在林先生门下，气氛自由宽松，尤其是他的博闻强记、仗义疏财、雍容大度、恬淡人生和春风化雨，最令我感动。林先生对我最常说的一句话是："多注意身体！一定不要累着。早睡早起，白天的时间足够用了。"今天，我能有点儿进步，主要应归功于我这两位恩师，是他们谆谆教导，并在学业、人品、生活上关爱我，并给我以榜样的力量！

家父在我考上大学后就喜上眉梢，当我考取硕士、博士，他更是喜出望外，甚至有点得意忘形。因为他只读过三年小学，能识的字像玉米棒子那么大也装不了几篮子。当村里人问他："王德忠，听说你家老四考上了硕士、博士,当真?"父亲就会自豪地说:"可不是吗!"村里人又问:"硕士是个啥嘛?"父亲就吞吞吐吐地说:"我也说不好,怕是与省长差不离吧!"别人接着问道:"那么博士算个啥?"父亲就会口气更大地说:"估计与总理也差不了多少罢?"虽然家父不知道儿子读到博士意味着什么,但以他农民的眼界和想象力,儿子一定是很了不起的。少年时,父亲曾下狠劲儿多次打过我,但自从我考上大学,尤其是读了博士,他看我的眼神就不同了,那是一种信任感、自豪感,甚至还带有一种神秘感。每当我跟他说话时,他总是认真地听着,仿佛我总是正确的。记得,1995年父亲的肺气肿非常严重,见面后他总是说自己已经不行了,但经我的劝说,他信心大增,每天早晨按时出门锻炼,此后竟然又活了12年。家父去年辞世,享年83岁,他的离去带走了遮挡我人生风雨的最后屏障。但在父亲眼里,我能一步一步实现自己的奋斗目标,一定得到了神助。因为有一次,家父带我去看祖坟,神秘地告诉我说:"你知道吗?我把祖坟往这个地方挪动了一下。"

自1996年博士毕业至今,是我学业不断追求和进步的十年。开始时只住一间平房,后来住进二室一厅50多平米的楼房,但由于我们夫妻自己抚养孩子,书籍又太多,家中几无容膝之地,所以生活十分艰苦。加之外面的诱惑又多，人生之路如何走对许多人来说一直是个难解的问题。但我坚如磐石、矢志不移，一心向学，倒也快乐自在！如果说以前我一个一个实现了自己的梦想，那么今后我还有一个更大的梦想，那就是在学问人生的道路上走得更远、更好！在与妻子结婚时，我曾提到这样的梦想："这一生中，我要好好努力，争取出版100本书。"那时我没出过一本，文章也只发表过一篇，妻子当然一笑置之！至今我已出版十多本书，编著和编选著作亦有近十种，近200多篇学术论文，也算略有成绩了，这是令我这个智商平平者"沾沾自喜"的地方。因为在我的人生中，我很少跟别人比，更多的是与自己比，与考不上大学的那个"我"比，因此我不受社会浮躁之气的影响，我一直是知足常乐的。如果说，以前我不知道从社会最底层出来的农家子到底能走多远，那么今天我已有了足够的信心，那就是：只要有梦想，只要保持一颗平常心、恒心和感恩的心，就可以"梦想成真"。因为以前那么多艰难困苦的日子都过去了，今后的道路应该越来越平坦了。

从人生的意义上说，面对眼前的世界我已非常知足。试想，原来住房狭窄，现在有了宽敞的大房子；原来只能向人借书读，现在可以自由出入京城各大图书馆借阅，而且我自己的藏书比较丰富，可以坐拥书城了；原来求学阶段艰苦，要应付各式各样的考试，现在可以按照自己的心性，从事自己喜欢的研究；原来为了专业发展无暇顾及其他，现在可以兴之所至、爱好广泛、充分享受生活的丰富多彩。比如，当人们都去上班之时，我可以身在家中，动情地朗诵诗词歌赋，安静地陶醉于美妙的乐音之中，闭目冥想世界人生和天地自然，因为快乐、自由、幸福的人生存于我的内心，存于一片氤氲的诗意盎然之中。尤其重要的是，我们的生活无衣食之忧，没有战争，没有灾难，身心健康，每年都有春天的烂漫、夏天的热情、秋天的灿烂、冬天的收敛，这样我们就可以有更远大、更美好的人类梦想。

童年的梦是短暂的，但它是我心灵的底色；考上大学是农家子最大的奢望，它用去了我多少个青春岁月；读硕士和博士的梦想是一双翅膀，它助我自由的飞翔和大胆的超越；学术人生是我最后做出的坚定的选择，用手中之笔来描绘心灵的天空、思想的高山、精神的海洋，这需要我用一生和整个生命去真诚的拥抱。我的经历给了我磨炼和自信，"美梦"通过努力是完全可以成真的。然而，就是不成为"真"也没有关系，只要不失去本心，心中常常有诗、有爱、有梦，就一定不会感到生活的虚幻，而是"真实"地品味着生活的美好。

家住"四合院"

老北京到处是四合院,而今成了新奇。

据说,没被拆除的四合院,在北京已经很少了,不仅价格昂贵,也不易见到。我曾住过四合院,在北京东城区赵堂子胡同14号,而且住的时间很长,从1990年到1999年整整十年。

严格说来,这个四合院不是真正意义的北京四合院,是一个杂院,只是形式上像"四合院"。它坐落在一条只有数米宽的胡同里,北面斜对着是著名诗人臧克家的15号院。两个院子像两个盒子,被挂在彩带一样的胡同两边。胡同东面不远处是五四运动时被火烧的赵家楼;向西横穿南北马路,不远处是蔡元培故居;北面的赵堂子胡同3号,是北洋政府政要朱启钤故居;向东南走十分钟,是我所在工作单位中国社会科学院,单位旁有明清时期作为考试场所的北京贡院。

我们四合院有两扇朱红大门，朝北，它高大、厚实、沉重。进门是一条长长的过道，前几米有顶棚遮盖，后面是露天的；左边是高高的院墙，将风景挡在院外；右边分别是一进院、二进院、三进院，自北向南依次排开。四合院的结构图像一把大梳子，过道是梳子的柄部，几排房子是梳的齿儿，几个院子是齿缝，过道的尽头有棵生机盎然的古树，权作梳子的彩线坠子吧。

我家住在二进院中间。这是由相对的两排平房组成，房子不高，但宽广舒展；房子中间的院落宽阔，空间较大；抬头可见广大的天空，并不时有鸽子、燕群飞过。当时，我住北排，对面一家的孩子叫大宝，大宝家东邻一家的儿子叫小坤，正在读高中。北面第一进住了一大家子人，有一对老夫妻和大女儿、大女婿，还有大女儿的两个正在准备高考的儿子，他们与中院的小坤是姑舅兄弟。就是说，小坤的父亲是老夫妻的儿子，小坤父母曾在上海当知青。老夫妻的大女婿长得周正，话不多，总和颜悦色。他很会做饭，常在大门左侧的小平房里炒菜，香气四溢，漂亮的妻子很有福分。

三进院即后院我很少去，除了去附近的公厕，就去过一两次。有位冀师傅的儿子比我儿大几岁，他俩常在一起玩。另外，这进院有点特别，常牵着我的思索和想象，据说中国社会科学院的著名学者杨义、袁良骏、施议对等都曾在此住过。

十年时光是我们这个小家最值得留恋的。妻子大学毕业分到中国社会科学院，先租住在和平里一个四合院。房间很小，地砖渗水潮湿，一对老夫妻和女儿女婿非常善良，给她很多关照。后来，妻子搬到这个四合院，伴它走过更长时光。1993年我来北京读博士，之前在山东工作六年，我们饱受夫妻分居之苦。那时，每次来京探亲，都能感到这小院和小家的浓浓情意。白天我们夫妻在离家不远的长安街散步，晚上睡在用几块木板自搭的床上，虽只有一间房，里面附带的厨房狭小而潮湿，冬天还要自生煤炉，但一点不缺温暖，特别在遥遥无期的分居中，从未失去希望和信心。有个春节，我们没回老家过年，大年初二并坐在床上看电视剧，《雪山飞狐》那首颇有诗意的主题歌，照亮过我们的人生，也留下美好的回忆。

小院的主人都爱花，前、中和后院种着各式各样的花。春天到来，院子里百花竞放、姹紫嫣红，打开前窗后窗，花香四溢，可充分享受春天的灿然。冬天，雪花纷飞，一片片仿佛天使般纯洁浪漫，它们落在院子的树上、房上、头发上、地上，还有用来过冬的煤球和白菜堆上。

此时，我们用胶带将木门、木窗的缝隙封好，将风雪关在门外，在房间生起炉火，高大的炉里红光炽发，一种热能很快会让房间充满暖意。那些年，从准备过冬的煤球，到安装炉子和长长的烟筒，再到生火和烧水，虽然麻烦甚至危险，但却熟练掌握了技巧，从没发生煤气中毒事故。炉火在熊熊燃烧，它将一大壶冰冷的水烧得吱吱震响，热气从壶嘴升腾而起，唱着快乐之歌，也是幸福的画面。

儿子在此度过童年。他在小院对面幼儿园上学两年，将欢笑、歌声、哭闹甚至顽皮的表情都留在那里。儿子从小长得可爱，颇爱读书、画画、唱歌。他常常一大早自己搬个小凳，穿一件绛紫色背心坐在门口的藤萝架下静静看书，专心程度令人诧异。这不时招来哥哥、叔叔、阿姨、老爷爷和老奶奶围观，还引逗他背诵古典诗词，人们往往为其超强的记忆力征服，并发出啧啧感叹和赞叹之声。

这个小院充满温暖和美好。大家做了好吃的，相互赠送，一为孩子，二为那份难得的缘分。有时，遇到急事，邻居都会主动帮忙接送孩子，帮着代管孩子。晚饭后，孩子们一起玩耍，大人就坐在院子里拿着大蒲扇乘凉，天南海北神聊，没任何生分，仿佛一家人。小坤一家人在四合院中最多，他们纯朴善良，前后院对其评价都很高。那时，小坤的父母是商店售货员，站柜台很辛苦，回来总喊腿累得受不了。大宝妈与我们同一单位，一副古道热肠，与妻子来往最多，两人总有说不完的话。冀续的父母人高马大，虽是普通工人，但特别重视孩子学习，对知识分子充满敬意。知道我是博士，冀续的爸爸总喜欢问这问那，态度谦和诚恳，他虽不是知识分子，但却温文尔雅。前几年，他还给我家打来电话，20年不见，我们的谈话仍亲切自然。我还是称冀续的爸爸为老冀，他一如既往称我小王，现在我们都六十岁左右，曾在一个院里的友情还可以这样继续。

我与左右邻居接触不多，但有一事至今难忘。东边隔壁住的是我院文学所的一位段先生，据说他在别处有房，平时住这院的时间不多，只偶尔过来看看。一次，我赶写一本书，因一间房子非常拥挤，又有孩子闹腾，就向段先生提出，能不能让我在他闲着的房间写作？开始我没把握，几经犹豫，还是硬着头皮提出。没想到外表严肃的他，竟然非常痛快答应了。当我将他房间的杂物拾掇一下，腾出一定空间，虽无炉火，但心中异常温暖。那个冬天，我吃过饭，就打开段先生的门，将自己关在里面安心写书，直到快速、圆满完成任务。我与段先生原不认识，交流更少，我甚至没提给他房租，连一包茶也没表示过，但他从无怨言，这让我看到普通人与众不同的灵魂，也让我心存感念。

那时年轻，我喜欢锻炼。早晨，我顺着周边胡同跑步，有时跑到贡院去。快回家时，我就放下脚步在胡同里转悠，随意欣赏景致。长长的曲折的胡同藏着好多好看的四合院大门，胡同口的每棵古树都颇有阅历，早起打太极拳的老人精神矍铄，清爽的风与湛蓝的天让人心旷神怡，训练有素的鸽子不时发出咕咕叫声。

还有院子里的那棵大树仿佛是守卫，日夜守护我们平安，但我们很少琢磨也不解它的心境。秋来了，树叶飘洒一地，跟着风不停地旋转，有一种无家可归的感觉；大雪过后，寒风刺骨，我们都躲藏在家里，它赤裸的身躯仍不屈地伸向天空；夜深人静，我们躺在温暖的被窝里，却能听到大树枯枝在严冬发出让人难眠的啸叫，但我们却无能为力，帮不上它。

如今，住在这个四合院的人早已各奔东西，像鸟儿一样飞散。而那个美好的院落也被拆除，化为乌有，只留下无尽的回忆，给后人追梦。

曾住过的四合院，一个托起美好人生的小家，是不是也将我们的心田当成自己的家呢？

说"足"

与"手"相比,"足"很少抛头露面,也不炫耀于人,它总是甘拜下风。这不仅因为它的位置靠下,也因为它用途单一、其貌不扬。"足"总是深藏不露,颇似人群中的谦谦君子,又像"万人海中一身藏"的隐者。

《山海经》中有一足之动物,它们是夔牛、毕方,可谓天下之大奇!二足、四足者多为人与禽兽,而事实上,马车、自行车多为二轮足,汽车则多为四轮足。有趣的是,飞机则变成了三轮足。螃蟹有人说是八足动物,又有人说是十足动物,后说是由于八足加了两螯之故。还有古人云:"百足之虫,死而不僵。"这个"百足之虫"指的就是"蜈蚣"。而"千足之虫"为"马陆"。

足之用可谓大矣!人无足不立,鸟无足难飞。试想,有多少人因失足致残而痛苦,中国还有"一失足而千古恨"的古训，讲的也是"足"的重要性！"千里之行始于足下"讲的亦是此理。飞禽的起飞也是如此，它们尽管主要依靠翅膀，但没有"足"的蹬地发力，起飞是不可能的。所以，有太极高手无需绳系，而将小鸟把玩于股掌之中，就是因为每当鸟以足蹬地欲飞之时，他就用内力将之化解，小鸟足上无力，当然不能展翅高飞。还有，一足跑不过双足，双足跑不过四足。不过，如果真要说"百足之虫"的速度一定比双足的鸡鸭快捷，那也未必能够令人信服！

从医学上讲，"人老先老腿"。所以，有健身者开创压腿之法，而佛家、瑜伽对于"腿"都十分看重，其高位盘腿、脚成莲花都内含了深厚的功力！现在兴起的"足道"也是重视"足"的一个表征，这一点甚至超过了对"手"的保护。还有人从自然之道的角度畅谈"足"的美与自由！比如林语堂曾写过一篇《论赤足之美》，其中有这样的话："赤足是天所赋与的，革履是人工的，人工何可与造物媲美？赤足之快活灵便，童年时的快乐自由，大家忘记了吧！步伐轻快，跳动自如，怎样好的轻软皮鞋，都办不到，比不上。至于无声无臭，更不必说。虎之爪，马之蹄，皆有极好处在。今者天下之伯乐，多矣。由是束之缚之，敲之折之，五趾已失其本形，脚步不胜其龙钟，不亦大可哀乎？然则吾未如之何，真真未之如何也已矣。"因之，"裹足"与"放足"是保守与解放、传统与现代、丑与美的分界线。

其实，"足"已成为一种文化，因此称其为"足文化"亦无不可！像由"足"组成的语词就有：立足、手足、足下、足金、足球、插足、失足、富足、充足、满足、知足、十足、评头论足、举足轻重、不足挂齿、不足为奇、三足鼎立、手舞足蹈、画蛇添足、金无足赤、捷足先登、空谷足音、美中不足等，这些语词不仅已经为人熟知，而且包含着中国文化的精髓。如"人无完人，金无足赤"即是中国人对于世界人生、天地大道的深入理解！还有"足球"，它不仅仅像西方人理解的那样只是一项体育活动。从中国文化的角度看，它更是一种有关"足"的文化，是"足"的诗化人生，是"足"的艺术化哲学。还有跆拳道、泰拳等武术都是对于"足"的最好注释，其中有大道存矣！难怪中国武学中有"手是两扇门，全靠脚打人"的说法。

不过，中国文化的精妙之处更在于：不拘泥于"物"，还要注意它后面的深意，包括那些相左、相反、相对甚至难以言说的方面。所谓"管窥蠡测""君子不器""羚羊挂角，无迹可寻""只可意会，难以言传""会心之顷"

"空中之音、相中之色、水中之月、镜中之像"等，即可作如是观！以蛇为例，它虽无"足"，却在草丛间、沙漠里疾走如同闪电；风云无"足"，但能飞渡山水，天马行空，悠然飘荡；鱼水无足，可有大自由、大自在、大逍遥。还有梦想、爱情、诗意也并无"足"，但它们可以纵横驰骋、上天下地、无孔不入。因此，有时又不能对"足"进行机器化的理解，要将它与"心""情""梦"联系起来考虑，不是吗？有人失去了双脚，但却在轮椅、电脑上实现了自己的梦想，成就一番大业；也有人双足完好，但一生却一事无成，甚至走上犯罪之路。所以，"足"虽重要，人的成败与否还要取决于个人。

若要进一步探根寻底，那么这个世界上的一切都是有"足"的，没有"足"就没有附丽，没有根，没有生存与生命，也就不会有美。蛇之"足"在"大地"，风云之"足"在山间，鱼之"足"在水中，水之"足"在河床与海底，梦想、爱情、诗意之"足"在人的心灵。总之，归根结底在于天地自然，在于其间的"大道"。就如同天空的风筝，它的飘遥奋飞、悠然自得似乎是无"足"的，但其丝线却握在人的手中！正如老子所言："谷神不死，是谓玄牝。玄牝之门，是谓天地根。绵绵若存，用之不勤。"在此，"天地根"可理解为"天地"之"足"也！

"天足",一面可解为"自然之脚",即未受限制和异化之"足",与"裹脚"和"三寸金莲"正相反对;另一面又可解为"天地"之脚,是谓"天地根",是天地之大道之所在!世界上的"足"多种多样、难以尽数、不一而足,但是,寓存"天地大道"的"天足"则为"一",那就是谦卑、不盈、内敛、和光、同尘。

知"足"难矣!"知足"亦难矣!"知足常乐"更难矣!"足"在脚下,在心中,在道里。

健身，我的日课

上大学前后，我的身体判若两人。之前瘦弱不堪、未老先衰，如暗室里尘埃蒙身的一面铜镜，之后体格硬朗、精力充沛，像阳光下郁郁葱葱的一棵松树。这一巨变，当然与生活条件和营养状况的改善有关，更重要的还在于，自大学开始我养成了锻炼身体的爱好和习惯。

中学时代的生活仿佛是压缩饼干，为了高考除了学习还是学习，根本无暇也无意于锻炼身体，加上营养不良，久而久之，我长得颇像一根豆芽，满脸只剩下两只眼睛，头昏眼花更是常事。进入大学，以往高强度的学习轻松下来，每月的生活补贴基本可维持正常营养，这使我的身体略有改观。后来，在一本书里我了解到名人的健身之法，这极大地触动了我锻炼身体的兴趣。

我选定的第一项健身活动是每天下午到操场锻炼单双

杠，这使我的身体半年时间初见成效。肌肉发达，身体强健有力，尤其改善了原来严重的驼背状态，我仿佛能感到自己的骨架一天天由曲而直。一年后，自己的体力和精力更加显得饱满昂扬，在单双杠上一些较难的动作也能做得游刃有余，此时自己仿佛变成蓝天中自由翱翔的雄鹰，快乐惬意极了。

我的第二项健身活动是每晚睡前坚持洗冷水浴。如果单双杠为了健身，冷水浴的主要目的是锻炼意志，因为这项活动的独特之处在于：春夏秋冬四季不断，最好每天能持续下去，否则就会前功尽弃。这也是为什么许多人开始洗冷水浴雄心勃勃，但因为缺乏毅力，很快就放弃了。这是可以理解的，春夏秋三季不论，天寒地冻的冬天洗冷水浴，从水管流出的水如同针尖，其艰难困苦可想而知！不过，如将洗冷水浴看成锻炼意志，一切困难和障碍就可以忍受和超越了！曾看过奥斯特洛夫斯基的《钢铁是怎样炼成的》，此书对我影响甚大，我的冷水浴健身活动就是为了锻炼自己"钢铁一样的意志"。

读研究生时，与体育系的同学接触使我对拳击有了浓厚的兴趣。据说，世界职业拳击手每秒可打出九拳，其速度令我惊奇不已，也让我对人的潜能产生神往。记得当时将一条沙袋系于门框练习，同学都笑我痴迷。有路过者，还嘻嘻哈哈顺手给沙袋一拳，结果痛得叫苦不迭。他们原以为沙袋在我拳下如此驯服打起来会很容易，没想到自己打上去沙袋却纹丝不动，手还痛得厉害。美好的学校生活简单而丰富，今天再来朝花夕拾，其情其景如在眼前。多么怀念那个起点，大学生活铺就了一条坚实的道路，它令我受益终生。

转眼二十年过去了，昨日的桃花早已不在，而健身的爱好和习惯我却一直保持着。只不过锻炼方法和体悟有变。比如，冷水浴一变倾盆大雨似的浇灌，转而更注重循序渐进和自然而然；又如，将拳击化到自己创造的拳术中，由原来的重"快"变成今日的重"慢"；每日增加散步时间，同时加内修"功夫"，因为"内修"是更高的层次和境界。

这种改变既与人生阅历有关，又与年岁增长有关，归根结底还是与自己对世界的认识有关。青春年少时，更相信强力，更相信人是天地的主宰，人的力量无有穷尽，可以"上穷碧落下黄泉""可上九天揽月，可下五洋捉鳖"。渐渐地，尤其是人到中年，突然感到完全不是这么回事。世界浩瀚无际，人生苦短，强者弱而弱者强，心灵是人的真宰。我们常看到有些人年轻力壮和不可一世，然而，分别多年后重逢，却面目全非，老态龙钟了。更有甚者，突然间，他就像一阵烟雾消散不见了。相反，有的人不显山不露水，多年再见，时间有如静止似的，他既不见老，并且精力更加饱满！另外，每每遇到老人，不论贫富贵贱，我都充满崇敬之情，因为长久的生命证明他们与众不同，是人之寿者。我注意观察老人的表情、言谈、举止和神采，发现有一共同点，那就是舒缓、从容、快乐和知足。一如天地自然的花开花落。青年白居易是何等血气方刚和刚折不弯，而中年之后的白居易则颇似一片浮云栖在蓝天之上，因为他对于人生和生命已然悟道了。

如今，我的健身又进入新境，这首先表现在随时随地注重"运动"。常言道："流水不腐，户枢不蠹。"我一直认为，一般说来，一人必有其锻炼方式，或登山，或游水，或跑步，或击剑，或滑雪，或跳舞。总之，一个人必得多动。所以，不论多么紧张，每天我都有两小时健身。早晨起来，步行至花园的林木间，打一套自创的"逍遥拳"，舒筋活血，神清气爽，随后再散步回来。读书写作中间也常起来伸展腰身臂膀，将周身打开放松。晚饭后，再散步到花园，一小时后回来。睡前做仰卧起坐二十个，平卧床上头离枕头左右摇摆二十次。总之，以完整甚至以"见缝插针"的方式，让身体每日处于"动"中，这样，生命在身体内的流逝就会减缓变慢。不过，这不是对"生命在于运动"这话的注释,我强调的是"小而慢的运动",是科学的运动。有人靠增加强度锻炼身体,如有的中老年热衷于跳激烈的街舞,我认为是走进了锻炼的"误区",这不仅不利而且有害于身体,因为他忽略和无视生命的生理特点。

内观、静心、通脱、自由和快乐是较高的健身层次。换言之,身体与心灵既合又分,当身体处于"运动"中,心灵也容易宁静放松,反之亦然。不过,也有另一种情况:身体一直在动,心灵却难得放松自由,于是身心交瘁。在这一问题上我强调两个层面:一是在健身运动中,心灵的培育是目的。比如,打"逍遥拳",其核心不在"拳术"上,而在"拳道"。所谓"术",它融入了拳击、太极、气功、瑜伽、五禽戏等多种招数;所谓"道",即是吐故纳新、天地通明、和合一片的化境,此时,眼中的绿色成为光芒中的一粒微尘,于是心中了无挂碍,如沐春风,如水流响,如鸟鸣唱,如此而已。这是我命名"逍遥拳"的真义。二是在入静打坐中,追求"静中动"的境界。将自己的心眼自外内敛,于是心灵就成为时时拂拭的"高堂明镜",可照亮万物,亦可自照。三是在"动"中体味"大静"。比如,如果能理解滑冰、在跑步机上跑步的"大静",一个人就会有更放松自由的感觉,这是老庄哲学的"得其环中"之理。同时，高度紧张的日常工作，如何能做到"身忙"而"心闲"，也至为重要。这是"动中大静"的神髓。这颇似地球，虽然它不停地在宇宙中绕太阳旋转，但我们生活其上又感到其静止不动。飞机在天空飞行也是如此，对万物来说它是动的，但身在其中感到的却是宁静。总之，外在的世界飞速变动，人生的智者心中必有"大静"，这是身心健康的关键。

更高层次的健身可能是"天养"，即不是有意健身，但无时无刻不在健身，这是合乎天地之道的，也颇似老庄所言的"道在屎溺中""和光同尘"。有人很少去特意健身，但身心健康。也有人锻炼时有章有法，而日常生活的许多做法却有违健康，这主要因为后者没能领会健身的奥妙！当然，要达到"天养"的境界并非易事，除非天地英才，多数人都要经由健身、养心等途径方能抵达。比如登山，一步登天者除非神仙，凡夫俗子恐怕都要靠一步一步的积累。

英国作家马尔腾在《生命之资本》中说过："成功之大小，不系于你在银行中所存的款项的数目之多少，而是系于你在生命中所有的资本之多少，与你怎样去使用那资本，系于你在事业上能放出多少的力量。一个因营养不良而致衰弱，或因生活不知谨慎而致精力受损的人，较之一个各部官能、各种机能,都健全精壮的人,其成功之机会,真是微乎其微。"这里主要谈的是"健康"对于"成功"的重要性。然而,年轻时又有多少人注意健身?有人在学生时代注意锻炼,而在之后的生命中又有多少人能保持这一习惯?如今,有太多的人因身体不佳,影响确立健康的人生观,影响其成功的系数。又有多少才华横溢、事业有成者,因为没有健康的体魄而英年早逝!

一个人的生命往往主要取决于两个因素:一是先天的或者说是基因性的;另一个则是后天的,与他是否注意修炼直接相关。天道,人力难为,但后天的努力是人能达到的。这后者有助于弥补前者——天道——之不足。有了这样的坚定信仰,健身成为我每日最重要的必修课。多少年来,我从中获益匪浅。人生之路的沟壑,对有的人可能是穷途,但我却能不断跨越它。我知道,多年来,佑我以力者,除了天地自然之大德,就是自己坚持不懈的健身和养性。

淬火人生

人们常常将社会比成一个大熔炉，有价值的人生都要经过冶炼和锻造。不过，还有一个更重要的阶段不可忽略，那就是"淬火"。

"淬火"是指将冶炼得火红的钻子等，拿出来千锤百炼，然后再放在少许水中，令其尖端或锋芒受水，从而达到"淬化"之效。人生亦复如是，一个人虽经炼狱和挫折，但如果没有得到"淬火"，他也只能停留在较低的层次，难成大器之才。"淬火"之于人生，犹如"画龙点睛"和"点石成金"一样，颇有事半功倍、妙笔生花之功。

才高气傲和目空一切者，往往多会受尽人生磨砺，有的还会命运多舛，其主要原因恐怕与他们不能"身处下位而虚其心"有关。大海因其身处下位，方能接纳百川，一个人也是如此：只有虚怀若谷，取人之长而补己之短，他才能逐渐变得博大、丰富和深邃。正所谓"满招损，谦受益""道冲，而用之或不盈。渊兮，似万物之宗"。（老子的《道德经》）我们很难想象，一个人身处高位而目空一切，百川能流向他哪里？所以，人生要达到较高的境界，必须"虚心向学"，避免骄傲、狂妄、自大之弊。

"敬畏之心"也是淬火人生的一个重要方面。时下，人们往往我行我素，有的甚至丧失了原则和底线，更不要说还有人心中毫无"畏惧"了，其结果必然导致人生节节走低和失败的结局！其实，从某一方面说，人的潜力无可限量，但从根本上说，人应该对生活的世界，甚至一草一木都不能失去敬意！杀人放火、作恶多端和多行不义者必自毙，就是一些小事也常常决定一个人命运的轨迹。比如，一个年轻人在车上不给老人、孕妇和儿童让座，这个老人很可能就是你未来的岳父母或公公婆婆、上司或同学朋友的父母，而孕妇和儿童又难保不是你朋友的姐妹兄弟。又如，你不加小心很可能被书页划破手指，一根草也会令你大翻跟斗，这都是因为不了解柔弱者力量之故！因之，一个经过"淬火"的人，他对于世界上的人、事、物，一定是心怀敬畏之心的，犹如一平如镜的池水闪着平和温暖的光芒。

"平常心"是人生的一种化境,它对于人生的喜怒哀乐、成败得失、富贵贫贱和阴晴圆缺都看得开了,一如理解了日月星辰和春夏秋冬的转换一样。在现实生活中,不少人都难以冲破"富贵心"这张大网,不要说权贵、歌星和阔太,即使是一些作家、学者也在所难免!以女性的婚姻为例,许多人都以嫁入富门为荣,有的不惜做"老夫"之"少妻",真可谓一种社会"奇观"!当年,林语堂博士最佩服《浮生六记》里的陈芸,说她有一颗"布衣饭菜,可乐终生"的"平常心",所以令人崇尚。林语堂还说,他崇拜陈芸,不是对于"伟大者"而是对于"卑微者"。一个人有了一颗"平常心",他就不会失了自我、自尊、自爱,更不会走向世俗、狂热、贪婪与无耻的境地。

"快乐之心"在现代社会是最难得的,因此也是弥足珍贵的。当子贡问:"贫而无谄,富而无骄,何如?"孔子则回答他:"可也,未若贫而乐,富而好礼者也。"一个"未若贫而乐",直道出了"乐"的重要性!我们在都市里常看到这样的情景:在汹涌的人车之流中,一个农民工悠然地骑着一辆三轮车,后面坐着他的妻子,妻子怀里抱着孩子,一家人满脸喜悦,其乐融融!而更多的市民包括知识分子则形影匆匆、满面愁容!另据调查说,偏远农村农民的幸福指数，远高于大城市的市民。何以故，与对人生真义的理解直接有关，当人们不是将"快乐"和"幸福"，而是将"权""钱""名"等看成目的，实际上他们已失去了人生的航向。常言道："人活一世，草木一春。"所以，中国先哲早有"人生若梦"的说法。有价值的人生当然需要奋斗和拼搏，但不能只限于此，而是应该知道进与退、上与下、得与失、盈与亏等的辩证性，尤其不能忽略人生快乐与幸福的本质。只有当一个人真正理解了"快乐"之于人生的本体性意义，他才能有自由、丰实、幸福可言，才能超越世俗的云烟。

当然，这里所说的"快乐"并不只是物质的，也包括精神的，更是一种超越"今朝有酒今朝醉"的放浪生活，从而达到有节制和内敛式的精神境界，这是"淬火人生"的另一个维度。在"名利心""富贵心"和"虚荣心"的驱使下，不少人极容易陷入自我彰显、自我暴露、自我膨胀的泥沼，于是自我炒作、摇头摆尾、搔首弄姿、争献小技歌且吹！殊不知，人生一面需要"显露"，但更不能没有"隐藏"，所谓"韬光养晦""厚积薄发"和"十年磨一剑，霜刃未尝试"即是此理！某种意义上说，一个人只有理解了"敛藏人生"的深意，他才能"守"住天地大道，才能"保"住人生幸福的根本。清代李密庵有一首

"半字歌",最好地诠释了这种"半显半隐"和"半露半藏"的生活哲学。他说:"看破浮生过半,半之受用无边。半中岁月尽幽闲,半里乾坤宽展。半郭半乡村舍,半山半水田园。半耕半读半经塵,半士半民姻眷。半雅半粗器具,半华半实庭轩。衾裳半素半轻鲜,肴馔半丰半俭。童仆半能半拙,妻儿半朴半贤。心情半佛半神仙,姓字半藏半显。一半还之天地,让将一半人间。半思后代与沧田,半想阎罗怎见。饮酒半酣正好,花开半吐偏妍。帆张半扇免翻颠,马放半缰稳便。半少却饶滋味,半多反厌纠缠。百年苦乐半相参,会占便宜只半。"一个"半"字即是"淬火人生"花朵在闪耀。

宁静与超然是"淬火人生"的定海神针。随着现代文化"变革""创新""革命"等口号的提出一浪高过一浪,人们获得了一种"动"的力与美,但是,其负面作用也越来越明显。换言之,在"死水微澜"的社会文化中,确实需要一种突破性甚至革命性的力量,但完全不顾"常态"与"静一"的做法也是相当危险的。时至今日,"动文化"和"快文化"已成为中国乃至于人类的一个具有神话意义的向度,而"静"与"慢"则处于被忽略、批判和否定的状态,于是人心浮动、急功近利、患得患失、如坐针毡等成为现代文化的流行病。有人曾这样说:当一人受了不白之冤被投进监狱,而且没有止期,然而他却没有焦虑与苦恼,仍能宁定超然地度日,这样的人生没有任何困难能将他打倒!因为他心中有"大宁静"与"大超然"在,是超越了世俗云烟甚至超越了生命表相的一种人生智慧。就如大海中的孤岛,也像狂风中粗壮的树干,尽管波浪汹涌、飞沙走石、枝叶摇荡,可它们却巍然不动,宁静守一。

博爱之心是"淬火人生"的一个法宝。当一个人仅从"一己"考虑,尤其只从"功利"的角度考虑,他也会获得一种巨大的力量。不过,这种力量总是有限的,也是很难更加深远地传达出去,为更多人所接受!真正伟大、永恒、高远、深切的人生境界是将自己与社会、人生、天地紧密相连,即有一颗"博爱之心"!换言之,大快乐与大幸福往往是人类社会与天地自然在自己身上的投影,也是自己用"心光"去照亮世界人生的暗影!任何自私自利或个人一己式的爱都是受到遮蔽的,一如蝙蝠永难飞出夜的黑暗。这也是为什么不少人在毫无报酬的情况下甘做志愿者,有很多收藏家将一生省吃俭用得来的藏品无私捐给国家,而比尔·盖茨这样的富商竟将自己的财富全部捐出,不给子孙留任何财产,这都是"博爱之心"的导引所致!当一个人能超越"一己之私",他就会获得难以想象的力量,人生也就进入了一种化境。

"淬火人生"就如同"脱胎换骨"和"羽化登仙"一样,它能使人产生化学反应,发生质变,灵动和飞翔起来,达到高妙的境界。有人说:给我一个支点,我能撬动地球。同理,有了"淬火",一个人一定会心存大道、超凡脱俗、多彩多姿,获得真正的人生智慧。

"正途"与"异路"

时下,学术研究的学科边界越来越明确,研究选题越来越专精,研究的理论与方法越来越普遍化,所有这些都反映了学术的独立与成长。但另一方面,学术研究的单一化、碎片化、模式化,尤其是缺乏个性和活力等倾向也愈加明显和突出。我从1988年发表第一篇学术论文始,至今已近三十载。其间,我不可能不被学术的洪流裹挟着,但同时也努力保持自己的理性清醒,试图不被淹没自我与个性。这就是我在学术研究上"正途"与"异路"的交相辉映。

科班出身与"功夫在诗外"

与许多文学研究者"大学是学理工的"不同,我是典型的文学科班出身,而且从事的一直是中国现当代文学研究专业的相关工作。1982至1986年我在山东师范大学中文系读本科，之后三年在本校本系师从朱德发教授攻读中国现当代文学硕士研究生。1993年我来到北京，考入中国社会科学院研究生院文学系，师从林非研究员攻读中国现当代文学博士学位，主攻鲁迅研究。1996年我获得文学博士学位，到中国社会科学杂志社工作至今，一直从事中国现当代文学研究稿件的编辑工作。可以说，文学尤其是中国现当代文学成为我三十多年工作的主业，也是我学术研究的支点和平台。与许多人一样，科班出身是我的优势，通过坚守我摸清了学科的来龙去脉，然后以"史识"去烛照门径、规范研究、穿透障壁、打捞碎片，从而获得一种整体感、精神性和价值旨归。这可避免非科班出身研究有时所带来的懵懂甚至短路现象。不是吗？林语堂直到大学毕业还对中国传统历史常识非常陌生，因为他受的一直是基督教文化教育，所以第一次从同事那里听到"孟姜女哭倒长城的故事"，惊异和感动得不得了。

当然，也要承认，非科班出身的文学研究也有其优点，那就是有超出科班出身的"蓦然回首"那一瞥，发现"灯火阑珊处"那个人。就如学农出身的胡适、学医出身的鲁迅和郭沫若，他们研究起文学来别有一番情致。基于此，我就不敢也不愿局限于文学尤其是"中国现当代文学"的樊篱，而是对别的专业和学科充满浓郁的兴趣。

一是将关注点投向中国古代文学和外国文学。自己的专业虽是中国现当代文学，但我对中国古代和外国文学却颇感兴趣，像诗经、楚辞、汉赋、唐诗、宋词、明清小说等都曾让我流连忘返，还有印度文学、俄罗斯文学、法国文学、英国文学都让我痴迷过，泰戈尔、纪伯伦、托尔斯泰、布封、惠特曼、茨威格、欧·亨利、普鲁斯特、果戈理等对我的影响最大。最典型的是熟读《红楼梦》，并搜集了不少研究资料，还写出了《〈红楼梦〉与20世纪中国文学》一文发表于《中国社会科学》2002年第3期。另外，发表于《海南师范学院学报》2006年第5期的《林语堂与中国古典小说》也代表了我对中国古典小说的兴趣。

二是喜爱中西文化的各个学科。比较而言，我在中国现当代文学专业上所下的工夫是有限的，而是将更多时间和精力用于"诗外"，我几乎对各个学科、各门技艺都有投注，只是有深浅、多少之别。从学科上说，宗教、哲学、法学、历史、艺术、武术、围棋、军事、经济、天文、医学、博物等，我都饶有兴味，所以读过黑格尔、马克思、尼采、叔本华、卢梭以及现代不少哲人的著述，像《正义论》《论法的精神》《论民主》等书籍都曾给我不少启示。以书法为例，自大学时代起，我就对书法理论与实践有一定专攻，用力也最多最勤，后来还曾在《河北师范大学学报》2002年第2期发表过《论书法家的深刻孤独》一文。更重要的是，书法艺术对于我的启迪作用，如书法贵正、忌俗、求新、师法自然等理念都令我的文学研究受益匪浅。如我的研究有个核心概念是"天地之道"，它有助于克服中国近现代以来"人的文学"观的局限，这是因为周作人以"人的文学"和"非人的文学"进行划界，来简单衡量文学优劣。所以，我提出"人道"与"天道"的并行不悖、相得益彰、辩证统一，这不能不说与我对中国传统哲学尤其是"书论"的借鉴有关。另如太极功夫，围棋思维中的动静、阴阳、刚柔都使我获得了一种新的文学研究理论和方法，于是我提出林语堂的"柔性哲学"和"女性美学"，也提出作家创作和学术研究的关键点：最好的作品虽离不开预设，但往往都不是完全按预期完成的，而是在预想中又有意外创造，尤其是神来之笔更是在创作过程中实现的，这就是太极功夫神出鬼没的发力点，也可称之为围棋手谈中的"鬼手"，这往往是作家和学者本人意想不到的创造。再有，作为"军迷"和孙子兵法的拥趸，我曾将南海布局与围棋思想、中国书法章法相联系，并由此透视文学研究的结构方式。还有，我曾在《中国社会导刊》2006年第20期发表《中国梦想的文化支撑》，畅谈"中国梦"的文化软实力问题。如果没有超出"文学"尤其是现当代文学研究的视域，那是不可能的。反过来，从"中国梦"角度反观中国现当代文学，即可发现：其最大的弊端之一是过于强调"现实主义"，缺乏理想性、梦想性和神秘感。近年来，我又专注于博物学研讨，对"物性"极为重视。我发现，在中国新文学"人的文学"观念底下，"物"是不被重视的，甚至成为可有可无的内容。其实，这是错误的，是人的自大所致的认知误区。因为从根本上讲，人虽有伟大的创造性和智力，但也只是天地自然中的一分子，他不可能代替丰富多彩的天地万物。基于此，我在《东吴学术》2014年第3期发表的《文学创作与文学研究的多维世界：以散文为中心——在常熟理工学院"东吴讲堂"上的演讲》，提出作家创作要注重"物性"描写，学术研究要给中国新文学的物性书写及其博物作家以足够的关注和评价，并以郁达夫、陈从周、叶灵凤、周建人、黄裳等人为例，说明只以"人的文学"观对其进行评价是一种误读，而应进入到"物性"的解读中。总之，试图将各个学科打通，进入中西文化的整体格局中，就会超出过于"专业"的局限，获得更大的视域和智慧。2007年我出版的《林语堂与中国文化》一书就是在这一观念指导下完成的。

三是生活、人生和生命的投入。现在的学术研究最大的局限是工具理性，尤其是世俗地将之视为生存之道、晋升阶梯，于是不少研究者东拼西凑、抄袭现象严重，即便如此他们仍感到压力重重、苦不堪言、身心疲惫，何以故？没有研究的兴趣和功利至上所致。我的文学研究充满着生活意趣、人生感悟、生命的悲欣，是一种极有意义的快乐活动。如果将研究与写作看成我人生中的一种自我表达亦无不可。我一直认为，学术创新不是"做"出来的，而是内外双修和水到渠成后"流"出来的，是生活、人生和生命的"花开"与"绽放"。我出身农村，童年饱受生活磨砺，少年丧母为我的人生蒙上了阴沉的暗影，数次高考落榜可谓是雪上加霜。2002年后的十年，是我人生的火焰山，两个哥哥和一个姐姐相继去世，他们都不满50岁。随后，家父亦与世长辞。所有这些长期以来都成为我"悲观"的缘由。读林语堂的作品，我读出了欢笑底下的"悲情"，也知道了"悲剧"中的喜剧意味，那是林语堂用欢快、幽默消解"悲剧"的努力与智慧。还有冰心翻译的纪伯伦的《泪与笑》，都是对于"悲剧"超越性智慧的显现。由此，我看到了别人没看到的内容：不少学者认为林语堂和冰心太快乐、格调不高、器量太小，是由于没有

"悲剧感"。而我认为,恰好相反,正因为他们知道人生的本质悲剧性,所以才能以欢快与喜乐进行消解,从而达到一种人生的醒悟和超越。这是我将生活、人生、生命融入研究的典型例子。其实,西方学术在强调理性的同时,最大的局限是将学术与人生、生命分开,过于强调"学科性"和"专业性",而忽略了"学术与人生"的辩证统一。这在中国学术中正相反:学术是为人生的,没有对于人生的彻悟与智慧,是不可能做好学问的。孔子讲"游于艺",刘勰在《文心雕龙》中强调"思接千载",陆机在《文赋》中说"精骛八极",讲的都是超出"自我"的小天地,进入更为广大和自由的世界。学术亦然,一个没有生活、人生过于简单、生命苍白的人,尤其是没有独特的人生观、生命观、价值观,他是不可能摸到学术的底牌,深得学术研究之神髓的。

学术研究尤其是文学研究,特别是中国现当代文学研究,其内容和视域是有限的,如无多学科知识,没有天地万物作支撑,没有对于自身生活、人生和生命的融注,要创新是不可能的,更不可能写出感动人心的作品。胡适曾说:"所以要博学者,只是要加添参考的材料,要使我们读书时容易得'暗示';遇着疑难时,东一个暗示,西一个暗示,就不至于呆读死书了。'致其知而后读'。"对此,古人张载说得最为透彻:"为天地立心,为生民立命,为往圣继绝学,为万世开太平。"其实,真正的学术研究就是人生天地间的一次自我生命的"淬火"。

编辑工作与学术研究

从学术成果来说,至今我已出版15部学术著作,编著出版各种散文和文化选本20多部,发表学术论文近200篇,说著述等身也不为过。不过,严格意义上说,我的主业不是学者,而是编辑,从1996年博士毕业后进入中国社会科学院,编辑《中国社会科学》杂志至今正好20年。记得刚进中国社会科学杂志社时,这里对于我们的要求就是"学者型编辑",于是乎我就将"编辑"和"学术"相结合。换言之,我称自己是"编辑型学者"也未尝不可。

在此,我不谈在"学者型编辑"中,作为"学术"对于"编辑"的重要性,只谈在"编辑型学者"中,"编辑工作"对于"学术研究"的作用。众所周知,对于大多数编辑来说,想成为学者是较为困难的,这除了编辑工作的繁忙与琐碎外,还有一个重要原因,即编辑的"眼高手低"。一般学者在骨子里都瞧不起编辑,尽管编辑夜以继日为学者作"嫁衣裳",所以就形成这样的怪现象:一提起"编辑",人们往往会想起《编辑部的故事》,即那些不可理喻的人；一谈到"编审"，不少人就认为是"编辑"+"审稿"。这也是为什么评正高职称"编审"时，不少人认为与"教授"和"研究员"比，它的含金量是较低的。但是，在我看来，编辑工作对于我的学术研究意义重大，是不能不详谈的。

一是编辑"眼高"，对于学术研究就具有了较强的辨别力和透视力。古人有言："观千剑而后识器，操千曲而后晓声。"20年的编辑生涯，我到底读过多少作者的稿子，可谓无以计数，尤其在编辑《中国社会科学文摘》过程中，过眼的文章更是山丰海富。通过阅读他人文章，尤其是第一时间读到知名学者的优秀之作，久而久之，对于学界研究状况、学术热点、学者水平、学术发展以及学术困境，都慢慢有所了解。换言之，通过海量的大浪淘沙式的阅读，作为编辑的心中就有了一杆秤，一双鉴别文章优劣高下的"慧眼"。而用这种眼光来审视学术，寻找自己的研究课题，也就有穿云驾雾之感，避免了时下学术研究的重复性和伪命题研究。以我的散文研究为例，这是到目前为止仍然十分薄弱的研究领域，尤其与小说、诗歌、戏剧文体相比更是如此。然而，散文在中国文学乃至世界文学中占有十分重要的位置，如称颂中国古代有"诗国"和"文章大国"，但没有说是"小说之国"的，所以曹丕在

《典论·论文》中说:"盖文章乃经国之大业,不朽之盛事。"另外,散文无现成的研究理论可以凭借,更多的是靠经历、修为、常识和创新性,所以更有深入研究之价值。还有"散文易写而难工",这个"难"更具挑战性。基于此,我多年在散文领域深耕细作,不断挖掘自己的富矿,比起不少研究者挤进小说、诗歌队伍做重复性劳动,不能不说是一种学识吧?我认为,学术研究的选题至为重要,有了有价值的选题也就成功了一半!事实上,当下中国学术研究对象存在着高度雷同、跟风的状况,缺乏有个性的个人研究。

二是编辑的"时间"宝贵,这有助于养成惜时如金的习惯,以便更有效发挥学术研究的潜质。在学术研究中有一个悖论:时间充裕者往往成果很少,甚至不出成果,时间紧迫者却又成果累累。对于一般人包括我的亲朋好友,他们往往很难理解我的编辑工作量和工作强度,《中国社会科学》是月刊,每月都要发稿,且所发稿件都要几易其稿,上稿程序繁复;《中国社会科学报》是日报,每天都要约稿、编稿、审稿,我负责六个版面的三审工作;《中国社会科学文摘》是月刊,每月都要选稿,从全国几千种刊物中优中选优,这是一项披沙拣金的工作;《中国文学批评》是季刊,我也负有约稿、编稿的重任;还有《中国社会科学》的外文版、内部文稿的工作，有时也要参与其中。值得一提的是，作为责编我要校对在所有刊物上发表的文章，而且是前后校对三遍，决不能出错。另外，我们采取五日坐班打卡制度已经五年，每天从家里到单位往返需要三小时。这还不包括单位内外召开的各种会议。如从时间上说，超负荷的编辑工作最不利于从事研究，这也是为什么我常羡慕研究所那些不坐班的学者。但从另一角度看，繁忙的编辑工作又逼着我从牙缝里挤时间，利用一切可利用的时间从事研究工作。我没有节假日，来京20多年甚至还没去过长城；在往返家与单位的数小时内，不论是坐车还是步行，我都没把时间浪费掉，而是用来思考问题，许多文章的腹稿都是这样形成的；此外，我创出一种立体式思维方法，不是"一脑一用"，而是"一脑多用"，在编辑过程中常会生发出自己研究的问题和新意，在做一项工作时还可兼做另一项；还有，运用交互映照式的研究法，自己往往同时进行几篇文章的构思与写作，而非进行孤立、线性、间断的研究。编辑工作于我颇像坐在一高一低的跷跷板上，失去不少时间，但又用别一方式找回，这包括惜时如金、发挥潜能、调动持续不断的研究热情，从而将劣势化为优势。

三是编辑的"品质"会发光，它能点燃和照亮学术的长远之路，至少可为学术研究镀金。编辑工作默默无闻，但需要耐心、恒心、认真和奉献精神，这会直接成为学术研究的动力源，因为学术从本质上也是如此，没有"甘坐十年板凳冷"的精神，没有甘于奉献的品质，要做好学术是不可能的。以恒心和耐心为例，编辑工作面对不同水平、堆积如山的稿件，需要一篇一篇阅读，一条一条提出修改意见，一封一封书信与作者进行交流，一字一句地编辑和校对，这颇似打没有止境的人生地道，更多时间需要在孤独甚至黑暗中前行。在学术研究包括文章的表达过程中也是如此，由原来的一个"空屏"，经过累日或数月努力，最后变成厚实的研究成果，其中的耐心与恒心可想而知！在从事学术研究的过程中，我常感恩于编辑工作，是长年累月锻造的耐心与恒心才使我有异于常人，甚至有别于纯粹的学人，完成那么多研究成果。这是因为单纯的学者完全有充裕时间慢慢研究和表达，而作为编辑则不可能，我必须在最短时间、更有力有效地做好某一研究，这既是一项体能消耗战，更是对耐心与恒心的考验。再如认真态度，有时我开玩笑说，做编辑久了，你让他"不认真"就不可能，因为职业训练已成习惯。而认真的精神对于我的学术研究至为重要，对于资料的重视、言之成理有据、不能出现常识性错误、对于硬伤尤其是文句不通的敏感等，所有这些都会让我对文章反复推敲打磨，唯恐"大意失了荆州"。还有，编辑工作所养成的学术规范也有助于学术研究的谨严。现在不少文章不懂和不讲学术规范，其最重要的表现之一，是一篇文章无前期研究成果说明，更不能为自己的研究确立一个基点，而是随意写开去，到后来也不知道它有何创新。作为编辑，他必须明白一项研究的前提、起点、进程、依据、逻辑和结论，而将之用于自己的研究也就一目了然了。比如，我在研究散文文体时，就受益于编辑的学术规范。一般而言，人们对于"散文诗"的概念并不陌生，但我认为还有一种文体不可忽略，那就是"诗的散文"。于是，我对这两个极相近又易含糊的概念进行了区分，为学界提供了一个新的视点。最后是文章的表达问题。作为《中国社会科学》的编辑，长期以来形成了自己的文风，那就是平实、简洁、有力、重视理论高度，最忌讳西方式的欧化句和文风，也反对没依据的感想和漫谈。这对文学研究也有帮助。多年来，我的学术研究一直坚持这样的文风，努力做到深入浅出，决不云里雾罩，更不去"海客谈瀛州"，而是将句子拉短，直截了当地进行表达，力求做到删繁就简。

四是编辑成为"正业"，学术研究成为"副业"，这为我卸下包袱，可以更自由、自主地进行研究。当下，以学术研究为正业的学人，不得不面临来自各方面的压力，申报和完成课题、参加评奖和职称评定，甚至别人会以各种理由说你不是一个真正的学者，因为文章不合所谓的学术规范。于是，学者忙于应付，甚至非要在文中加上一大堆引文和注释，不会英文也要牵强抄引，没读过的著述也要列在参考文献中，诸如此类必然导致学术的异化。因为我是个编辑，不是学术的正规军，而是学术的"游击队"，这无形给我减了压、瘦了身，我完全可以按照自己的方式去进行学术研究。我可以不为申报课题，去做自己不愿做的研究；我也无须填写繁复的表格应付各种学术考评；我甚至很少参加评奖，因为获奖是需要做太多"无用"功的；至于文章该怎么写，我也可以不管别人怎么看，完全按自己的愿望自由表达。这也是为什么，我的研究不跟风，也无"急就章"之弊，更没成为八股文，这都是编辑工作给我带来的"腾挪"空间，也是"因祸得福"之处。试想，在没有学术压力的情况下，从事自己喜爱的学术研究，不亦快哉！

学术研究与文学创作

二十世纪九十年代，曾兴起关于"作家学者化"的热烈讨论。这是因为不少作家知识贫乏，缺乏思想力量，因此也很难有深刻的创作。今天，学术界另一现象变得愈加突出，即不少文学研究变成生产，有的甚至失去了文学性和审美性，概念兜售、强制阐释、理论堆砌令人不堪卒读。多年来，我一直坚持文学创作，尤以散文写作为主。当然，对比学术研究，散文写作是"副业"，我更将之当成是一种练笔，这样不至于使自己的学术研究变得枯燥乏味。尽管我每年写的散文并不多，但它对学术研究功莫大焉！

首先，增加了感性力量。散文写作的感觉非常重要，它能在眼、耳、鼻、舌、身，即视觉、听觉、嗅觉、味觉、触觉的作用下，达到某种新的理解。还有，在这"五觉"之外的第六感官亦非常重要，这是难以言说的感觉世界。通过散文创作可使自己的感觉更灵敏，而将之运用于学术研究，也就变得"如虎添翼"了。以郁达夫的《故都的秋》一文为例，以往我们进行理性研究，总在苦思冥想其中包含怎样的现代性和"人的文学"观念，结果很难奏效。然而，敏锐的感觉使我在阅读此文时有一种新意，即郁达夫对"物"非常敏感，写得也非常到位和美妙，于是让我从"物性"的角度看待这个作品。这也触发了我阅读欧阳修《秋声赋》的感受，那种对于人"奈何以非金石之质，欲与草木而争荣"的诘问，实际上是深切体悟到

"物性"的骨里的。由此，联系到郁达夫游记尤其是闽地游记的优美，我得出这样的结论：《故都的秋》主要不是写人，更不是阐释现代性，而是通过"物"之变幻来感悟生命之易逝的。一个作家写"人"容易，但写好"物"是很难的。衡量一个作家的水平，要打破近现代以来唯"人"是从、唯"现代性"是从的观念，而要注意其是否了解和能否写好自然万物，并从中悟道。还有，对于余光中散文的认识，我的阅读感觉是其贵族心过重，一篇篇读下去，确实印证了我的感觉。像《借钱的境界》《对于女儿男友的态度》《我是余光中的秘书》等都可作如是观。这在我那篇《余光中散文的贵族化倾向》（《中国散文评论》2008年第1期）中都有细致的分析。另外，对于鲁迅《野草》的《复仇》（二）中所说的，"痛得柔和""痛得舒服"，如果站在理性角度讲很难说得通，更难以理解。但通过感觉会通，就比较容易解释了。所以，在研究中，我曾从感觉的会通角度来理解，即将"痛感"变成了一种审美感受了。这就好像我们常说的"用耳朵看""用眼睛听"，这是听觉与视觉的会通，因为一个失去视觉的人，其耳朵往往变得更敏锐，"看"得也更真切，这在黑暗中表现得更突出，反之亦然。

其次，使性灵更加丰沛活跃。中国古人最讲"性灵"

二字，刘勰在《文心雕龙》"宗经第三"中有言："性灵熔匠，文章奥府。渊哉铄乎！群言之祖。"钟嵘在《诗品》的《晋步兵阮籍》中亦说："咏怀之作，可以陶性灵，发幽思。"袁中郎在《小修诗叙》中则表示："独抒性灵，不拘格套，非从自己胸臆流出，不肯下笔。"其实，这个"性灵"最难把握，也更难产生。所以，不少学者往往越研究就越没了这股灵气，文章也就越来越死。从这一点出发，我希望通过散文等创作增添点儿灵光，这既包括选题，也包括观点创新，还包括行文运思，总之，是想在呆板死气的研究文章中注入一缕阳光，从而将研究对象照亮。这就好像一堆干柴，只有当被点燃并产生迷人的光焰时，它才能成为一首诗。我在散文集《天地人心》中有一小文，题目是《说"不知"之益》，谈的是"知"与"不知"的关系。其结论是："'知'固然重要，它是人类摆脱愚昧和黑暗、走向明理与智慧的必由之路，但'不知'也不可忽略，它是人类保持本真和美感，与天地自然融洽和谐，确立自己结实的位置和立足点的前提。现代文化和现代人生应该注意的问题是：不能只看到冰山在水面上显露的'知'之一角，还应思考其潜隐于水下更大的'不知'部分的价值和意义，而后者往往极容易被忽视，甚至成为人类文化的一大盲点。"这种对于"不知"之益的灵感促使我在文学研究中获得了一个新的"支点",即不只是看作家作品对于"知"的部分,还要注意其"不知"之处。换言之,当一个作家自认为无所不知时,那是最大的无知;当一个作家怀揣一种谦卑,并在作品中营造一个更大的"不知"场域,他一定是个智者,有着更为神秘的博大世界。从这个意义上说,二十世纪以来的中国作家多是没有神秘感的,还有不少自大狂,作品也是较为浅薄,缺乏天地之道和宗教情怀。在文章表述上,我尽量摆脱时下文章的八股气,而以"性灵"作为内驱力。如谈"大文化散文"不足时,我用"思想之累与心灵之蔽"来概括:"如果深刻的思想没有智慧的光芒照亮,那么这种思想也是不明晰的,作家与读者也会眩晕于思想的深刻之中。因为思想不是最高的也不是目的,而明亮的智慧才是最重要的。思想有点像天空的乌云,它翻涌滚动、复杂纠葛,它凌驾于大地之上,似给人以深刻之感,但殊不知在乌云之上那一片自高天而来的明媚阳光才是智慧的,它往往不会让人感到深重、纠葛、缠绕,而是通透明朗。这也好似打地道一样,一般人总以为洞打得越深,思想就越深刻,殊不知世界、宇宙、人生和生命的地道是无止境的,它永远也不可能被真正打通。相反,洞越深越容易迷失自我。"(《困惑与迷失——论当前中国散文的文化选择》,

《当代作家评论》2003年第6期）这也是西方哲人叔本华、尼采最后被思想缠绕，以至于思想和内心分裂的重要原因。从以上文字可见，我为文不愿罗列各种概念，也不相信理性力量之万能，而坚信"太阳升起，请将蜡烛熄灭"这句话，因为理性、思想（包括深刻的思想）如果离开智慧，是很容易走极端和犯错的。

再次，心灵的力量难以言喻。与西方学者重视理性思维不同，中国文化包括中国学人特别推崇"心灵"，所以林语堂讲，他既有西方人的"大脑"，又有中国人的"心"。中国文化是一个"心海"，一个书生可能毫无社会经验，也缺乏西方人严密的思理，但能做到"袖里乾坤"，即"秀才不出门，而知天下事"。这也是为什么诸葛亮在躬耕南亩时，却心知天下的重要原因。中国先哲不重思理，见到大海而知"有容乃大""百川归海""韬光养晦"，也是因为心灵的作用。所以，在中国文化中与"心胸""肚子"有关的词语特别多，如胸有成竹、心有灵犀、宰相肚里能撑船、心心相印、腹有诗书气自华、高者在腹、心比天高、心灵手巧、爽心悦目、惊心动魄等等。有了"心"，才会有情感、灵感、想象力、创造性，才会有意外之得。而散文创作最益于养"心"，最益于心灵的表达。这也是为什么梁启超的文章重"情"有"心"，即便是学术文章也能"情"动"意"走、使"心灵"开花。梁启超曾给冰心写过这样一副对联:"世事沧桑心事定,胸中海岳梦中飞。"没有"心灵"的伟力,他不可能达到如此境界。曾看到台湾作家张晓风写过一篇散文《米泉》,在极短小的百字文里,可见其心灵的力量。文章内容如下:"白居易的诗里有'米泉之精'的字句,'米泉'指的是酒。用'米泉'称酒,真是差不多有一种现代诗的美感了!酿酒的应该是最神奇的魔术家,酿者真的在从事一种比炼金术还奇异的法术。'米泉'那两个字用得太好,仿佛从米上凿了一眼泉,而酒,就欣然地涌跃出来,涌成甘醴。有时候不必去读一首诗,单读一个酒的绰号,已令人心驰。"好一个"令人心驰",这篇精美短文是关于"心灵"的故事,是一个与情感、梦幻、诗意相联系的发现,它一下子会激起一个人的心灵的飞翔。这也是我要将"心灵"注入研究的重要原因。在《真诚与自由——20世纪中国散文精神》(陕西人民教育出版社2003年版)一书中,"心灵"的维度是我研究的一个重要透视点:在分析"诗的散文"一章中,用"心灵的抒情"进行观照;在谈"随笔"时,用"飞逸的思絮"进行阐释;在研讨"书话"时,用"心灵的感知"。这就容易克服散文研究尤其是散文文体研究的呆板与机械,尤其避免了进入"用西方理论话语解释中国美文"的局限。如我这样研讨张炜的"书话":"如果说张炜夜读鲁迅的'书话'偏重于思想解剖,有着相当的理性色彩、启蒙意识和强烈的褒贬情怀,那么《心仪》则是另一种风格:平明通达、从容自若、细腻感性、多彩多姿。但是,在'心灵感知'这一点上,两类书话又是一致的。""基于此,不同作家不同作品有着不同的性格和气质,张炜于是用自己心灵的'多棱镜'折射他们的五光十色,于是《心仪》就成了作家光影纷呈、色彩绚烂的迷人世界。这里有普鲁斯特的伟大纯粹、叶芝的深厚情韵、哈代的神秘迷人、卡夫卡的完整简洁、茨威格的雅俗共赏、莱蒙托夫的新鲜感、川端康成的敏感细腻、雨果的生命之光、帕斯捷尔纳克的奇异灵性、列夫·托尔斯泰的真诚伟大等等。""张炜书话的思想、感情、感觉等是全部灌入的,这在他解读的每一个作家每一部作品里可以看得出来。张炜这种全身心地投入,犹如将自己赤身裸体投入大海一样,是属于不假修饰、无所保留、坦荡自然的一类。正因为如此,张炜书话才能画出作家作品的'神韵',并透出气韵和灵光。"其实,我的研究也是全身心投入的,是生命枝头的昂扬与绽放,是与研究对象一同成长的一个过程。与许多研究者不读作品、不重审美欣赏,而直接用概念、先入之见进行逻辑推演不同,我是细读和精读每一部作品,让自己的生命与作家作品的生命汇通,然后提出自己的看法,再用生命形式表达出来。在这个过程中,我常能感到"心灵"在研究中的神奇与美妙。需要补充的是,以"心"为灯,我还提出了"形不散、神不散"的散文观,(《形不散—神不散——心散——我的散文观及对当下散文的批评》,《南方文坛》2006年第4期)这是对长期以来"形散、神不散"散文观的突破和超越。

尼采曾提到"日神精神"和"酒神精神"两个概念。我的人生与学术之路常让我有这样的感觉:理性为经,感性为纬,"酒神精神"常将"日神精神"撑得鼓动起来,当然这种"酒神精神"并不如尼采那样的迷醉,而是处于"微醺"状态。至今我仍不知道"我是谁"?我到底是走在"正途"还是"异路"上?如果说,我是正儿八经的科班出身,但兴趣却非常广泛,对所有学科与知识都着迷;我的主业是编辑,但在研究上却比很多专业学者都用功,也有兴趣;我的研究领域很广、注重中观和宏观研究,但又喜欢专门化和精细化探究,有时甚至进入微雕的内部;我的研究成果远多于创作,但又总觉得在散文写作上更有天赋,也更有自我实现感;我崇尚老庄文化,尤其是它的超然与逍遥精神令我神往,但对于儒家文化、西方逻辑又颇感兴味,对于西方的晦涩难解之作,我常逐字逐句诵读和欣赏,哪怕读不懂也没关系。因此,我常在"正途"与"异路"上转换和穿行,甚至有时有意让自己"迷失",但或许这正是我学术人生的根本和关键所在:在"确定"中有"不确定",而在"不确定"中又有"确定性"。只是在这二者之间,我常保持一种平衡,一种让自己感觉正好、非常舒服的"中和"状态罢了。

知识的滋养与生命的丰盈

如深山石缝中的一粒种子,如无特殊机缘,我是不可能走出大山,进入都市尤其是北京这样的文化大都市的,更无可能由一个农民之子进入神圣的学术殿堂。我将改革开放比成东风,将高考制度比成移栽,将老师的培养比成哺育,将朋友家人的关爱比成阳光雨露,于是我这颗微不足道的种子才没被置弃,以至于晒干枯萎,而是被裹挟着进入大都市的文化圈,有了不断成长的机会与可能。转眼间四十年过去了,回首往事,在感慨之余,更多的是感恩——感恩那些让我知晓知识力量与精神价值的人与事,以及历史的沧桑与时代的机缘。

艰难的追梦之旅

人的出身就是个谜。我不知道有何理由,不同人出生在不同的国度、省市、城乡、家庭，因背景千差万别，也就有了不同的起点甚至命运。出身高贵者可能很难理解贫寒，一个人的辛苦劳顿几乎是命定的，像背负大壳的虫子，他很难有翻身机会。

1962年12月3日，我生于山东蓬莱县（现为蓬莱市）村里集公社（现为村里集镇）上王家村。这个小村离蓬莱仙阁虽只有八十里，但却是典型的山区，是个被称为"南山"的封闭所在。直到二十世纪八十年代改革开放后很长一段时间，这里的交通还极其不便，不少女性仍穿大襟布扣衣服和绣花鞋。于是，纯朴古风中透出封闭、保守和落后。

我家是地地道道的农民，数代甚至十几代都在乡务农，过的日子就是面朝黄土背朝天，日复一日和年复一年。与土地为伍、像黄牛般在田里耕种，对于我家来说是永恒的命运。我上面有三个哥哥、一个姐姐，他们虽然学习都好，但很快初中毕业都回家务农了。究其因，一是家里穷，需要他们回家干活以帮贴家用；二是由国家整个形势决定的，学习再好也没用，工农兵推荐上大学与他们毫不相干；三是身在农村，祖祖辈辈都是这样，何况他们又没什么理想抱负。

我身下还有个弟弟，所以我基本属于家中最不受重视的孩子。但与哥哥、姐姐、弟弟不同,自小我就不愿干农活,反倒对读书、学习充满兴趣。关于这一点,最直接的原因恐怕要归功于母亲。母亲识字不多,但非常敬重老师,喜欢文化人,她的理由很简单:识文断字和有文化的人才明理。她曾用一笔画出一个"鹅"字,内嵌"先生"一词,形象生动,仿若能够飞起来。这个意象对我影响很大,它让我对知识、文化、先生、鹅,以及天鹅都产生无比崇敬之情。母亲还有个特点,她不让我帮她干活。一旦帮她干家务,她就不高兴,还极不耐烦地说:"走、走、走,有空读书去,一个大男人老围着锅台、围着家转,会有什么出息?"而一旦我捧着书,哪怕不认真读,母亲见到也会喜笑颜开,那种欣慰和喜悦仿佛要满溢出来。因此,我的读书、爱书以及走上学术之路,最早的源头是母亲,是一个没多少文化的母亲对于知识、先生的向往之情。

二哥在家中最早与书结缘。在劳作之余,他常借书来读,尤其是沉溺于读小说。曾记得,他借读的小说有《渔岛怒潮》《高玉宝》《桐柏英雄》等,我都曾偷偷取来拜读过。因二哥担心借的书被弄脏或丢失,往往读完就藏起来,我要费半天时间才能找到,这就更激起我的阅读欲。直到今天仍忘不掉当时找书、渴读、担心、害怕的情景。

还有，在乡下寂寞的长夜，在剥花生和玉米的困意中，二哥常给我和弟弟讲《三国演义》与《水浒传》等小说，这让我最早领略了小说的神奇与魅力。是二哥在不经意间点燃了我热爱文学的那盏"心灯"。

上小学前，母亲得了重病，于是，本来就一贫如洗的八口之家陷入了绝境。不过，家里有沉重的阴霾，它被深深刻在父母及其哥姐脸上，家外却是阳光灿烂，是个快乐的天堂。尤其是在我上学读书后，有同学、玩伴特别是知识的滋养，家里的不快也就有了洗刷之处。由于学习一直名列前茅，所以走出大山、去见识外面的世界，就成为我的一个梦想。有时，我看到一望无际、平如地毯的山间麦浪，耸动鼻子尽情吸吮着麦子与大地散发的芬芳，就有一种希望油然升起：如果天地用一种神力将我托起，轻置于铺满金光的麦芒之上，然后我就可以乘势而飞。也有时，躺在田间地头，看到绽放的棉花，与高天飘浮的白云相辉映，自己也仿佛化身成仙，随着棉花和白云一同飘到山外的世界。还有时，做梦也全是山外的人与事，变幻的色彩与故事，让我的人生一下子光彩照人起来。尤其是高考制度恢复后，不时听到有人考上大学的消息，走出大山的愿望就愈加强烈。

小学、初中有好几位老师对我产生过影响：王春雨老师写的一手好字，刘炳华老师有着母爱般的情怀，孙同茂老师常给我补习数学，这是我能继续升学的关键。1977年中考我取得了优异成绩，并有幸成为村里集中学刘有兴老师的学生。刘老师让我当班长，并给予我更多信任和期望。1978年我又考入全县仅有的两个重点中学之一的蓬莱二中，于是离高考成功只有一步之遥。那时，一个中学只有十几人或几十人能考上重点中学，我村只有我一人考中。然而出乎意料的是，进入重点中学后，我的学习成绩一落千丈，仅半年时间就成为班里垫底的，最后在1979年高考时名落孙山，连个中专也没考上。后来，我又回到原来的村里集中学，班主任还是刘有兴老师。对我的高考失利，刘老师没另眼相看，反而关爱有加。1980年，我又没考中，刘有兴老师就劝我改考文科，并给我不少鼓励。今天，我有所醒悟：我的这个人生转折离不开刘有兴老师的指点，尤其是他像父亲般没嫌弃我，他的眼里满是关爱。还有我的家人，在我两次高考失败时，他们没有怨言、骂声，更多的是安慰与宽心。大哥还一如既往为我上学借钱，二哥、三哥、姐姐、弟弟都将省吃俭用下来的钱给我。母亲于1975年去世，姐姐给了我母亲样的关爱，她千叮咛万嘱咐，让我一定想开，不要做出傻事，像有的高考落榜者那样轻生自杀，父亲则默默承受我的失败与沮丧。

1981年我又连考不中，心情仿佛是掉进深潭的月亮，满是空洞与悲凉。此时，我偶遇一位素不相识者，他看了我的成绩单，鼓励我重整旗鼓和再接再厉，并以言相激。他说："我女儿高考成绩不错，但她不想进一般大学，为考上名牌大学，准备继续复读。"这话让我重获勇气和信心，回到蓬莱二中继续复读，并于1982年考上山东师范大学。这年，这位陌生人的女儿也大获成功，以全县第二名、蓬莱二中第一名的成绩考上中国人民大学，分数竟然比我高出30多分。今天看来，如无这位陌生人的关心与鼓励，很可能就没有我的高考成功，更不会有我后来的成长。值得提及的是，从认识我开始，这个陌生人与他妻子一直关心我，并给予我经济、心理、精神上的帮助。这使我多年的冰冷、孤独之心得到温暖，对于世界人生和人性也有了新的认识与理解。有趣的是，这对夫妻后来成了我的岳父母，从此我与他们一家人有着更加紧密的关联与缘分。

高考制度为我这个农家子开启了宽阔之门，老师以神圣之手牵引着我的梦想与希望，家人是我不断跨越障碍的有力支撑，陌生人用大爱给我以力量和信念。于是，我走过千山万水、度过无数劫难，实现了自我超越。如将高考前的路途比成攀崖，多少农家子在这条路上跌落，我最好的发小王有杰在连考不中后自杀身亡,而我则是这些攀登者中少有的幸运儿。

喜获生命的花开

当年,我大学志愿报考的是法律系,希望有朝一日能成为著名法官或律师,穿着法官服敲着镇木、以富有激情的辩论惊倒四座。为此,自己还在私下里反复练习口才。然而事与愿违,我却被录到师范大学,而且是中文系。这种失望不亚于高考失利。不过,毕竟考上了大学,而且是全国重点大学,所以没实现当律师和法官梦想的不快,很快就烟消云散了。

进入大学后,有三件事最让我惊异:一是学校每月发给生活费22.5元,基本是免费吃饭。这让我们这些师范生倍感安慰与喜悦,也对国家充满感恩之情。当走进学校食堂,看到可供选择的食物丰富多样,我一下子被惊呆了:自小到大,除过年过节,很少吃饱过肚子。一日三餐吃的都是让人烧心的红薯,节日吃的饺子也多是黑面的,这也是在高强度高考下营养不良导致成绩下滑的主因。而今,包子、饺子、馒头、米饭都是雪白的,油条如金子般灿烂,辣椒炒肉丝和水煮肉片令人垂涎欲滴。所有这些,我们都可自主选择,充分享用。所以,进大学食堂第一天，我仿佛进入梦境，也如入天堂，知道在那个落后偏僻的穷山村外，还有这样一个用美食铺就的辉煌道路。二是开学第一课，请的是古典文学庄维石老先生授课。此时，庄先生早已退休，但每年新生入学都要请他上一课，这是中文系的保留项目。当满头白发、清气矍铄的庄先生不带讲稿，古典诗词出口成章，我被其博雅和风采所震动。后来，这一形象一直成为我学习的榜样，也成为我为学生授课的典范。三是山丰海富的学校图书馆令我震撼，这让我想起小时候偷二哥借来的书贪读的情景，也成为我酷爱书籍、耽于阅读的开始。以后在北京图书馆、美国康奈尔大学等图书馆看到更多书，并充满热爱与沉溺其间，都与初入大学被其图书馆的书感动有关。大学仿佛是个滑冰场，它让我有了别样的感觉，穿上冰鞋，滑翔、旋转、舞动、跳跃，再加上山东师范大学的校园之美，这使我有了说不出来的欢愉，也得到了一种精神的慰藉与超越性。

大学期间有个两难选择：一方面，我是中文系学生会干部，为组织工作用去大量时间，在成就感之余又常有失落；另一方面，我想报考研究生，有一种强烈的继续深造的愿望。当时，我的师友、校友，也是刘有兴老师之子刘同光来信，极力劝我考研，从而改变了我弃政从学的志趣。二十世纪八十年代初，考研并未成风，参考者不多，招生名额更少，成功率相当低。加之考研者往往早有准备，我直到大三才下定决心。于是，我进入十分艰苦的备考状态。每天只睡五小时，除下午雷打不动的锻炼身体，全身心投入学习。以一个后起者拼命向前追赶，我比高考前更努力，付出更多，最后竟考上朱德发教授的硕士研究生。这是一次弯道超车，在最短时间以最快速度，我在弯道越过很多人，成为那个胜利者。这次我不仅走上学术人生之路，而且重获自信。这是我后来不断进步、超越的关键。

可惜的是，我没能很好把握住三年的硕士研究生学习机会。第一，我的兴趣太过广泛，书法、拳击、武术、围棋等都成为我的爱好，尤其是围棋占用我很多时间。像进入迷宫，我被围棋等爱好牵引，达到不能自拔的地步；第二，由于恋爱了，女友又在北京名校读研究生，往北京跑的时间较多，有时一放假我就急不可待乘车到北京。第三，也可能考研拼得太猛，一考上就松了劲，这让导师颇为不满。朱德发老师在我入学时，就给我提出非常明确的目标：三年时间，第一年打基础，第二年冲出山东，第三年走向全国。然而，两年过去了，我在专业上并无多少起色。好在最后一年我开始发力，很快将硕士论文写完，结果得到朱老师的充分肯定与赞扬。后来，我将硕士论文投到名刊《文学评论》，做梦也没想到竟有一节被发表出来。这让我兴奋不已，对于学术研究也增加了不少信心。

跟朱德发老师这三年，我受到的最大影响是学问人品的合一。从学术上说，朱老师十分勤奋，有积极进取的雄心，富于创新意识，尤其是对于前沿问题颇为敏感，这成为我之后学术研究的向度与准星。从人品上说，朱老师身体力行、甘为人梯、关心弟子，有父亲之风，甚至远超父亲对于儿子的关心。关于这点，不只是我一人，所有的朱门弟子多达百人都有同感。他时不时来电嘘寒问暖，常过问早已毕业的弟子的科研计划，对弟子的身体健康关怀备至，还不忘关心弟子的家人孩子。亲情因有血缘关系，其热爱之情多出于本能；老师与学生则并无血缘，却如火如光似灯，是靠精神的传承照亮学生内心，这种付出完全是一种高贵的精神品质，是天底下最伟大的奉献。在此，朱德发老师是个榜样，在三年时间及之后数十年里，他如太阳般将我的世界人生照亮，不论是白天还是暗夜。

硕士研究生毕业后的四年时间，我一直在济南工作。这样，夫妻两地的分居生活十分不便，也相当难熬。开始，我对北京并无兴趣，因它太大，又过于喧闹，还人生地不熟，而我在济南则分到两室一厅的新房。因此，关于北京、济南两地何去何从的问题，让我大费周章，有难解的心结。当时，我有许多奇思异想，如放弃拥有的一切，做个自由人，只身到北京做个北漂。对我的想法，家人开始不同意，岳父建议我考博，但我兴趣不大，有点一意孤行。最后在我的坚持下，他还是做了让步，但提出：让我先考博，如实在考不上，再按自己意愿行事！我觉得岳父说得在理，就同意了。因我做事认真，经充分准备，最后考取中国社会科学院文学研究所林非先生的博士。于是，我的学术人生之路基本确立下来。

如沐春风化雨

如果说上大学是我人生的一级跳，跟朱德发老师读硕士是我的二级跳，跟林非先生读博士则是我人生的三级跳。刚到北京确有点茫然，这不仅指学业上的选择，也包括适应城市之变。比如，我刚进中国社会科学院时，考的是鲁迅研究专业，林非老师一直在此方面给我授课，我们拟好的博士论文题目是《鲁迅的潜意识心理研究》，进展也非常顺利。但林先生有所不知，在研究鲁迅尤其是其潜意识心理时，我一面从鲁迅那里获益匪浅，得到深刻的省思与批判意识，但也常有孤独虚妄之感，尤其是活得并不快乐，甚至有些消极悲观。仿佛整个人生被裹上厚厚的黑布，不要说夜晚，即使在太阳高照的白天也是如此。所以，读博于我既是一次质的飞跃，也让我陷入难以排解和自拔的境遇。又如在济南，周边都是熟人和同学，到北京后则人生茫茫，尤其是在北京文化中人与人之间比较疏离与隔膜，这让我常感到有些透不过气来。

好在读博时我读了很多书，被知识的海洋深深吸引。又好在林非先生是美食家，常带弟子下馆子，我这个农民之子由此真正领略和享受到美食。是林老师让我从天下美食中得到体悟与提升，也让我感受了他的宽广视域、人生态度和人格魅力。不要说三年博士，我1996年博士毕业，至今已有二十多年，一直是由林老师和肖师母请学生吃饭，他们虽只有微薄的那点退休金，学生要请他们，却坚执不允！除非赶上教师节和老师过生日，他们才不再坚持。林先生的大方之家在学界也是出了名的，出版社出版他的著作，他竟几次都不要稿费，如出版社坚持，他就提出将钱捐献给希望工程。林老师还有个特点，除了学问、人情、音乐，把许多东西都看成身外物，没任何收藏之好。还有，林老师性格温和，在严肃认真的前提下，一直保持如水般的圆融通明，仿佛是面光亮的镜子，既照亮别人，更反观自己。朱德发老师对学生容易发火，这成为督促学生努力上进的动力。林非老师则从不发火，多年来没有批评过我。这倒不是因为我做得多好，而是林先生有着极大的包容心与忍耐力，以及待人处事的独特方式。林非先生更多的是以欣赏他人的态度待人，包括他的所有弟子。林先生经常表扬学生，在外人面前更对学生夸赞不已。以我的感觉，林先生对学生有些溺爱，我就是在林非先生的夸赞与溺爱中成长的。这让我改变了长期以来的定论：溺爱对于教育和孩子是有害的。我敢说，在整个学界，像林非先生这样欣赏和溺爱弟子的恐怕绝无仅有，至少是少见的。林非先生与肖凤师母还有一个优秀品质，那就是纯粹。他们没有世俗的功利，对于文化、学问、文学、艺术和真善美是那样执着与向往，相反很少贪恋钱财和权力。他们彬彬有礼、温文尔雅、待人以诚、心地纯良，没有攻击性，更不势利和见风使舵，是青年朋友的良师益友。他们相亲相爱、相敬如宾，是真正的伉俪情深。每次过马路，他们总是相互扶携，是一道亮丽的风景线。在请饭时，肖师母总是斜挎钱包，也总是代替林老师张罗和提前付款，唯恐被学生抢了先机。在我的印象中，他们夫妇总是心心相印的。这一年多，林先生住院，师母每天往返于家和医院，对于80多岁高龄的她来说，其辛苦可知！然而，林非老师和肖师母坚持不让学生去医院探望，处处为学生着想，这让弟子为之动容。今年，朱德发老师与世长辞，据他女儿讲，两年前已查出癌症，但除了女儿，朱老师没对任何人说过，包括他的众多弟子，而是一如既往，甚至比以前更加努力地写作，直到今年春天他还写出关于郭沫若《女神》的长文。其实，在我的两位恩师身上，更多的是高风亮节，是一种如金不换的高贵品质。

在准备博士论文的最后时刻，有一天，在林非先生家里，我终于鼓足勇气，说出自己想更改博士论文题目的想法。我这样说："林老师，我想换个论文题目。"林老师不经意问我一句："你怎么想的，我们准备和谈论了这么长时间，你想换什么题目？"在林先生认为，即使换题目，也不会逸出鲁迅研究。当我说想换林语堂的论文题目时，林先生非常惊奇，他张着嘴长久地看着我，仿佛是他做梦也没有想到的事。然后，他有些不信地问："你说什么？"当确定无疑我想写关于林语堂的论文题目，林先生沉默了。此时，我将早已备好的较为详细的论文提纲给他，并表示："林老师，这是我的提纲，您看看。如可行，我就换林语堂的论文题目。如不行，我还是做鲁迅的。"在我有选择余地的语气中，显然透着坚定和执着。林先生当时只说了一句话："好吧，放在这里，我看看，再给你答复。"回到学校，我心有忐忑，但也安宁，因为我不认为老师会同意，只是一试而已，否则我今后会后悔。试想，哪个老师能让你改变专业方向，去写一个并不相干的论题,更何况林语堂是个边缘作家,一位当时在学界尚未被解禁的作家!但于我,是多么想做林语堂的研究论文啊!除了它将成为国内第一篇关于林语堂的博士论文,主要因为我对林语堂更有感觉。如果说读鲁迅作品在有所得时,总有一种暗调和悲观袭上心头,读林语堂作品正相反,它让我有一种冲破乌云密布和重见天日之感,是在沉重大地上的一次飞升。换言之,读鲁迅更多的是压抑、痛苦、悲剧和阴冷感。读林语堂则如沐春风、其乐融融,有一种被温暖抚摸和阳光照亮的感觉。进而言之,读林语堂的作品如大光照临,亦似受了天启般地受用。

出乎我的意料,没过几天就接到林老师电话。他有些兴奋地说:"兆胜,你的论文提纲我看了,我觉得可行,相信你一定能写好!我同意你改题目。什么时候来家里,咱们再详谈。"这让我喜出望外,高兴得难以自已。如果说,人生最快乐的莫过于出彩,那么,林先生让我更改论文题目一事,就是我人生最亮的出彩。当冬去秋来,鲜花开放,当礼花在暗夜缓缓升起和绽放,那是一首诗,一首美轮美奂的诗。林非先生能让我更改论文题目,我将之视为人生中难得的一次生命绽放。这是因为,做林语堂的论文题目是我梦寐以求,也是发自内心的,这对于学术将会更有意义。还有,林非先生以难得的宽容与理解,为我打开了一扇学术人生的大门,也铺平我今后二十多年的林语堂研究之路。我的博士论文答辩主席、北京大学的严家炎教授给我的评语是:"这或许标志着林语堂研究一个新阶段的到来。"当我的博士论文入选中国社会科学院"博士文库"丛书,林非先生更加高兴,并为我写了长序,对论文更给予高度赞扬和真诚鼓励。多年来,我写了百余篇关于林语堂的论文,出版十多部林语堂的研究著述,回想起来,都离不开林非先生当年那个"因"。如无他的宽容大度和高瞻远瞩,我如何能有研究之树上的果实累累,以及生命之花的绽放?

还有我的散文研究和散文创作。在研究林语堂之时,林非先生还希望我多研究散文,有时也动笔写写散文,这样才能不断开拓自己的研究视域,并有所实践和体悟。因此,除了研究林语堂,我在散文研究和创作上多有努力,至今已出版多本著作,发表论文百余篇。如果说林语堂研究是我的一只翅膀,散文研究和创作则是我的另一只翅膀,二者合力才能使我飞得高远。今天,当我不断喜获丰收,成果不断推出,我总是感念林非先生的指点和栽培。是他(还有师母)用辛苦的汗水与智慧,将我这棵并不成熟的小树培育成才。当我在各大学讲课,开始带博士研究生,我也有了自己的一片阴凉,让后来学子从中受益。其实,这都要推到之前的那个"因"——林非老师、朱德发老师,还有那么多在我学术人生道路上的贵人。

今天,我已克服鲁迅研究以及长久以来的孤独寂寞与生命悲感,而获得花开的美好。不过,我知道,这不能只归功于林语堂,也有鲁迅的巨大功劳。因为如无鲁迅的孤独寂寞和悲剧感,我就难以理解人生的真相,也就不可能进入林语堂的"一团矛盾",更不能体会林语堂超越悲剧的努力与创造。学术人生是一个复杂的巨大涡流,它需要在不断旋转、缠绕中实现突破、超越,获得新的轮回。2003年至2010年是我人生的火焰山,两个哥哥、姐姐与父亲都先后离世,于是他们一下子抽走了我人生的希望。当了解这一情况后,我的两位恩师——朱德发先生和林非先生,都千方百计为我宽心和排解,这对我走出困境、重获信心相当重要。在此记下两位恩师在我最困苦时,所给予我的推力与支撑。

生命之蝶舞

常言道:"四十不惑,五十知天命。"这几年,我对于学术、世界人生有了更多的认知和理解,内心也起了一种微妙但深刻的变化。这颇似太极,它让一个人获得知识的飞扬,也进入一个生命和精神的翔舞状态。我慢慢认识到,只知"知"是远远不够的,也不能只听"有声之声",更不能无视落花流水以及镜中花、水中月的意境。生命的超然有时只在一个"悟"字。

早年喜读激扬的文字,像梁启超的超拔俊逸、才华横溢,鲁迅的深刻峻急,尼采的怀疑精神和超人境界,甚至李敖与董桥的放任自流;中年喜爱孔子、庄子、屈原、李白、韩愈、徐渭、宗白华、林语堂、茨威格、纪伯伦的浪漫作品,因为其中有充沛的真挚感情与心灵奔放;近年来更喜欢普鲁斯特、托尔斯泰、老子、白居易、老年苏东坡、梁漱溟、钱穆、王鼎钧等人的作品。《追忆逝水年华》在一般人看来或许是平淡甚至絮叨的,在我看来却充满生命的低吟浅唱、轻歌曼舞,尤其是其中寓含的对于生命孤寂的悲而不伤。钱穆的学术人生是贯通在一起的,即使晚年双目失明,也仍保持对于学术人生的热度——那种不温不火的生命感触与心会。我希望学术人生从高扬的调子上降下来,回归生命的常态,特别是知不足后的自信、微醺般的快乐、超然物外的自由。换言之,学术人生如何消解与幻化天地自然人生的悲剧感,进入一种生命的醒觉状态,在我看来是最重要的。这就好像生命的流水,一条河由原来的自高天而下,作为瀑布的奔放激扬固然是一种美,但经过长途跋涉到了入海处,一条河流就会舒缓下来，以一种命定的方式融入大海，其中有悲情，但却并不伤怀，而是一种由"有"到"无"、又从"无"到"有"的超然。其实，这种"无"本身是另一种"有"，因为在某一天，这些海水就会化为水气、雾和雪花，向天空和大地飞扬、飘落，变成生命的真正喜悦与妙曼舞蹈。

我常喜欢将一些感悟写下来，从而形成一种连接我、心灵与世界的关系，也成为学术人生的法门。我写道："一个是人之道，一个是天地之道。二者可进行融通，真正的道并不孤独，道不远人。""要游于道，不能让道挡住人生之路。""人生一定要通达，有化解之功！写作本身就是一种蝶化的过程。生命是有分量的，有时很重，有时很轻，但关键在一颗心。""道之修行，不可太过执着，否则就会凝固。道如云，有山根在，但却潇洒自由，随心任性。似水流，有天地根，但随意赋形。""凡是被拘囿，不论是痛苦还是欢乐，前进抑或后退，乃至成败得失，都是失之于道！道如光如花，自然明灭凋零，亦如风，来去自如。""我平时多静心，听大地发出的声响，而不是人的喧嚣！一个智者，更多做一个静默的听者，亦如一块山中的石头。""一块砖头无法与金砖相提并论，但因为砖块垒积的高楼却比金砖还有价值。世界的分别心是因为我们加上了个人判断，谁能保证我们的判断无误？这也是我说的对人对事对世界要包容、融合、喜悦、谦卑。如此，眼中所见多是美好与喜悦。"这些文字是学术与人生、心灵与世界碰撞后的落蕊。

由一般性读书，变成好好阅读生活和天地这本大书，是我近年来的心会。年轻时因爱好广泛确实耽误了不少美好时光，这曾让我后悔莫及。如今，我有了新的体悟：天底下无废物，天生我材必有用。所有的东西都含有道，都是不可或缺的，关键是能否悟得天地大道。如今，所有的爱好都有助于我的学术，反过来学术研究也都能升华我的人生，因此学术人生成为我的整个生命和生活的图式。比如书法，它的天地之道、忌俗、书正以及创新等，对我的学术研究都有帮助和启迪。围棋中有两只眼即可成活，这对于学术论文的选题、结构以及通透都有启发。围棋布局时的一个妙招，到了中盘和后盘很可能成为败笔，反之亦然。因此，学术研究是一个充满变数甚至神秘的过程，绝非可简单进行预设甚至套用的。如有人曾问我研究林语堂有何心得，我说："林语堂为文往往神龙见首不见尾，有时是神龙见尾不见首。如在《悬崖一枝花》一文中，整个文章的大部分与主旨无关，都是讲人工的艺术都不如自然的好。快到结尾才说，悬崖一枝花就是这样。你看它也开，不看也开，自然之美也。这让我想起韩愈的不少文章也是如此。基于此,我研究林语堂很少用概念和理论去套,那是形式主义研究,我称为广场太极舞,是一种没有生命参与的僵化研究。我研究林语堂重在心灵对语和灵魂贴近。"同理,好的太极一定不是广场太极拳,也不固定在哪家哪派哪式,而是一种融会贯通、广取众长后的创新。关于此,甚至连太极高手自己也不知道哪一招式会如何变化,关键是要有所创生。还有,当看到和真正理解了一滴水的力量,这不仅是指水滴石穿,更是它的坚韧与自足,我就会以之参透学问,进入新的境界。比如,学术研究除了观点创新,钢铁般的意志品质甚至充沛的体能也非常重要,这是保证一本书甚至一篇文章能尽善尽美的关键,这是水滴石穿和热锅中的一滴水可长久不灭所带给我的启示。一滴水微不足道,但其神秘的圆融的结构与无坚不摧的力道就是一种天地大道,以之入学问道必会使学术进入"化境"。

学术研究反过来也会助益人生,会锻造和淬火人生。以读书为例,它看似简单,实则充满丰盈的内蕴。我将读书至少分为以下层次:精读枕边书、诵读快乐书、阅读专业书、浏览闲杂书、品尝趣味书、赏玩艺术书。比如,夜深人静、万籁俱静和孤独寂寞时,闻闻书香,翻翻书页,就会感到琴瑟和鸣,字迹是人生轨迹,那个余字只跟着一个句号占尽一行，这比人生还要孤独寂寞，但却那么的悠闲自适自足。因为一个字被所有字留在后面，与一个空洞的句号站在一起，相互扶拥。人生更多的时候何尝不是如此？否则何以会发出"得一知己足矣"的感叹？认识到这一本相，就不会变得孤独寂寞，反会获得某种醒觉与超然，这是悟道的关键。我常从学术研究中体会静心之妙，于是让自己感到八风不动、安定如山。通过学术锻造的心灵仿佛是面镜子，它外可映照天地外物，内可反观自己的身心，于是获得了一种少有的通彻明悟。读大学之后很长一段时间，我严重失眠，这为自己的人生投下难以言喻的阴影，也是一种无法形容的痛苦。然而，随着学术研究的推进，尤其是通过静心和体悟天地大道，我彻底治愈了失眠。如今，我找到了睡与醒的开关，也能体会到好的睡眠与美梦的意义，尤其是一种超越自我的人生的幸福感。如一个武林高手，我以丝绸为学术兵器，舞动着太极般的美妙人生。以往，我们总对"黄粱美梦"不以为然，甚至多有批评。其实，通过学术研究，我会获得一份理性和清醒："无"是这个世界人生的真相，而"有"只是暂时的，甚至是梦中事。理解了这一点，以"黄粱美梦"的方式过人生岂不充满智慧？否则就不可理解，何以古人认为：中国人的智慧在于，睡中睁一眼，醒时闭一眼。另外，在阅读和研究曾国藩的过程中，我发现如此著名人物竟在第七次才考中秀才，其父更是在第十七次才考中秀才。即使如此，曾父却改写了曾家五百年内无秀才的历史纪录，成为一个开拓者和创造者。这让我更加坚信，对比曾氏父子，我的三次落考又算得了什么？于是，多年压在心中的耻辱与重负一下子被挪开了，我进入一个逍遥自适的境界。

我藏书甚富，可谓"坐拥书城"。不要说从事学术研究，就是进入房间都会被我的书架与藏书震撼和熏染，那是一种难以形容的美好感受。我曾用"书的姿容"和"温润如玉"来形容它们，也会从中感受到古人所言的"书中自有黄金屋，书中自有颜如玉"确是真谛。有时，我被一本装帧素雅的书吸引。也有时，在阳光照耀下我用手细细抚摸那些纯实木书架，久而久之，书和书架都会光彩照人。这让人不自觉生出这样的感喟：人生是如此的辉煌壮丽，它简直妙不可言，然而人生苦短，我们恨不能长生不死。我从喜爱杂学到挚爱杂项收藏，于是构筑起自己的"沐石斋"，一个以木与石为主的驳杂的"物"的世界。通过研究文学中的"物"、物性以及天地之道，我进入了学会与"物"相处，也学会了"自己与自己玩"的人生方式，于是快乐与悠然、幸福与超然、自得与了然不期而至。

第四辑 心镜如初

诗化人生

常言道，人生不如意事十有八九。即是说，人们都要面对悲伤、怨恨、疾病、绝望和死亡等人生的苦难。不过，不同的人又有着不同的人生。有人总是闷闷不乐、忧思百结，而有人却笑口常开，充满欢歌。在我看来，这主要因为不同的人有着不同的性情、心灵和生活态度。

天上的月亮只有几日圆满，天空和大地也不总是充满白昼而无黑暗，一年四季除了酷夏还有严冬。自然天地尚且如此，它的派生物——人生也当如此，即天地人生都有着先验的"缺失"和本质悲剧性。从这个意义上说，佛家认为"人来到这个世界就是为了承受苦难"是有几分道理的。如果有一颗正确对待人生"缺憾"的心灵，以一种审美的态度对待世界，那么，一个人的人生将是轻松与快乐的。

我们常常看到这样的现象：有人一生辛苦，却身体健康、精神旺盛、生活幸福；而有人一生虽锦衣玉食，清闲无事，甚至过着寄生的生活，但却身心疲累，一脸愁容。这是为什么呢？我想，其主要原因可能是：他们的"心"累与否，他们是否有一颗快乐之心，一颗"诗"心。如果能用一颗审美之心看待这个世界，他的人生将会如枝头小鸟的歌唱，如不冻河水的汩汩流淌。

其实，人之所需无多，庄子《逍遥游》里说："鹪鹩巢于深林，不过一枝；偃鼠饮河，不过满腹。"孔子《论语》也说："饭蔬食饮水，曲肱而枕之，乐亦在其中矣。"问题的关键不是物质的多少，而是"精神"与"心灵"的高度和境界。

有了诗心，就可与挫折对抗。如苏东坡被逐到荒僻海南，夏天极其潮湿，秋雨连绵。这个六十岁的老人，水土不服，无朋无友，寂寞无聊，但他却没有悲观厌世，更没失去生活的乐趣与美好的理想，而是过得有滋有味，像一阵轻风一样飘过，因为他总有一颗"诗心"。

有了诗心，人就可以体悟大自然的规律和心情。天地一年四季，春天繁华，夏天挥霍；当树叶变黄，纷纷飘落，生命就进入了晚秋；而严寒到来，万物则收敛起激情。人生的韵律何尝不是如此？自然和人生就如一首诗，通过"诗心",人们发现其中的诗意,并有了新的体悟:人生就是一个行旅,天地尚有生死悲欢,而渺小的人还有什么困惑和滞碍呢?

通过诗心,人还可感受大自然的生命,并将之与己身的生命贯通起来。如面对一树绿叶,我们常熟视无睹,而当你用诗心与绿叶的生命接通,你的意念中就会有一股生命之泉从树叶的脉络涌出,直渗入你的身心。其实,在与大自然接通时,人进行的是生命和精神充电。

诗心就如和煦的阳光,它不仅能消融冰雪,还可驱除黑暗,使人生如沐春风,其乐融融。

"沐石斋"记

中国文人多雅好，故事也多，这介乎于有聊和无聊间。知之者往往抱有同情之理解，甚至服膺之、和乐之。不知者往往一笑置之，如手拂尘，有人还会露出不屑。这都是可以理解的，因为人各有其志，趣味迥异，当然就有不同的风姿绰约。以书斋命名为例，如果说文徵明的"玉磬山房"、梁启超的"饮冰室"、胡适的"藏晖室"、梅兰芳的"梅花诗房"、梁实秋的"雅舍"充满古雅之气，那么杜甫的"浣花草堂"、石涛的"大涤草堂"、纪晓岚的"阅微草堂"、傅抱石的"抱石斋"则草根味儿十足，而蒲松龄的"聊斋"、刘鹗的"抱残守缺斋"、周作人的"苦茶斋"、林语堂的"有不为斋"、沈从文的"窄而霉斋"则有自嘲和幽默意。作为文人，我也为自己取了个雅号"沐石斋"，而且还时不时加在散文随笔后面，以述心怀。

在我的斋名中,最重要的是"石头",从中可见我对石头的喜爱。这让我能够理解傅抱石的"抱石斋"所含的深意,那种对于石头的痴迷。因为我家石头可谓多矣!大的小的、方的圆的、长的短的、宽的窄的、粗的细的、黑的白的、红的绿的、文的野的、美的丑的、正的奇的、润的枯的,可谓应有尽有。仅从石种上说,我收藏有沙漠漆、大化石、黄蜡石、灵璧石、泰山石、菊花石、萤石、木化石、雨花石、玫瑰石、孔雀石、九龙壁、陨石、砚石、寿山石、青田石、战国红、南红玛瑙,当然更有林林总总叫不上名的石头。如那一年回山东老家,重登蓬莱阁、游长岛,就买到了一块鹅卵石,它小不盈握,大如鸡蛋,光润如婴儿肌肤,上有猕猴挂树奔走之意象,可谓掌中明珠一般。走进我的家中,不论是书房还是厅室,抑或是卧室,到处可见石头面目,用石之山海形容它们亦不为过。不过,比傅抱石先生更胜一筹,我与石头有肌肤之亲。在我的床上,一半是石头。伴我夜眠者有数石矣:一是十多斤重的黄蜡石,它形状如枕,于是成为我双腿之枕石;二是一斤重的翡翠原石,它形如山子,细滑如瓜,常被放在我的右腋之下;三是半斤重的和田青玉籽料,百元购得,玉与僵互参,玉质细腻,僵地粗犷,其形意如藏龙卧虎，甚美妙，我让它伴在左腋下；四是左右手各握两块普通石子，取通灵之意。炎炎夏日，我很少打开空调，有石玉丝丝凉意浸润，自是神清气爽，一得天然与超然，可谓沁人心脾和美不胜收。到了秋冬，尤其是天寒地冻，虽不能与石同醉，但将它放在身边，时不时触碰一下、拥护一回、抚摸一过，虽有寒气，但它来得清明，如藏香醒脑，也会在夜的昏瞢中仿佛有大光照临。石者，知音也，吾之师也。由此方知，古人米南宫见石即拜之传言不虚，亦不足怪哉！而以之为怪者是怪者也。

那么，何以在"沐石斋"中有一"沐"字？

一是除了石头，我家是木的天堂。装修房子时，我的一个基本要求是全用实木，拒绝三合板等人工家具，据说用复合板装修，十年污染不去，可谓怪病之源也。今天，我家的纯木家具虽非名木，但却纯朴自然、温馨如诗，给人的感受好得不得了！当时的购价虽贵，但却是值得的。记得当年囊中羞涩，下决心购得一张雕花硬木双人床，花费一万多元，可谓奢侈之极，然今日观之，仍坚实美妙，既实用安定又养眼静心，不亦快哉！因为那时没经济实力，家具不是一次购得，而是一件件买来，在散漫中也有余味儿。有一次，我看中精致枣木方桌一张、靠背椅子两把，价格高达6000元，几经犹豫后终于凑够钱将它们买回家。这套桌椅几乎没多少实用价值,只是用来摆放音响,但它深沉的红色、温润的光泽、优雅的线条令人心驰神往,尤其是伴着美妙的乐音,它们仿佛带了神的灵光,与从窗户透进来的温煦的余晖一样,自由快乐地翔舞和飞扬。因此,我常用手去抚摸它们,用目光去熨平它们,以一颗诗心,而它们也报以泪光留痕般的感动。还有,我喜欢各种木头,因此也尽力去收集,像桃木、梨木、柏木、黄金木、紫檀木、绿檀木、黄花梨木、楠木、黄杨木、竹木、麻梨木、胡桃木等,都是我喜欢的。我还喜欢各种树籽,像菩提子、桃核、橄榄核、核桃、枣核、杏核等,都成为我的藏品。别人吃杏、枣甚至芒果时往往将核扔掉,我却将它们洗净、晾干,置于盒中,闲暇时取出来玩赏。因此,一把枣核在手中越搓越亮,如舌头般的芒果核在手中轻如纸、细如丝绒,如发辫一样清晰的纹理令人想到鲜果的清香,它一直缭绕于心间。身在天然木质承载的家中,心灵也为之软化,尤其是经了岁月打磨和熏染之后的木质,它散发着年轮与人性的光泽,给人带来醇熟的智慧和悠远的冥想,一如白云的悠然飘逝,也似黄粱美梦不断荡开的境界。

二是我喜欢树,喜欢葱郁激扬的树之张扬。每当周游各地,我都被各式各样的树木所笼罩和迷醉,尤其在风中,如大海波浪一样翻涌的青翠竹叶让我浮想联翩,情感不能抑止。坐在四层楼家中，抬头可见松树梢在风中摇曳，并嗅到桂花香的款款飘来，那都是生机勃勃的树木最美好之赐予。而家中的木器则将万木逢春的生命真义保存起来，藏在岁月人生的皱折之中，时时给我以慰藉，也需要不断被我们唤醒。因此，我是希望与这些来自天然的木质形成对话，用手、眼、心以及感觉和灵性去体悟，从而获得知音之感。当将一个木质手串，经过天长日久的把玩，变成满满的包浆，透出珠圆玉润之美，那是一种生命的灌注与交流，其美妙是难以言喻的。表面看来，这些离开大地与生命之树的木头，已经干枯和死亡，其实，它是另一种生命存在形式，是将生命内化与收敛后的丰足与快乐。而我与它们为伍，就是在宁静与平和中，重新唤醒和体会其间曾流动过的生命伟力。

三是在这个"木"中加水，乃成为我的"沐"字。因为"木"有水则生，人生亦然！当干枯的木头，因为有"水"，哪怕是意念之"水"，它也会获得深厚的底蕴，带来生命的盎然，以淡淡的、温情的、内敛的方式存在着。还有，石头有水则活，无水则枯，水是石头的眼睛和灵光，给石头"沐浴"就会使之不断葆有灵气与生命。当然，面对木石，我既要发挥作为人的主体性和创造性，从而赋予这些物体以生命的灵性；但另一方面，我在木石面前，要以谦卑之心，以斋戒的诚实，沐浴更衣，以之为师，以获得更多的感悟与启示。这样，一个"沐"字，就是对于我的真正的沐浴和洗礼。

在木石之外，我家最多的是书，一片书的海洋。我穿行其间，一如帆过大海。客厅的书架若长城般高耸、绵长、悠远，书房的书籍累积如山、山丰海富，地上、床上、桌子上到处是书。我喜欢书，除了知识，还因为它们与木石有关。书籍是木头的另一种生命存在形式；《红楼梦》不仅是一本"石头记"，还有木石之盟。在知识分子的情怀里，可能没有谁能够例外，从历史的书页中体会出"木石之盟"的温馨，以及挥之不去的永恒的怀想与记忆。生命如流水一样逝去——不舍昼夜，但在一个书生心中恐怕更多的则是，以夜深人静时翻阅书页形成的心声，聊慰并抚平人生的波折。从这个意义上说，我家中的书，是另一种木石的生命存在形式，甚至是能够飞动与升华的吉光片羽。

一个书生的理想可能是袖里乾坤，他往往更愿意陶醉于这样的境界：在香气缭绕中，伴着书香、握着玉石、抚着古琴，听一个时代甚至远古的回声，有时在现实中，有时在梦里，以一种宁静致远、纯洁无瑕、悠远超然的心情。这就是我的"沐石斋"，一个自得其乐的所在。

一个人的清修

今年三月份,我正式退休,单位同志们都说我是"荣退"。回顾六十多年的人生,我深切感受到自我修行的重要性。我不信任何教义,可称得上是"一个人的清修",不知道这样的修行还要走多远,今后会有怎样的变化。

一

上大学之前,我的路磕磕绊绊,根本没有自我,也无所谓修行。我是被命运裹挟着往前走,并在痛苦甚至绝望中前行。

我家世代务农,到父亲这一辈更加卑微。伯父曾在支前中受过轻伤,得享国家优待,他家的门前挂着荣誉牌,过年过节有补助,春节还能分到一个或半个猪头,最令人羡慕。家父也为淮海战役抬过担架,但毫发无伤,也就没有此待遇，仍是在家务农。

父亲最荣耀的是当过生产队的副队长，时间很短，最后几乎是被"罢免"的，主要原因是他太能干，不惜力气。不只是他自己干活不要命，对别人也过于严苛。最让社员受不了的，是家父带工总是起早贪黑。中午烈日炎炎，时间都快到一点了，父亲才让大家回家吃饭。下午干到很晚，他才让大伙回家吃晚饭。结果，他遭到集体罢工，说被罢免也是可以的。这可以理解：试想，学生被拖课堂，有人就会敲饭盆，何况在生产队这样的高强度劳作？家父后来成为生产队的饲养员，常年与那些骡、马、驴打交道，并与牲口们住在一起。小时候，我在饲养室陪伴过父亲，同样也陪伴过那些牲口。

家母是地道的农妇，不识多少字，但同样勤快能干。她有六个孩子，又处在农村最底层，不能干恐怕也不行。母亲在我十三岁时去世，生病卧床长达六年，我对她的勤劳记忆主要是7岁前。在一个孩子眼里，母亲像一阵风、一团火、一张弓，没有一刻的休息时间。白天，她像男人一样上山干活，一年几乎不落下一个工时，晚上就在如豆的煤油灯下做手工，常常熬夜到很晚很晚，有时听到公鸡一遍一遍地打鸣，母亲还没有睡。今天想来，熬通宵对于母亲来说可能是家常便饭。只记得，母亲的手常用胶布缠住，早上和中午还没做熟饭，上工的钟声与邻居的吆喝声就震天地响，母亲就在匆忙中带上两块地瓜跑着、应着、追着上山干活了。家母只活了49岁，她像一阵轻风飘过一生。

我兄弟姐姐共6人，三个哥哥和姐姐初中毕业就下地干活了。这不是因为他们不聪明、学习不好，而是根本无力再继续上学。记得姐姐跟我说，她学习一直很好，常得到老师表扬。关于姐姐辍学一事，老师曾三番五次来家里劝，觉得她不读书太可惜了，会埋没一个人才。姐姐急得直哭，但父母就是不同意。无奈，姐姐只得顺从，参加生产队劳动。后来，我能继续读书，全靠姐姐的全力支持。

农村人口多的家庭，生活质量都不高。我家的吃食很差，用"猪狗食"形容并不为过。每顿饭都是吃地瓜或地瓜干，即使吃面条和包子饺子也多是地瓜面的。久而久之，胃里直泛酸水，有时会冒到喉咙眼里，等把这"火"样的酸水再咽下去，那就更加难受。所以，自小我就坚决拒绝吃地瓜和地瓜面食品，肚子总是空空如也。那时，我又瘦又小，用我姐姐的话说就是，我"瘦得就剩下两只眼睛了"。

有了全家人为我铺路，我才有继续上学的机会。不过，求学之路异常艰苦，我在三次高考失败后，第四次才获得成功。其中一次，我报考的是山东省蓬莱师范，毕业后将在乡下教小学，即使如此，我对此也充满向往，但没被录取。今天想来，包括这次报考中专都没成功的数次失败，才是开启我人生路的钥匙。

如果没有以上的这些苦难、挫折、失败，也就不可能有我后来的人生，更谈不上我之后的修行。

二

读大学，让我的人生有了光彩和希望。

此时，国家免费给我们提供饭菜，食堂里琳琅满目的美味佳肴可自行选择，加上开始锻炼身体，我一天天变得强壮起来。除了单双杠，我还练习拳击、硬功，又坚持洗冷水浴，于是体重增加，肌肉发达，体力精力充沛，一改原来的驼背和瘦弱不堪。放假回家，家人看着我像换了个人，既吃惊又高兴，那赞不绝口声让我既自豪又满足。

开始，我热衷于当学生会干部，还喜欢练习书法。后来，有好友劝我，最好是努力考取研究生，他说："将来会越来越重视知识和文化，读书、搞研究一定前途无量。"于是，临秋末晚，我开始全力备战考研。上个世纪八十年代，考研之风不盛，能考上的很少，有意考研者入学后就会着手准备。我是半道改弦更张，所剩的时间不多，必须加倍努力。当时，我每天只睡四五个小时，最后以第一名的成绩考研成功。其间，我深感体质、信念、专心、意志的重要性。我考研的成功让人刮目相看，有位大学同学在我的毕业留言中写下这句话："兆胜精神万岁。"

读研三年，我没有好好利用，除了专心于书法，开始喜欢下围棋，为此花费了太多时间。其间，我还试着搞经营和做小买卖，这在分心中都以失败告终。研究生毕业后，我心灰意冷，对学术与人生产生了怀疑，甚至产生出家做和尚的念头。到工作单位后，更有一段荒唐之举。单位要求坐班，我坚决不坐班，过着慵懒的生活，全身心沉溺于研究书法，有时竟能在水泥地板上蘸着水写一夜的书法，家里的地上、墙上全都是写过的书法。那时，我是地不扫、床不叠、碗不刷，还留起头发，蓄起胡须，完全是不修边幅。我还设想着，辞掉工作，一人到北京做"北漂"，到郊区租间民房，全力练习书画。平日里，就一人周游天下，作个行者，充分体会天地自然和世界人生。我的行头将是一杖、一钵、一笔，再加上一副围棋，充分感受春夏秋冬、风雨雷电、人间冷暖，完全做个自由人。

拗不过家人劝说，我毕竟结婚了。于是，我抛开幻想，一心一意备考博士。当时，林非先生只招收一名博士生，专业是研究鲁迅。为此，我下过别人想象不到的功夫，夜以继日，精益求精，终于考试成功。其间，我更充分地理解了自信、意志、用心、细心的重要性。自此，我开始了新的人生探求，也有了别样的人生。

三

我从济南来到北京读博士，最初很不适应，如进入大海的一滴水，陌生感与茫茫然经常袭上心头。加之，多年研究鲁迅形成的"看什么都不顺眼"的人生态度，让我仿佛陷入泥潭，并导致经常失眠。这是痛苦绝望的人生，也是内在焦虑的反映。此时，我对围棋达到迷恋的程度，棋逢对手，就会与博士同学下到半夜，甚至下一个通宵，这更加重了我的失眠与对人生的无望感。医治我这一状态的是自修，是来自内在的自我反省。

读博士三年的最大收获主要有三：一是由鲁迅研究转向林语堂研究；二是师从林非先生，学会了"吃喝玩乐"，即知道了除学习用功外，最重要的是理解生活真谛，并从中悟道，即所谓的"功夫在诗外"；三是养成了静心习惯，克服了失眠，能让睡眠变得美好，也有了不断使自己获得新能量和创造力的方式方法。

我的"静心"受释迦牟尼启发，也从老庄处获益良多，但主要的还是自己参透。静心有几个优点：一是去掉世俗的干扰、烦闷、重压,让自己静下来,得一份清闲余裕的心怀,主要是心闲,这样可集中精力,得到心中的大静。二是向天地万物学习,让自己变得虚心,最好是虚静以待,保持低调与谦卑。看着清风与明月、高山与地面、江河与大海、石子与砂粒,我就会获得一份清醒与智慧。三是从大自然中获取能量,就如将充电器接通电源一样。我常能从松柏、冬青、翠竹、绿意、笑脸,还有飞瀑、跳跃、飞翔中,体悟自由与快乐、知足与适意,心中就会不断地被充盈与放飞,这样的美感无以言喻。四是在闲静与虚空中获得智慧。因为宁静方能致远,袖里藏有乾坤,在一呼一吸中不只是让身心通透明澈,更有一股内在的潜能生成,可能连我自己都不知道,虚静安然会产生那么多新颖的想法,就如同山间的白云不断升腾出万千气象。慢慢地,我的文学创作、研究、人生都会得到强有力的支撑,不仅能去除疲累,还常有灵感生成,更有与以前不同的价值观、人生观、生命观。

静心直接治愈了我多年的失眠症。睡不好觉,不只是精力不济,更是焦虑与苦恼的根源,也影响了人的积极进取和昂扬向上。通过静心,加上自己的学习与研究,我能睡着觉,想什么时间睡都能睡着,还能做个美梦,夜里如厕回来,还能接着睡,接续上断掉的梦境。早上起来,神清气爽，特别是走在北京的蓝天下，整个世界都是新的，也会焕发出青春的色泽与美妙的诗意。我的失眠是靠自修克服的，特别能体会其间的不易。

通过几年的博士生活，我从一个焦虑者变成一个安顿者，特别是越来越能体会到北京的好。在这里，有广大的空间，有深厚的历史文化，有不同的山光水色，有各种各样的古代建筑，还有一种让人感觉渺小的纵深景观，更有你可以做自己的自由与潇洒。

四

博士毕业后，我到中国社会科学院工作。没想到的是，从1996年至今，26年的时光中，我没换过单位。像一个螺丝钉，我被严丝合缝地拧在这个单位的机器上，在不断运转中，我成为一位劳模式员工，以安分守己、甘于奉献、勤勉努力、成果累累、不断进取，收获了属于我的四季。这离不开我多年的持续修行。

单位的编辑工作异常辛苦劳顿，其超负荷运转令人难以想象。但我并没有气馁，更不投机耍滑，而是以一颗感恩之心认真地阅读来稿，不厌其烦提出修改意见，在精编细校中力求编发高质量的文章。当完成数十年的工作任务，在退休之际，我不仅得到大家的高度认可，还得到了心灵愉悦，从编辑工作中学会了为文做人的德性与品质。

除此，我一直没放弃读书、研究与写作，以水滴石穿的精神利用一切可以利用的时间提升自我。其中，内外双修于我就变得愈加重要，得到的教益更多。一方面，我改变了原来的强硬健身法，以柔弱与内敛为追求目标。年轻时，我练习硬功，能徒手断砖和打碎核桃。随着年岁增长，我更相信道家的"柔弱胜刚强""滴水石穿""无声胜有声"的力量，这是我加大练习太极拳与静心体悟的关键。如面对一张卫生纸，谁也不会在意它，但细加琢磨会发现，其功不可没！它遇水则化，转眼变"无"，然而，平日里的吃喝拉撒都离不开它。由卫生纸到宣纸，那更是不得了，其间包含的书画艺术自不必说，中国文化的表现力和丰富内涵更具有神秘力量。其实，将这些与人生联系，内在的生命价值就会得到彰显。有时，我想："多少人还不如一张纸，他们虽然高高在上，显得不可一世。"另一方面，我在虚静中慢慢得到一种幻化的力量。人是需要运动的，但更需要内静，所谓"一动一静谓之道"。有时，我在大静中，会感到心里不断生根，有一个深入下去的深厚的根，它坚实有力、深厚强大。还有时，我的眼前与心中，可以随时幻化出各家拳法，有的是创新性变化，一招一式，形象生动，灿烂美好。还有时，我会在静心中以"万物齐一"的方式，理解生命的平等与纯粹，于是，对于动物、植物、生物、无机物产生悲悯。走在寒冬里，我常常会为一棵棵裸体的树木悲叹，期待来年生机盎然的春天早日到来。多年来，我学会了与石头、木器以及一切好玩的东西为伍，在与其静心相处的对语中，有一种新的体认和智慧。我家的书甚多，书架都是纯木质的，平时会用手轻抚，还会用目光和着阳光，甚至用心灵之光与之交流，从中体会那一份温情、暖意、柔软与亮泽。

生命如流水，它在不经意间轻轻滑过，由"有"变成"无"。多年来，我去除很多欲望，把更多时间与精力留给自己，也留给自己的内心。我常告诫自己，要过有节制的生活，不为无聊与庸俗白白浪费光阴。更准确地说，要守住真实、自我、初心、善良、美好，不让自己有非分之想。我一直充满好奇心，对什么事情都很感兴趣，连儿童电视剧也会着迷。但是，为了不让自己过于浪费和分散精力，我不抽烟、少喝酒、不打牌，自己曾热爱和迷醉的围棋逐渐也很少下了，还有曾一度热爱的玩石头、搞收藏、炒股票都淡化了，而是一心向学。现在，读书、写作成为我的日课，也可以说成为我的全部。我来北京生活了30年，至今没去过长城，不是不想去，而是惜时如金，更觉得那是一个早晚可以实现的目标。还有，至今我没看过一场完整的足球赛，不是不喜欢，而是担心看了就拿不下眼，无法应付那些不断的赛事，特别是深夜里不得不通宵达旦地看世界杯。

年轻时行过万里路，现在家中有万卷书值得好好阅读欣赏。每本书都有一个灵魂，我可与之对语，以心灵交流的方式，不论是风和日丽还是雨雪天气，不管是白天还是夜晚，书捧在手里总感到特别充实温暖。此时，万般风景都回到书中，书中也有永远读不完的人生世相，我的书房、厅室、桌椅、沙发、床头、厕所都有书，触手可及、温暖如春，哪怕不读，只是看看、翻翻、闻闻，都是一种美好享受。喜欢品茶，我愿将茶放在枕边闻；喜欢烧香，我愿将带香味的木头放在身边；喜欢看书，我愿在书香中沐浴。我家的书是静雅的，以不同姿态，在不同地方和高度放飞。

写作也是非常美好的。将读书与思考表达出来，把生命全身心投入，以虔敬喜悦之情，用深爱与博爱，假以内心的空灵，就会感受到一种通透明丽。每次写作，自己仿佛踏上了滑板，如得神助，更是一种生命再生，这在有创造性的感受与意外之喜时更是如此。在我，可能没有一种人生胜过写作，特别是进行学术研究后的自由书写，那种美好、美妙、美气是无以言喻的。

这么多年，我逐渐学会了向别人学习、尊重万物，特别是向木石沙粒与一草一木学习。我积极进取，没有负能量，以欣赏世界人生的姿态，希望每个人都好，保持知足、平和、虚心、谦卑、感恩、从容、快乐、优雅的心性，快乐幸福地度日。有时，哪怕是看到一个微笑，吃一口饭菜，呼吸一口新鲜空气，都是这样的。

生活的自足与满足，生命的快乐与喜悦，人性的纯粹与干净，都应该从俭朴、友爱、慈悲、奉献中得来。

五

退休后，我有了更多的时间与精力，我的座右铭是"生命从退休开始"。不论是学术、创作，还是生活与人生，我希望自己能继续加强清修，不断精进。

先要改变熬夜的习惯。多年来，我尽管纠正了失眠，但熬夜的恶习一直没改，主要是看书成瘾，加上夜深人静，读着、看着、翻着，时间就晚了。清修，必须通过这一关，由现在常常熬到一点钟睡觉，争取不断提前，第一个目标是12点，然后是11点，最好能在10点半就上床睡觉。我的博士导师在晚上9点多钟就上床了，我离这个目标还差得远呢。

然后，要改掉自己太能干的毛病。年轻时，为赶时间校对书稿，我曾创下连续三天三夜没睡觉的纪录。可能属于家族遗传，父母、哥哥、姐姐、弟弟都能干，是出力不值钱那种，他们都深受其害。对此，我要加以克服，当有了知识、思想、智慧，还不能解决这一问题，实现自我超越，那是说不过去的。

再就是控制自己的放任。多年来，在自律下许多欲望得以控制，没有泛滥成灾。下棋、看足球皆是，但至今仍有一习惯没改。每当完成一次写作，我总给自己找理由放个小假，看喜欢的武打电影或电视剧。电影时间短，很快看完。电视剧有的数十集，我很难抑制住看下去的欲望。本想只看两集过过瘾，早点睡觉，但看了还想再看，一直能看十几集，有时禁不住看个通宵。天渐明，我就会后悔，看到自己的软肋，就会发誓下不为例，但下次还是照旧。这种行为极危险，对心脏与心脑血管破坏力最大，今后必须在清修中从根本上解决问题。

我还有个趋向需要改变。人生在世，忙碌的精神固然可嘉，但很不智慧，要有"闲心"，特别是要真正理解人生、人性、人情、生命的意义，否则不可能进入天地道心。

快意读书

人过四十,一生近半了。回首往事,喜忧参半,得失相间,难以评估!但就读书而言,我却基本上是个失败者,最突出的表现在:自小学、中学至大学,再到硕士和博士,也经过了二十几个春秋,书也读了不少,但却没有养成读书的兴趣,当然也就难窥读书的门径。

三十五岁后,我才略有所悟:"以前,我之于书是外化的,即为读书而读书,研究什么读什么,用到什么查什么。这种方法专一有之,但视野狭窄,心灵遮蔽,刻舟求剑,急功近利,最重要的是失了读书人的本分和乐趣。而真正的读书恐怕还不是求知、见智,更不是为了什么"颜如玉",而是为了美好的艺术生活,即让自己这一叶扁舟在人生的汪洋大海中逍遥自适而又怡然快乐。"

有了这样的基本认识,如今我的读书面很广,除了从事自己的学术研究，哲学、历史、地理、科学，甚至连政治学我都充满兴味。不过，并不系统和细致，随意快乐而已！如李时珍的《本草纲目》与我的专业无涉，但闲来翻翻，品味一过，既受益良多，又快乐无限！

诵读是十分幸福的，也充满诗意。当清晨醒来，洗漱完毕，香茗在口，清新的空气吸满胸腔肺腑，正襟危坐于床上，打开自己喜爱的书，朗朗的读书声就弥漫一室，此时我仿佛回到了中国古代——那个古色古香，充满书卷气息的年月。读着读着，常常既被古人也被自己感动，有时情不自禁流下热泪。每次诵读白居易的《长恨歌》与《琵琶行》，我都哽咽得难以为声。我发现，读书有三境界：一是目视；二是头脑思考；三是心悟。而达到第三层最为重要，这是读者与作者间灵魂的贴近与对语。

不少人有一目十行的读书本领，我则不能。我更推崇"十目一行"的功夫，这当然是指那些经典名篇而言。所谓"十目一行"，就是不仅注重每个字，还注重字与字的关联，注重字缝间的意思，更注重字面下的深意。如"差强人意"一词，多数人在报刊上用"还不令人满意"之意，其实它的意思正相反，是"尚能使人满意"。一成语如此，读书内容更当作如是观！正所谓失之毫厘，谬之千里。这种阅读法看似劳累，但有兴趣在先，当然其乐无穷。

"水滴石穿"的读书法非常重要，它是快乐的源泉。许多人总觉得只有大块时间方能读书，所以将读书视为布兵打仗一样不自由的活动。其实，读书无需条件，随时随地随意即可，车上舟中、街头巷尾、睡前醒后都可读书。这样，将每个五分、十分或半小时，甚至更长时间日积月累起来，那就相当可观。我现在养成手不释卷的习惯，身边总带着书，闲来无事就看上两眼，一面增加知识，另一面有快乐在也，即充实、饱满和幸福之谓。

当然，书不是万能的，它必须假以生活的阅历和行万里路，方能使人开悟！而且，像叔本华所言："读书人的头脑不能成为别人的跑马场，他必须自己思考，书只是一个向导，真正走路的还是读者自己。"因此，读一本书细细咀嚼，品出自己的滋味，是我的座右铭。

书，在我心中不只是物质，它其实是有生命的。我甚至能感到它的姿容、声音、气味、性格、感情、品位和境界，尤其在夜深人静和孤独寂寞之时。而夜读茨威格的《一个女人的二十四小时》，这种感受尤其强烈！哎，美好优雅的书，它令我既忧伤又甜蜜，既激动又静穆，既有知又不知。在我生命的旅程中，有书为伴，将会减去不少的寂寞时光。

乐在"棋"中

我与"棋"结下了大半生的不解之缘。

很多人不愿甚至讨厌下棋，它既费时又累脑子。在我，则喜欢其间的智慧、无边的欢乐，还有难以言说的"很有意思"。

从懂事起，我下的是军棋，是由司令、军长、师长、旅长、团长、营长、连长、排长、工兵、军旗组成的那种。内容简单，子力不多，简单易懂好学，这是农村孩子们的玩具，也是一种较高的智力游戏。那时，一有时间，我们几个孩子就到大伯家下军棋，捉对厮杀。因为只有一副棋，只能输者下，赢者守擂，换人上去攻擂。军棋分两种下法：初学者喜欢明棋，两人将双方兵力明摆，再包袱、剪子、锤，猜对的先手下棋，后者吃亏。有一定水平了，就对明棋不以为然，改下暗棋，即谁也不知道对方怎样布局，相互攻击，由第三人做裁判，最后看输赢。我不是下得最好的，但胜率颇高，这是最早形成的棋瘾。儿子小时候买来军棋，我与他下过，但找不到童年的乐趣，儿子也不像我那样有瘾。

下象棋是农村另一活动，一些干不动农活的老人往往在街头巷尾摆开阵势，特别是春秋时节，在阳光明媚之时，也偶有散人和闲人围观，这成为乡村生活之一景。与方块军棋相比，圆圆的象棋太难，特别是下棋人总是长考，半天不走一步棋，不会引起孩子关注。因为爷爷的弟弟王殿尊喜欢下象棋，家住得又近，我就偶尔去旁观一会儿。小爷爷年纪很大，又患有严重的肺气肿，他坐在小凳上，一边不停用嗓子拉长长的胡弦，半个村子都能听见，让人难受至极；一边是吃对手"子"或"将"一"军"时，棋子碰撞得震天响，颇有胜券在握的气势。小爷爷长得与我爷爷王殿安很像，严肃程度也像，我一直怕他们，没留下疼爱我的感觉，只有那声声拉不长也拉不断的呻吟声，让我对象棋留下深刻印象，也知道了一些棋理。后来，偶尔也与人下过象棋，但输多赢少。后来，在济南、北京城里的街头巷尾遇到下象棋的，也会停下脚步欣赏一番，但有时围观者众，要做的事太多，总是看一两局就快速离开。

读硕士研究生时开始接触围棋。那时，学习自由轻松，吃饭时，大家捧着碗到每个房间串门，看看这个，聊聊那个，一顿饭就吃完了。有一次，转到一个寝室，发现围了一大圈子人，探头进去，才看到两人在下围棋，一白一黑，在一个木质棋盘上敲得脆响。以前，有过下棋基础，也有兴趣，这样一来二往，我就看会了。后来，我就上了手，与初学者切磋，互有胜负。下着下着，就上瘾了。与军棋和象棋比，围棋更容易学，知道两个眼活棋就行，谁围得棋子多谁赢。当然，这里面的道道很多，水极深，学会容易，下好难。围棋极费时间，有时来了兴趣，我们就下通宵。自从爱上围棋，生活的乐趣与日俱增，但读书学习的时间少了，这是一个重大损失。考上博士，到了北京，因为棋逢对手，对围棋的兴趣有增无减，当时的两位棋友，一是赵峰，另一个是温小郑。最厉害的时候，我与温兄一夜连下36局，我俩都有巨瘾，我比他瘾头还大，也更加感性。那次，一局棋厮杀得难分难解，温小郑就让我稍等一下，他自己上床后脑袋朝下，我认为他在向床下找什么东西，结果他说："脑子有点不好使，控一控血，然后与你继续下。"我当时比他年轻，无头脑麻木感，但现在想来，还真有点后怕。可见我们沉溺于围棋有多么深。

毕业后，我被分到中国社会科学院工作。单位有几位围棋爱好者,于是午饭时间成为我们下棋的时间。从单位食堂打上饭,回到摆好棋具的办公室,一边吃饭一边下棋,仍是老规矩,输者下而赢者上。后来,有同事作星云散,不是调走了,就是去世到另一世界,最后剩下我和王和先生。王和大我十多岁,他的棋瘾大过我。每当吃午饭,他总是第一个拿着碗筷到食堂排队,然后到我办公室催我,立马吃饭下棋。一旦开局,我俩下的是快乐棋,很少长考,快时二十多分钟一局棋,输赢意识不强,这样一个中午能下好几盘。有一次,我俩越下越快,竟自感胡闹,于是收拾棋子,然后重下。因棋逢对手,所以乐在其中矣!一旦哪天有事,我没去单位,王和先生就在我办公室等着,将棋摆好,自己还在棋盘上先放一子,然后急不可待给我打电话。我摸准了他的心理,说今天实在脱不开身,去不了单位了,他就鼓点似地催,大有如我不去,他以后再不理我,也别想跟他下棋了的架势,可谓气势如虹。有时,我急着赶过去,他就眉开眼笑,高兴得像个孩子,幸福指数明显提高不少。一旦我确实有事,去不了,就听电话那头,他在连续催促后无果,所发出的长长的叹息。此时,我知道他一定饭不香、睡不着,一下午的工作都会无精打采。如今,王和先生退休多年,其间他请我在洗浴中心下过一次,再后来因为都忙,我们就很少有机会下棋。前几天,王和兄将他的大著《左传探源》(上下)快递给我,一股暖流涌遍全身。

后来,《中华读书报》的祝晓风调到我单位,我们原是棋友,这样更方便下棋,有时他也到我家里下几局。后来,他又从我单位调走,闲时就邀我到中国棋院下棋半日,那是人生中美好的时光。在棋院下棋的人不多,桌椅和棋具一应俱全,又有茶水供应,费用不高。最重要的是,各个房间有围棋高手的书法作品,像吴清源、藤泽秀行的书法风格迥异,据说都是真迹。与吴清源书法的平和冲淡、清气飘逸不同,藤泽秀行的书风在质朴、笨拙中见厚实与真纯,给人以大力士勇搏猛虎之感,欣赏之余有一种强烈的悲剧感。我与晓风下棋充满更多乐趣和玄机,他总觉得比我的棋高明。一次,我问他,到底我俩谁的棋厉害?结果他脱口而出:"当然我厉害了。"我又问:"十盘棋,我俩输赢是几比几?"他毫不含糊道:"八比二。"我再问:"谁是八呢?"他就毫不谦虚回道:"当然是我了。"我不服,于是就开赛,每次都有比赛命名,还都做记录,以免哪个人届时死不认账。有时,我会在一张纸上写道:"北京首届学人围棋擂台赛在京举行。"下面写上我俩的名字。还有时,我会写上:"世界第一届学者围棋擂台赛在中国棋院正式举行。"更有时,我会将头两字换成"宇宙"。总之,命名越来越离谱,也越来越玄乎其玄。有趣的是,晓风每局棋都让我写上输赢的具体子数。我就说,输赢半子和一百子没什么区别,不必这样麻烦。此时,晓风就会半真半假道:"那绝对不一样。"他仿佛在说:"在棋子上输赢的多少,也代表真实水平和实力。"不过,说实话,晓风的棋力虽然整体而言比我强,但说他能以"八比二胜我",还是有点夸张。通过比赛,他赢我的概率大致是六比四,至多七比三,从而破除了"八比二"的神话。还有一次,晓风手机通知我找地方下棋。很快,他就说已开车到我楼下。当我下去,坐到车里,开车前他突然问我:"你知道我今天为什么提前五分钟在楼下等你吗?"我说不知道,事实上真的确也不好猜。他就笑眯眯告诉我:"让你享受一下副局级的待遇和感觉。"这是晓风说的一句玩笑,与他平时的一本正经形成鲜明对照,这让我理解了,一个人的内心可有多么丰富多姿。

较近一次下围棋,是到王干家里。那次,在作协开完会,王干就问我,下午有事吗,如无事就找几个人一起,到他郊区家中下棋。于是,一行人就乘车进发,一会儿李洁非也来了,于是大家捉对厮杀。最有趣的是,王干与胡平下的一局棋。开始,王干一路领先,胡平陷入苦战,一大块棋被围,面临全歼,只差一口气。当然,王干的棋也只有两气。于是，王干兄开始向大家"谝"，说他曾跟国手常昊下过棋，并取得较好的战绩，那当然不是平下，而是被让子棋。但说着说着，胡平让王干注意，他要提子了，因为王干走神，自撞自己一气。结果，两人互不相让。一个说，自己苦苦支撑，终于守株待兔等来时机，必须提子；一个说，干了半晚上，好容易有一局好棋，怎能因自己马虎，让对方随便提子呢？这是一个难以调和的场面，当时王干用手护着棋局，就是不让胡平提子。在我的劝说下，胡平终于让步，不提王干的子了，风波于是停止，风平浪静了。结果当然是胡平败北。我发现，此时的王干神采奕奕，且自言自语道："下盘好棋容易吗？哪能说提子就提子，再说确实是我自己马虎了。"而胡平则变得有些沮丧，仿佛是拾到一个金元宝，却被警察罚了款，理由是："街上的金元宝也能捡？"但如按棋规论，王干不管是什么理由，都不能悔棋。事实上，胡平虽败犹荣，并且占据了道德的制高点，这叫做"有容乃大"。作为旁观者，我们在这局棋中得到的乐趣，显然比当局者要大得多。天快亮了，我们才不得不上车回城，王干直奔单位上班，我则回家睡觉。下了一晚棋，没睡觉，有人还精神饱满，不能不佩服。

现在，很少有时间下棋了，更没有沉迷和醉心于围棋的时光。偶尔也会接到王干兄邀请,我都以有事谢绝。最近,应郭洪雷兄之邀,加入"文学围棋"微信群,里面都是熟人和朋友,像南帆、陈福民、吴玄、傅逸尘等先生。有时看看他们在网上对弈,别有一番情趣。只是时间匆忙,有时只看两眼,有时也复盘一下他们的战况,并非特别认真执着,也是一乐。

前些年,一人还常在午后阳光下或夜深人静时,盘膝坐于厚棋盘前,对着棋书打谱,领略一下年轻时的狂热。所以在《济南的性格》一文的末尾,我写过这样几句话:"风过无痕,雁去留声。我就是那一阵子风和那只孤雁,在飞过、栖息过济南的天空与大地时,现在还能寻到什么呢?不过,我坚信,在心灵的底片上,济南永远清新,尤其在夜深人静、孤独寂寞时,一个人与琴音和棋枰相伴相对。此时,飞去的是超然,落下的是悠然。"如今,连听一听棋子敲击于棋盘上的清脆悠扬之声,也交给想象和梦境了,而不是在现实中。

如计算一下,多少年来,我在围棋上花去多少时间,那一定是个天文数字。不过,至今我不后悔,因为围棋教会我许多人生道理,也让我理解了天地间的不少密语。更重要的是,它给我带来无穷无尽和无以言喻的欢乐,一种只能面对秋风叙说自己心境的那种感觉。

半醉半醒书生梦

我现在从事学术编辑和研究工作，有时还写点散文和随笔，于是人们称我为编审、学者、作家。作为社会中人，不客气讲，我为人正派、做事认真、作风干练，不失为好男儿。不过，实质上，我只是个"书生"，一个不可思议、半痴半醉甚至半傻、常"梦游"的古怪书生。

提起"书生"，人们先会想到他的无用和好笑。古人不是说过："百无一用是书生。""宁为百夫长，胜作一书生。"刚上大学，老师曾用讽刺口吻批评某些人不思进取、封闭保守，举的例子就是中国古代"摇头晃脑"背死书的老学究。鲁迅小说《孔乙己》里的主人公，他这个无用的老"书生"几乎被批得体无完肤。还有，说起做"黄粱美梦"的那个古代书生，人们多少是带了几分不解甚至嘲讽的。不过，即使如此，长期以来，人们对"书生"仍怀有一份敬意，至少是一丝温暖、善意或怜惜之情吧？

　　然而，今天的时代大为不同了，我们很少有"无用书生"的容身之地！不要说"无用书生"无经营之长技，就是经千辛万苦、成年累月写成的著作，有时不仅没有稿费，还要自掏数万元腰包出版。就是在世人眼中，书生也都变得古怪，成为令人生厌、不足挂齿的多余人和怪物。有朋友曾对我说，他用心血写成的书出版后，小心翼翼递给妻子，本想博得几句鼓励和安慰，结果对方像"清风不识字"一样快翻一过，就把书扔到一边，不置可否。朋友只有叹息，我就开他的玩笑说："兄弟不要伤心，更不要将此看成漠视，能翻一下就很不错了，你这书生的尊严就没完全丧失。"还有一位二十世纪八十年代末相识的同事，他曾在刚恢复高考时，以优异成绩考上大学，当地一高官将没考上大学的女儿嫁给他，后来他们生得一子。没想到，随着商品经济大潮的来临，高官之女抛夫弃子，从此再无情意。这位同事既作父又作母，常带幼子来校和参加聚会，父子情深一目了然。同事木讷少语，多是满面笑容的听者，他的音容笑貌让我想到秋阳下丰获的大地。因为人情不管如何淡漠，大地是从不嫌弃弱者的。还有一个与"无用书生"有关的故事，它曾撼动过我的灵魂。那是一档电视节目，说的是一对家庭老夫老妻的恩怨。整个画面都是强势妻子以强势的手势和语言,悲愤地叙述着丈夫的无能与无用。丈夫曾是个大学生,但在身为中学教师的妻子眼里,无疑是个废物,他无权、无钱、无能、无趣,在与他人的比较中,妻子极力贬低、矮化甚至丑化丈夫,我看到了一个妻子的无情、蔑视甚至厌恶。当主持人问及她最不能容忍丈夫哪一点时,这位妻子竟说出了"读书,死读书""别人都去挣钱,他却整天待在家里读书""读那些烂书又有何用?"她还举例说,一次,周末与哥哥、妹妹几家同去钓鱼,丈夫一手拿鱼竿,另一手仍捧着书,让她几乎气死。有趣的是,无论妻子如何言说和愤怒,丈夫却没有反驳、更无愤怒,而是平静如止水般听着,一如一只可随意被扔进垃圾的筐子。不知为什么,看到这个画面,我禁不住泪水长流,为这个世界的狭囚与功利,更为这些"无用书生"的命运。他们在如狼似虎的社会竞争面前,是何等软弱、无力、无望,只有等待灭亡和绝种的命运吧?

想想古代的杜甫、蒲松龄和曹雪芹,用我们今天功利的眼光看,他们就是"百无一用"的书生。不要说他们没有在官场周旋、钻营的心智和技能,没有在商场昧了良心大发横财的头脑,就是让他们填饱家人的肚子都难。然而,他们却创造出"朱门酒肉臭,路有冻死骨"的诗句,写出《红楼梦》和《聊斋志异》这样的经典名著，于是变成了"无用"中的"有用"，因为这些书生有正直之心和悲悯情怀。也许有人会说，杜甫他们最后有所成就，而现在的书生是无所事事和毫无用处。事实上，在杜甫的年代，今日看来"有用"的写作也属"无用"，甚至是"无聊"之举！不是吗，即使在二十世纪三十年代，林语堂还在小说《京华烟云》的序里写道："'小说'者，小故事也，无事可做时，不妨坐下听听。"如果说，在那个时代，"杜甫们"的妻子或社会风气容不下这些"无用的书生"，那就不可能产生这些伟大作家和作品。

我也是生活于当下的书生，某种意义上说是个"无用的书生"。好在我运气好，遇到了不嫌弃并且一直鼓励、爱护我的人。年幼家贫，是母亲告诉我，要读书、断字、知书、达礼，所以即使处于社会最底层，母亲总是希望我读书。甚至出现这样的情况：看到我读书，母亲就喜笑颜开，我放下书、要帮母亲干活，她却一脸不高兴。后来，母亲离开人世，父亲和哥哥、姐姐、弟弟全力支持我读书，我能由农民之子考上大学，读到博士学位，都与他们的推力和辛苦有关。我的岳父母最重学习，一女一子均考上名牌大学，他们将学习看得比什么都重要。也是在好学这点上，我和岳父母一家人有了缘分和共鸣。所以，多年来，我的岳父母从不问我挣钱治业之事，倒对我出的每本书、发表的每篇文章都十分关心。我的妻子是优秀的，也可称为伟大的，在许多方面她都无人可比：我与她曾是中学同班，她曾以全校状元、全县第二名的成绩考上北京的名牌大学，而我却以低于她30多分的成绩考上一普通大学，然而，她在我面前并没有名校的优越感；她的家境远胜于我，我家是一无所有、地道的贫穷农民，但她却从不嫌穷爱富；她不到四十岁就晋升为中国社科院的研究员，而我到了44岁才成为一个编审；儿子自小到大都是妻子带管，除了正常学习，各种补习班和升学计划都由她考虑和完成，我很少过问；我在家中就像个大孩子，除了偶尔涮涮碗，可谓是典型的甩手掌柜，一切事务均由妻子办理。一个典型的例子是，连我的内衣和袜子都是由妻子洗的，我只是脱下一扔了事。每次出差，所有物件我从不操心，都由妻子代理，届时我提起箱子放心出门就是了。最令我得意的是，在家中我是完全自由、无拘无束的，甚至可以犯浑和说胡话。比如，到了夏天，回家脱下一身束缚，我赤裸着只穿妻子一条裙子，虽有点紧，但惠风和畅、舒服无限、如飘如仙。妻子不管，只是笑笑而已！又如，我在家里常毫无来由、自言自语道："啊，春天，美丽的小鸟儿，你姓什么？"我还会感叹："啊，世界，你动人,你动人,你还动人。"说这话时,我无目的、目标和针对性,只像个演员更像个傻子一样吟咏,且一遍一遍、不厌其烦,直到自己腻了为止!对此,妻子不恼不火,无言地包容,仿佛没有听到似的。到后来,儿子一听到我"啊"一声,就接过话头,代我陈述下去。再如,我洗完脚,总喜欢往脚趾缝里夹卫生纸条,这样既吸水又舒服,但因没有自捡的习惯,所以纸条常留在床头或落在地上。尽管妻子时有提醒,但我总将她的话当耳旁风,她也就不停地为我收拾。我虽知道自己不对,也理解妻子的辛苦,但总改不了,甚至无意于改正,妻子也只能默默地容忍。这让我想起林语堂对妻子的感恩,他说:"最让我感动的是,妻子能容我在床上抽烟。"他甚至说出这样的歪理:"在家中如不能随心所欲,那还叫家吗?"数十年来,兆胜能够感到家的温馨,很大部分在于:妻子对我这个"大孩子"式书生的照顾和包容,包括一些"小恶习"的忍耐。

关于家庭经济与发展,我更是个"无用的书生",除了爱书,可谓一无长技。直到现在,我仍未买车,而且对此毫无兴趣。多少年来,我们一家三口住的房子只有数十平米,堆积如山的书令我们无法容身,是妻子下定决心买下一套大房子,才避免了我这穷书生蜗居陋室的结局。买了房子,妻子一直催我装修,但我一拖再拖,直到四年后,妻子才无奈地说:"你不动,看来只有我自己动手了。"于是,她开始投入到辛苦、持久、奔波的劳作中。在装完新房后,妻子又接着将旧房装修一番。那时,除了买家具等重大选项外,我很少帮忙,在整个装修过程中,我只去瞧过两次,而仍然是整天将自己泡在书中。我知道,在这方面更暴露了我的"书生"慵懒和无用,但妻子却任劳任怨、毫无怨言,这让我备感自责和内疚。最值得提及的是,对于我这个无用的"书生",妻子不仅从不责备,更无愤怒和厌弃,反而总是说:"我觉得你做个书生——干干净净(其实,我一点不讲卫生,甚至有些邋遢,此处为心灵之谓也!)的书生——挺好。现在,外面的环境复杂多变,你读读书、写写文章、做做学问不是很好吗?"她还加了一句:"在这个急躁和功利的年代,有宁静的内心、耐得了寂寞、守得住孤独,是很不容易的。你要有定力。"应该说,与妻子生活的二十多年,她没给我这个无用的"书生"任何压力,也从不将我与许多"能人"比较。不过,妻子对我也不是过于"溺爱"和"纵容",在许多方面要求还是比较严格的。比如,我有一颗不安的灵魂,年轻时曾想过出家当和尚。因进不了北京,还曾想放弃一切,成为以书画为生的"北漂族"的一员。前些年,单位由不坐班改为坐班,我心生退意,即欲放弃一切而成一"自由人"。我甚至对妻子这样说："放弃公职后，我最想做的事，是留起长发、蓄起胡子，左手一支竹杆，右手一块玩石，左肩前后跨背一副围棋（黑子在前，白子在后），右肩是写字、画画的笔墨纸砚。然后，像个乞者似的行走天下。这样的人生还真值得一过。"然而，妻子却反对说："这种想法倒有点诗意。不过，一个真正的君子一定要有责任和担承。你想，现在有多少人没工作，即使有工作收入也极低。你从事的工作是有意义的，也是你喜欢的，每天看优秀学者写的优秀之作，每天都在提高，多好的事！更何况，你单位的事业蒸蒸日上，遇到坐班这点小困难就胡思乱想，你可要知足才是。"妻子还补充说："面对困难，不同的人有不同的看法和做法。如你不怕困难，困难就会怕你。"听她一席话，胜读十年书，于是我欣然接受劝告。至今，我已坐班三年有余，确实没被困难打倒。

从妻子身上，有时我能感到一股丈夫气和难得的远见卓识，这正是所谓"巾帼不让须眉"。这可能既是我这个无用"书生"之福，也是优秀和伟大女性的光辉闪烁与迷人之处。有时我想，无用的"书生"在当下渐渐变成稀有品种，在此，我不得不放声疾呼：人类进步需要激烈的竞争甚至战斗，但也要有宁静甚至慵懒的生活与人生，这样方能养成一种恬淡、余裕、内敛、超然的精神气质。因为生命和人生到了醇熟的境地,不只是要算计如何成功、获得、追求和奋斗,还应好好体会怎样快乐地度日,以获得心灵的快乐和人生的智慧。

任何人可能都难避免受"富贵心"的影响,但最重要的是不要受其驱使和奴役。《红楼梦》里的王熙凤何等聪明,又是多么高傲甚至目中无人,但她做梦都不会想到,当她死后,女儿身处危难,别人甚至亲戚、朋友都在落井下石,唯有刘姥姥施以援手,救人于危难!何以故?一个重要的原因是,王熙凤曾对刘姥姥动过恻隐之心,接济过她。许多人都赞美宋家姐妹尤其是宋美龄的美丽,但我觉得她不是最美,至少她不可能嫁给一个无用的"书生",因为她有"富贵心"。今天,好多人尤其是女性,之所以不能达到高尚纯美的境界,变得世俗无趣,就在于有太强的"富贵心"。沈复在《浮生六记》中写到他的妻子陈芸,这是一个"布衣饭菜,可乐终生"的女性。她没有"富贵心",而是有着散淡、自然、快乐、优雅的心性,所以才能对一介"无用"的书生视若珍宝、爱护有加。

当然,说自己是无用的"书生",这既是自谦,更是站在世俗一面来说的。事实上,我们又有"书生"的"有用"的另一面。"书生意气,挥气方遒"是何等气魄?

中国古代士子的"剑胆琴心"以及伯牙、子期的知音之感，那是我们的向往和追求。中国现代的鲁迅、林语堂也是有节操的书生，他们"从不骑墙，更不说违心话，连这种想法都没有"，这是书生的硬骨头精神。我们虽无法与古代先贤相媲美，但也有自己的独特之处和书生本色。比如说，多年来，我过着一种有节制的生活，对妻子情感专一，感情从不外逸，除了妻子，从未与任何女性发生肉体和精神纠葛，这种"守身如玉"既是一种责任，又是一种生活方式，更是一种信仰。与亲人、同学、朋友、同事甚至是陌生人，我都保持一种和善和友爱的态度。有时，即使看到树丛的枝条在寒风中摇曳，也会为之动情、落下热泪，其心境与情韵颇似"感时花溅泪，恨别鸟惊心"的诗句吧？我总觉得，一介书生既要保持自己的内心纯粹、圣洁，又要心怀天下，有大的悲悯、温暖和仁慈，就像伟大的阳光总试图去照亮世界的每个角落一样。

作为一介书生，我最大的长处是常让思想"梦游"。我们不是政治家和社会活动家，而只是些有梦的人，所以常能触动灵机、让心神遄飞，一些奇思妙想就会振翅飞翔。我曾想过许多各式各样的问题，有的是有些道理的，有的简直是滑稽甚至荒唐可笑的，从中可见我的正经和胡闹，以及无法言说的一些心灵隐秘，下面仅列数条求方家指正：

在城镇化的路上，我们自觉或是不自觉地让一些传统文化流失掉，如乡神、乡村精英、民间文化，这是中国乃至世界未来发展中难以估价的损失和困境。

丧葬制度改革将导致文化断流，祖先崇拜意识淡薄，从此之后，通过地下文物来保存和研究人类文明的血脉就可能中断了。

必须对西部大开发有正确的理解，如只停留在经济维度，不重生态和环保，未来中国的水资源状况将是可怕的，其危险性甚至远超出石油等能源的匮乏。

多年的城市发展因缺乏前瞻性、文化意识和审美元素，从而导致全国城市建筑的千篇一律。如在改革开放前，哪怕提前五年，国人能从整体性、地域性、文化性、审美性等角度，对每个城市进行独具个性的设计，今天的中国都市将会大为不同。不要说它们的美，只旅游这一项就会呼蜂引蝶，让世界人民都来欣赏。其经济效益是千万个化工厂都难以比拟的。

出租车司机最不便的是上厕所，如设计出一款方便好用的便壶，让司机背在身上，既是一种为民生之举，又会拉动经济和财富增长。

如有车主压死路人，不是交点钱就算了，而是除了判刑，永生不准犯人开车和摸车。

适当降低艺人的酬金，给予科学家和贫困的书生更多的经济与社会支持。

不要让长江源头支流的好水白白流走，而是用矿泉水瓶装起来，埋到中国西北沙漠，以备未来人类无水可用之时急用。

对学校、警察、医院等部门重新进行严格考核，用最现代化的仪器将贪污者、无能和不作为者排除在外，就像今天用先进仪器对学术成果的原创性进行检测一样。

现在，越来越多的博士争先恐后考公务员，其次是创业。即使是许多学者、文人在一起，谈的往往也多是股票、炒房、升官和女人。"真正的书生"往往被世人看不起，更别提那些"无用的书生"了。于是乎，书生成为今天"稀奇的古董"。我不知道，除了我，还有没有会做梦的"半醉半醒"的书生了。

文化书香的涓流

中国文化的主流是由支流汇聚而成，今天的涓流又离不开源头活水以及代代传承。文化看不见，摸不着，它无形、无色、无香、无味，但却能经过书页、口口相传流进人们的心里，并以"文"化"人"的方式，影响世道人心与精神气质，改变着家风、世情、国运，甚至成为一个民族、国家的深层基因密码。

在武汉市经开区内有座小山，叫"设法山"。据说，这是三国时诸葛亮登坛作法之处，因周边曾是三国古战场，所以，现建有"三国历史文化公园"。在公园南侧的川江池畔，建有"轩辕书社"，因历史上有"黄帝造车"的传说，黄帝又被称为"轩辕氏"，"轩辕书社"的名字由此而来。

"轩辕书社"有高高的门楼，给人以高山仰止的感觉。

当天，我们参加轩辕书社的揭牌仪式，长长的红装让轩辕书社的大门格外喜庆。穿过宽敞的厅堂，进入轩辕书社，内有各种各样的书籍，平正的桌椅干净清丽，让人神清气爽。特别是陈列的各种现代汽车模型，将书社营造得颇具时代感和现代感。这与五千年前的轩辕形成绵远的继承性，也有新时代大国工匠的探索创造，更是武汉经开区着意打造"文化车谷"与"书香车谷"的用意所在。

参观了岚图汽车生产线、车谷科创中心、双智无人驾驭汽车，我们被这里的高科技、智能化、天蓝色所陶醉，那是轩辕时代做梦也想不到的奇迹，也是由古老到现代的一次转型与飞跃。当年，鲁迅先生在《自题小像》中，有一句诗写到"我以我血荐轩辕"。这里的"轩辕"，由"黄帝"引申变成"祖国"，表达了鲁迅爱国救国的高远理想。今天，武汉经开区的新型汽车载上"文化车谷"与"书香车谷"风驰电掣，走向了全国乃至世界各地。

与轩辕书社隔湖相望的是鲁迅书店。这是由北京的鲁迅博物馆、武汉经开区合建，也是鲁迅博物馆在京外开办的首个文学艺术空间。长方形的红砖建筑一线铺开，三个透明的玻璃拱门加两边的虚设拱门一起敞开，三级台阶与两个松柏盆景仿佛在向客人伸手迎接，它们共同营造了鲁迅书店的庄重、开阔与辉煌。走进书店，有《鲁迅全集》

摆在最显眼位置,还有鲁迅的肖像、鲁迅的元素、鲁迅的文创,我们走到哪里都能感受到鲁迅锐利的目光,以及现代精神的熏染与启示。

在此,"轩辕书社"成为一面古今通鉴的镜子,折射出历史、现实、未来的光束;"书香车谷"也让人想象着中国智慧与中华精神走向世界的步履。

在武汉经开区图书馆内,我们举行了赠书仪式,而在图书馆外,则有一些小学生穿着汉服,一人一个位子坐在那里认真练习书法。我在一个小朋友面前停下来,细心观察她写字。

这是一个二年级学生,她天庭饱满、神清气爽、宁定从容,旁若无人在写一幅隶书,内容是"穆如清风"。我一边看她写字,一边闻着书香,她写好后竟慷慨赠我。为表谢意与鼓励,我也写了一幅同样的字赠她。

中国书法源远流长,是世界艺术宝库的精品,也是静心、养气、聚神的良方。一个孩子能热爱书法,并长久坚持下去,身上就会充满书卷气息。现在的孩子往往坐不住,容易走神,更缺乏定力与毅力,通过学习书法慢慢会有所改变。

作为国粹,书法的继承发展越来越成为一个问题。由于电脑的普及,许多年轻人连字都不会写了,更不要说写出美妙的书法。从小学生陶醉于书法，我真切体会到，中国传统文化确实应从孩子抓起，让文化和书卷气在幼小的心灵中扎根。

武汉是一座英雄城市，它有着悠久灿烂的传统文化，其中，诸葛亮的羽扇纶巾与儒雅风度就是一张名片。经开区有强烈的自然生态意识，更注重文化与书香的传承，这从轩辕书社、鲁迅书店、汤湖工人文化宫、汤湖戏院、汤湖美术馆，以及读书日与送书活动中，尽可领略古今文化的融通，还有优秀传统文化的创造性转化与创新性发展。

写作是最美好的人生方式

人生的方式有多种，于我，都有难忘的美好体验。比如，练习书法，线条变化仿佛是墨迹在白纸上舞蹈；打一套太极拳，身心随着意念自由运转，犹如旋风中的一片枯叶自高空飘然落下；听听音乐，心潮澎湃，与海岸、浪花追逐和激荡，于是产生心灵的共鸣；还有冥想，席地而坐，闭目养神，让自己与天地交接对话，特别是在放空自己时，自有一番天地间的神游澄怀。不过，我用时最多、投入精力最大、体会最深、取得成果最丰的还是写作。写作，成为我多年来最难离开、有着最美好感受的一种生命形式。

从生活中走来

不论是学术研究，还是文学创作，都离不开生活的土壤。就像一棵小树，它必须将根深深地扎进大地，吸收其水分和养分,在阳光的照耀下才能茁壮成长。因此,写作并不简单是技术性的,有没有生活特别是独特的生活感受,是成败的关键。一个人无论多么聪明与才华横溢,如果没有深厚的生活感悟,是无法写出佳作的,即使一时写出来,也难以保持长久。

路遥曾说过,生活的大树万古长青,我们在它的枝头跳跃,禁不住高声歌唱。这句话说得特别精彩,我能感到生活对于我的滋养及其根本性意义。一是农村生活丰富多彩,这是我的生命之根。它像泉水一样,一直灌溉和滋润着我的心田,也成为我坚持写作的动力源。广大农村天高地厚,直到今天我仍能体会其天蓝、地远、山高、水长、云淡、风清,还有秋天的枯树在风中啸叫,河湾结冰时孩子在上面的天真烂漫和自由欢笑,还有那些从房檐的瓦片上坠下的冰柱子,以及从水缸里捞出的冰片,把它们放在嘴里咀嚼,所发出的咯嘣脆响,今天想来这一切都带了鲜活的诗意。二是农村有着无穷无尽的童年生活的欢乐。与今天的城市孩子相比,农村的童年乃至少年的文化生活是极度贫乏的,不过,因为没有学习的重压,又有各种好玩的游戏,还有小伙伴们的纯真友谊,于是,生活变得特别快乐。有时,晚饭后大家捉迷藏,我们就会将自己藏起来,因为过于隐蔽,结果谁也找不着谁,时间长了,我就会在玉米秆的草垛里睡着了,当深夜时突然醒来,一看满天的星斗,在凄楚中有一种异常美好的感受。随着年岁增长,生活与学习的压力越来越大,但心底却一直有一种坚韧的承受力,这定是因为童年与少年时代,我们是真正地玩过,没有让精力过早透支的缘故吧?三是注意观察生活,特别是在细微之处,这有助于我的写作表达。我写过一篇《纸的世界》,其中有我与窗纸、爆竹、书本、宣纸、线装书的亲密接触,也有我熟知的打印纸。这些感受都源于对生活的细敏的观察。文中有这样一句话:"纸的世界仍是个谜,当一不小心被打印纸划破手指。此时,柔弱的纸怎么一下子变成了锋利的刀。"因为在我抚理着那些打印纸时,多次被它划伤,伤口甚深,让人不寒而栗。

生活有时比文学精彩,只是可能没有被我们发现而已。有了生活,加上善于观察,还有善于发现,并将这些感受表达出来,才有可能成为好的写作。于我而言,生活就是那些浓浓的墨汁,我用热爱生活这支笔饱蘸着墨的激情,在柔软温润的宣纸上书写,能充分体会一种丰沛充盈和淋漓尽致从笔底自然而然地流淌。

真情与实感

在写作中,最宝贵的是什么?我认为,是真情与实感。这个在不少人那里不以为然甚至被极力贬低的内容，在我看来是一般人所缺乏的。用虚构写作，认为这个世界都是虚假的，那就很难有清泉自作家的心底流出，也不会对读者产生真正的感动。

清代张潮说过，情之一字，所以维持世界。其实，随着社会的功利化加重，人情变得越来越世故，世态凉薄已成常态。因此，虚假之人多多，无情与薄情者也不在少数，有情有义者非常难得，有深情者更是少之又少。这也是中国人对于知音、知己极其珍视的原因。有实感也是如此，现在虚头巴脑的写作太多，能像大山一样朴实地矗立在读者面前的作品比较少见，不实的虚妄的创作终究走不进世道人心。比如小说《红楼梦》，它如果没有那些宴席、药方、对话、交游作为坚实的基础，其宗教情怀也就必然成为一个虚诞。

我始终坚持真情与实感的写作态度。研究林语堂散文时，我格外注重细读作品，不会用理论、概念去简单地套用，更不会理论先行，再去找有关作品进行补充说明。散文创作也是如此，《与姐姐永别》《大爱无边》《愧对父亲》《母亲的遗物》《老村与老屋》等都是从深情与真实入手，写自己被感动，然后将这种感受尽量表达出来，也希望它们能感染读者。著名作家韩小蕙曾写了《君子学者王兆胜》一文,其中有这样几句话:"我每每思之,最后终于发现,其实只用一个词,就可以把兆胜迥异于他人的特点概括出来,这就是前面屡次提到的'诚恳'二字。""诚恳是一种境界,全心全意的诚恳是一种大境界。王兆胜不是那种把'诚恳'时时顶在脑门上的人,然而当他瞧着你的眼睛,跟你说话时,他眼睛里闪烁出来的光芒,就叫'诚恳'。诚恳的基础是大善,大德,大美,在这个世界上,兆胜对谁都是这副暖暖的目光。"在此,小蕙对我多有赞誉,但她用"诚恳"概括我的写作是对的。因为我有深情,有同情,有共情,有"朴实"在,不论自己在哪一个点,都希望保持本色。这也是我为什么读林语堂、路遥、茨威格、纪伯伦等人的作品,常会泪流满面,从心底发出人生的感慨。我的写作也是如此,不论是散文创作还是学术写作,我都会被感动,有时纸巾都止不住泪水的涌流。

在我发表《与姐姐永别》一文后,有一天,收到复旦大学著名学者潘旭澜教授的信,他这样写道:

兆胜文友:

偶然在《文学选刊》上看到你的《与姐姐永别》,读后非常感动,心里久久不能平静。

你姐姐的品格很美很高尚，她对你的呵护、关切可谓入心入骨。大作让我想起我的二姐，我曾写了《天籁永存》悼念她。我近年极少写信，写这么几句，是为了让你知道我的感动，向如母的姐姐们献上一瓣心香。

握手！

潘旭澜
2004.9.2

潘老师长我30岁，他来信虽短，但情真意浓，是美好的姐弟情谊让我与潘老师联系在一起。最后一句"向如母的姐姐们献上一瓣心香"，让我一想起来就鼻子酸楚，泪水难以控制。

我曾写过一篇《三哥的铅色人生》，后来收到华东师范大学原副校长、著名学者王铁仙的来信，信中他谈到他的感动，以及与我的心灵共鸣：

兆胜同志：

您好！

前些天我读了您的散文《三哥的铅色人生》，是在最近一期《书摘》上看到的，很感动，一时心里沉重，也像灌了铅似的。我的家境虽比您好，但幼时也在农村生活过几年（解放前后读小学的时候），知道命运不好的农民的辛苦。您写得实在、深切，写事和写情都没有一句是虚的。您不仅写出了您三哥的惨苦，也写出了他的坚韧和善良，让人心动。您对得起您的三哥，您结尾的话，是对您三哥的人生和品格的一种总结，同时透出您在无奈中祈求，也只能这样了。不知您的老父和三哥的儿子现在情况怎样？我真是有点挂念。

我爱人也看了这篇文章，认为是血泪文章，是她先读了再告诉我的。

现在写农民、写农村的厚重之作太少。一般读者太飘浮（我不知道在农村里能看到的读者怎样），像路遥、周克芹那样的小说几乎找不大出来，真正从我们生活的厚土中生长出来又含着真情的作品太少了。

即颂

编安

王铁仙

2006.5.22

王铁仙老师比我大二十多岁,他能专门写长信寄我,强调的也是实在与深切的"真情",这是散文将作者与读者紧密相连的纽带。

当然,写作中的情感表达不是简单的,它要真正感人,离不开实感,还要有艺术表达。就像护士给病人打针,之前需要向空中推动一下,冒出一串珍珠般的药水,当针扎进肌肤,还要慢慢地推进。深情的酝酿与表达有一个复杂过程,绝非汹涌澎湃和一泻千里就可以了事。还有,真正的深情有时可能是无情的,是那种以大爱与博爱消解小我和自爱的努力。如我写两位导师朱德发教授与林非研究员,用的就是这种笔法,在他们看似"无情"(一个批评、一个放任)中,却包含了更内在的深情厚谊。

传统与现代

当前,不少人的写作没有克服传统与现代的二元对立。传统意识下的创作,往往对于农业文明极度热爱,对工业文明及其现代化进程抱着一种发自内心的拒斥。这既与一些作家的影响有关,也与自身的审美趣味不可分割。由于受到五四以来的现代思想影响,也由于我生长于农村,还由于近些年对中国与世界文化关系的研讨,我一直坚持辩证的写作立场。

一方面，我以中国文化为本位，坚信中国人的智慧与审美趣味，特别是中国人对于人生、生命的成熟理解，所以不会受到西方文化异化。基于此，我以中国的天地之道为根脉，以中国之心为容涵，以中国人的善待生命为旨归，去从事写作。有了天地之道，我可以反观"人之道"的局限，看到西方文化特别是近现代以来"人的文学观"存在的问题，我的一系列写物的散文都有这个特点。《老村与老屋》一文成为很多地方的中高考题目，一个重要原因恐怕不只是怀旧，还有中国人的惜物与乡愁，说到底是一种对生命之根的眷念。文中对乡村一草一木的描写，都是鲜活也是纯真的，还包含着童年、故土、亲情、人生的美梦。《水的感悟》一文不只是道家情怀，还包含了中国人对生命的独特理解，那就是：无论如何，哪怕是人生再艰难困苦绝望，都不能心灰意冷，而是要以一种达观、从容、快乐、自然的方式去应对，并从中理解生活与人生之美。在《纸的世界》一文中即是如此，一种中国人的精气神透过各式各样的纸，生命才得以升华，以难以想象的人生好梦使苦难与挫折得以升华。文中有这样的表述：

> 宣纸以柔韧著称，它有大地草木的芬芳，由炼狱般提纯而成，那种轻柔绵软经由生命浸透，

也是一种柔性哲学。当艺术家用柔软的毛笔蘸上墨汁和色彩在宣纸上运行点染,这是生命的再生——水、墨、色连带艺术家的希望与梦想一同融入,春花般盛开。有的书画作品可保存千年,这与宣纸长久的生命是分不开的。

春节到来,人们就会写对联、做灯笼、剪窗花,让全家焕然一新。对联和灯笼喜庆,将新气象渲染得无以复加;剪纸窗花不顾被剪之痛,为的是贴上窗户后的一室春晖,特别是旧纸窗映着月光和伴着摇曳的竹影,生活就会亮起来。如将红纸剪成喜鹊、凤凰、仙女,它们就会乐滋滋地飞上窗户。

纸包装的鞭炮爆竹充满喜庆,这是纸的最热烈的形式。当它们被点燃,激动之情难以言表,腾空而起的炸裂更是心花怒放。当粉身碎骨的纸屑从高空撒落,一地的色彩与浓郁的火药味儿充当了见证。

不知道为什么,这样的句子在笔下流淌,眼中的泪水禁不住江河般涌流。这是中国文化精神的落蕊在秋风中洒满一地,它不自觉打湿了人们心中最柔软的地方。而这也成为一种精神与灵魂的洗礼,让人感到生活的美好,也要倍加珍惜和感恩知足。

另一方面,受五四以来现代思想影响,我不能让自己被传统束缚。应该说,我的散文创作与研究一直有一个精神向度,那就是现代的价值观。像《高山积雪》《生死"地心泉"》《都市车声》等是有环保意识的,《半醉半醒书生梦》是批判时下功利主义倾向的。在文中,我这样写道:"今天的时代大为不同了,我们很少有'无用书生'的容身之地!不要说'无用书生'无经营之长技,就是经千辛万苦、成年累月写成的著作,有时不仅没有稿费,还要自掏数万元腰包出版。就是在世人眼中,书生也都变得古怪,成为令人生厌、不足挂齿的多余人和怪物。"文中还对车祸、贫富差距、沙漠治理等问题提出自己的想象式建议。

严格说来,传统与现代是不可分的。最重要的是,我们不能陷入两个怪圈:一个是西方文化崇拜,简单否定中国文化传统;二是回归到中国传统,无视现代社会的快速发展,特别是不能不感应时代的心跳,有前瞻性的历史发展眼光。"面向历史,背对时代"的写作久而久之就会变成作家的自语与自恋。

境界与艺术

　　写作最重要的是境界，也需要进行艺术化的表达。没有境界的写作，一定是平面的甚至是世俗化的，有时还是令人生厌的；没有文学性、审美性、艺术性的写作，将会形如散子、亦步亦趋、缘木求鱼，那样的写作既不感人，对自己也是没有多少益处的。我的写作试图追求一种境界，也希望在想象力、艺术技巧等方面有所尝试，避免陷入实有其事、真情实感、叙述过程的固执之中。

　　境界式的写作是需要从世俗生活中提升，进入一种博爱的世界。以人与万物的关系为例，不少作家总是站在人的角度高度赞美人的伟大，较少关注天地万物，即使写到万物，用的往往也是人的观念，很少能进入万物的心中。在《家住"四合院"》中，我注意站在"物"的角度理解天下万物，于是有了一种深度的情感表达。作品有这样一段话表明了我的心迹："院子里的那棵大树仿佛是守卫，日夜守护我们平安，但我们很少琢磨也不理解它的心情。秋来了，树叶飘洒一地，跟着风不停地旋转，有一种无家可归的感觉；大雪过后，寒风刺骨，我们都将自己藏在家里，它赤裸的身躯仍不屈地伸向天空；夜深人静，我们躺在温暖的被窝里，却能听到大树枯枝在彻骨寒风中发出让人难眠的啸叫。"让人的仁慈不仅仅达到天下之人,更要兼及万物,那些在人看来不知冷暖甚至没有生命感的万物。在《会说话的石头》中,我主要是从石头看人的角度进行理解,这有助于反思人的自私与局限。还有《向物学习》一文,在人与物之间建起一种新的和谐关系,既不要忽略人的主体性,也要向天地自然问道,从而实现人的超越性意向。

作为艺术表达,我希望自己的写作能进入一种富有新意的状态。这有助于改变模式化写作,也是自我不断超越的一种努力。我在《冬青与槐树的对话》中写冬青与头顶的槐树之间的对话:二者各自抱怨自己的不如意,然而,它们谁也没有想到的是,对方对自己的钦羡与赞美,这是一种相互启发、共同砥砺的过程。当听到槐树自我否定时,冬青就会安慰它说:"槐树,你没看到自己的巨大贡献。当烈日当空,你华盖般为我遮挡;当槐花开放,那无疑是一场盛大的节日,果实累累如珠玉、花香四溢沁心脾。特别是槐花散落一地,我有幸披上盛装,仿佛一下子变成待嫁的公主,这是我们这些冬青做梦也想不到的。还有,冬天到来,槐树赤裸于天地间,为我们遮风挡雨,一副天地间大丈夫的形象,往往令我们这些娇小的植物为之动容。"在相互欣赏中,冬青与槐树都实现了洗礼与提升。

我的另一篇文章是《核桃心事》，它直入内里与心灵，在写法上是心灵感悟和逐渐深入的，有如一把扇面自由开合的结构特点。文章是这样开篇：

> 人有心事，动植物也有。
>
> 苹果被皮紧紧包裹，里面是果肉，核心部分才是"籽"。
>
> 橘子的皮色金黄，在美丽的外表下，有着多瓣心事，它们如花一样开放，还有金丝般的心绪。
>
> 石榴多籽，心事往往最重，从熟透的石榴裂口处可见一斑。
>
> 花生的皮壳较硬，剥开后，内有一层薄薄的褐色红衣，穿在两瓣白花生身上。其中隐藏着花蕊似的小芽，心事藏得小心谨慎。
>
> 至于核桃，可能是心事藏得最深也最隐秘的果物。它皮壳坚硬，很难用手剥开；借助工具打开，里面有多个房间，绝对是有身价的富翁。那密密麻麻、大小不同的屋子像蜂巢又像地道，还像能洞悉人心和天地的耳朵。核桃仁的油性很大，如宝贝般深藏不露。

核桃有着让人最难琢磨的心事。

在我看来，写作如何进入哲思和审美境界，是应该注意和探讨的问题。而这种哲学思考又要避免观念化，需要通过审美特别是艺术创新进行穿越和不断抵达。

激越与平衡

散文写作最忌世俗平庸，也要避免不起波澜，而是要有动态势能，强调张力效果，这是增强丰富性、矛盾性、复杂性的关键，也是形成复性文体的前提。鲁迅的《野草》和《朝花夕拾》两个文本就形成一种动态张力效果，两个文本中的不少作品也是如此。另一方面，再激越的作品最后都要归于平衡，要选准中点、平衡点，找到一种大的宁静，从而内化为智慧的闪现。我的写作特别是散文写作力图在激越与平衡中形成一种互动，也试图找到那个"八风不动"的内心泰然、安然、超然。

《高山积雪》一文是我的内心躁动的反映，它借助高山积雪的不安于现状，试图要到人间去体验一下，以便为人类所用。当化为积雪后的水流，遇到了巨石阻力，它无可选择地在撞击碎裂中，充分体会粉身碎骨之痛，这是像鲁迅所言的"痛得舒服"。在悬崖边，高山积雪化成的水将自己变成一挂瀑布，有难以承受的坠落感，也有在人类污染的河流中变得黏稠后的心疼。然而，当临近大海，化为雪水的河流逐渐变得开阔，特别是看到海滩如扇面一样展开，心情一下子变得舒畅潇洒。于是，在将自己融入大海的一瞬间，高山积雪一下子顿悟了：这种"融入"既是自己的消失，也是一种生命的永恒，于是激越变得平稳和平衡，生命的彻悟与升华也得以实现。还有，经过阳光的暴晒，海水变为雾气，雾气以云的形式飘移，到达高山后遇冷凝化，又会变成纷纷扬扬的大雪，再次落在高山之巅，重回故乡母亲的怀抱，实现了一个新的轮回。在此文中，我将那些一直在高峰上长年不化的积雪比成修行，称之为得道者。就像我在《诗化人生》与《淬火人生》中所言，真正的生命是需要诗化和淬火的，那是一种化境，能将所有的人生苦难当成磨刀石，让自己真正超越世俗人烟，变得纯粹和圣洁起来，就像庄子笔下的真人一样。这是我追求的一种"风行水上人生"的境界，要真正达成必须进行"化解"与"升华"，是一种经过"炼狱"而后进入"天堂"的美好感受。

　　这是一种中国太极的境界。所有的前后左右、上上下下、进退旋转、方圆变化都是一种预设，让外在和内在的世界平稳和安静下来，然后才能找到力量的支点与爆发点，将自己的能量全部展示出来。写作实际上也是一个不断寻找这个支点、突破点和爆发点的过程，可将此理解为"创新"，也可将之理解为张力中的平衡与和谐。总之，审视一个写作者是有多个角度的，我最注重的方式之一是，看他有无激情，有无张力效果，有无复式结构，有无内外的和谐，有无内心的大静，有无在爆发力后的宁静致远的智慧。

绚丽与平淡

不少人将散文写作当成基本功训练，认为是写小说的前期准备工作。这种看法既有道理，又无道理。所谓有道理，是指它确实可以练笔，是一个基本功；所谓无道理，是指把它看低了，因为严格说来，散文与诗歌、小说在文体上是平等的，并无高低贵贱之分。在散文写作的理解上也是这样，一方面，以"绚丽"可以写成好散文。另一方面，真正的好散文是趋于平淡的，是绚烂之极后的平淡自然。我的散文写作与研究一直坚持这样的观点。

读鲁迅的《野草》，主要是"绚烂"，不少作品充满色彩，而且是多彩多姿的，给人以春天的百花齐放之叹。在只有数百字的《腊叶》一文中，鲁迅用到了通红、绯红、青葱、浅绛、浓绿、乌黑、黄蜡等颜色，可谓"绚烂"之极；在短文《雪》中，又有灿烂的雪花、滋润美艳、处子的皮肤、雪野中有血红的玉珠山茶、白中隐青的单瓣梅花、深黄的磬口的蜡梅花、雪下面还有冷绿的杂草，孩子们呵着冻得通红、像紫芽姜一般的小手，更有很洁白、很明艳、以自身滋润相黏结的雪罗汉。当然，又有孩子用龙眼核来做雪罗汉的眼睛，鲁迅说"又从谁的母亲的脂粉奁中偷得胭脂来涂在嘴唇上"，于是这罗汉"也就目光灼灼地嘴唇通红地坐在雪地里"。不过，读鲁迅的《朝花夕拾》，主要的是平和冲淡，特别是《从百草园到三味书屋》就如初秋的况味一样，自然平和多了。同理，朱自清的散文《春》《荷塘月色》是绚丽的，但《背影》《匆匆》就趋于平淡。还有林语堂的《辉煌的北京》为绚烂，《生命的余晖》则是平静的。

我也喜欢绚丽的散文，但更喜欢散文的平淡，有时这两种方式可以交互使用。我的那些抒情散文的情感是浓烈的，《诗化人生》《仙境里藏着一个梦》《半醉半醒书生梦》《酒中的仙气儿》《逍遥的境界》《字的家族》等是绚丽的；《纸的世界》《文气内外》《生活的漫调》《水的感悟》等是平淡的。我希望在这中间找到一种冷暖明暗变幻的色调，在自己的人生调色板上进行融通化合，以便散发出既具有神秘感又是幽然平和的气息。

我最欣赏唐代李翱的那首诗:"练得身形似鹤形,千株松下两函经。我来问道无馀说,云在青霄水在瓶。"不论是做人还是为文,这是一种了不起的境界,也是难以达到的高度,其间充满着幻化之美,这也许只有真正理解了天地大道和人生苦短与生命有限后,才能达到的快乐、潇洒、自由、自然状态。尤其是最后的一句"云在青霄水在瓶",它成为我的座右铭,经常在我的眼前和心中不断地闪现。

写作,用文字进行的自我表达,由艰难进入自由状态,从外在抵达内心,由世俗人间化为仙风道骨,经"不知"到"知"、再到"不知"、最后再到"知",互通"有""无",在创造中生成,从而得到一种难以言喻的美感享受。这样的人生还是值得一过的。

60后学人随笔丛书

李怡　主编

李怡《我的1980》

赵勇《做生活》

王兆胜《生命的密约》

王尧《你知道我梦见谁了》

吴晓东《距离的美学》

杨联芬《不敢想念》